望門閨秀 6

風文創 087

不游泳的小魚 著

目錄

第一百三十章

葉成紹出發的前一天，皇上又召了他進宮，與他長談了一番。回來時，葉成紹的臉色就不太好看，素顏也沒有問他，她希望他開開心心地離開就好。

「娘子，我半年多就回來了，妳那個修水庫的方案今年怕是實施不了的，這會子眼看著春水就要起來了，得先清河道、修河渠再說。」兩人坐在裡屋，葉成紹拿著圖紙坐在炭盆前，對素顏道。

「嗯，我也覺得修建水庫暫時不太現實，需要的條件太高，這裡只有石灰，沒有——」原想說是沒有水泥的，又怕葉成紹追著問水泥是什麼，便生生忍了回去，只是皺了眉頭想，自己先前還是太幼稚了些，很多想法都不成熟，沒有切合現在的實際情況出發。葉成紹說的修河渠、將河流分道倒是個好法子，看來，什麼事情還是要實踐了才能得出結果。

「娘子，妳的想法其實很好的，要實現也不是沒有辦法。石灰確實不夠，但是也有東西可以替代的，糯米灌漿後，黏合力也很強，只是不能浸泡太久就是……」葉成紹拿著圖紙，皺了眉頭沈思。

素顏既然那天提出建水庫的話，那她肯定是見過的。自上回與她談過一次，以為她是來自天外的飛仙後，他的心裡便有些怪怪的，總感覺素顏說的那些個事物便是她曾經見過、存在過，只是這裡沒有。既是存在過，那便肯定有法子找到……

「先建河渠也是一樣的，既能保證兩岸的灌溉，又能分引河水，漲水時，分擔主河的負擔，這的確是個好法子，相公，你比我實在多了。」素顏不想再與他糾結水泥問題，她對如何製造水泥一竅不通，怕他再談下去，又要瞎擔心，生怕她哪一天會飛升了。

聽她的語氣裡有著閃躲，葉成紹抬了頭看她。就要離開，兩人都不捨，但都不把離別掛在嘴上，只是總覺得怎麼看她也看不夠，火盆中的火光映在她白皙的臉上，兩頰紅紅的，越發顯得俏麗動人。葉成紹放下手裡的圖紙，身子就挨了過去，臉貼著她的臉，輕輕磨蹭著，感受她如瓷般細膩嬌嫩的肌膚，聲音就有些不著調。

「娘子、娘子……」沒說不捨，沒說會很想她，只是輕輕柔柔地喚著她。

素顏的心沒來由地就發酸。他才刮了鬍子的臉，鬍渣有些刺人，摩在臉上微微有些刺痛，但就是這刺痛的感覺也讓她依戀得很，心裡麻麻癢癢的，她忍不住環住了他的腰，踮了腳，主動親吻著他線條明朗的臉頰，調皮地伸了舌去，輕輕在他略顯倔強的下巴吻了上去。

葉成紹的身子一僵，將素顏抱得更緊了，嘴一張，便吮住了素顏的耳垂，含糊不清地輕喚：「素顏、素顏、素顏……」

他並沒有像以前一樣，一碰她就著火，只是不停地喚著她的名字。以前，他只是叫她娘子，她叫他相公，今晚卻是不停地喚著名字，似乎生怕這一走，就再也見不到了一樣。

素顏的心像是被揉成了一團柔棉，軟軟又酸酸的。她不停地應著，小心親吻著他的眼、他的鼻、他光潔的額頭，把自己的千般柔情全化在這細細碎碎的吻裡，更把不捨和依戀吞進了肚子裡，不想讓他走得太牽掛，更不想讓他太擔心自己。

兩個人膩了好一陣子，葉成紹的身體又要起火時，果斷地放開了素顏，拉著她的手道：「娘子妳來，我帶妳去見個人。」

素顏本以為，最後一晚，葉成紹會與她膩在屋裡過的，沒想到他卻是起了身，拉她往外走。

她沒有問他要見什麼人，只是乖乖跟著他走。

出了門，走出門院後，他一攬她的腰，縱身躍起，幾個起落後，穩穩地站在了地上。藉著月光，素顏感覺到自己仍在別院的後院，站在距離正施工的工地不遠的樹林子裡。

葉成紹拍掌三下，很快，樹林裡便閃出三道人影，其中一人身材高大，眼睛明亮而幽深，相貌卻不似中原人這般，線條明顯粗獷一些，五官深刻鮮明，竟是異族人的模樣。素顏眼前立即就浮現出皇后娘娘的樣子。皇后娘娘也是有異族人的血統，這人難道也是……

「見過公子。」那中年人右手捂腰，向葉成紹行了一禮。

「這是我夫人，想必拓拔將軍已經見過了吧？」葉成紹也照樣還了那人一禮。

來人正是拓拔宏，他眼神挑剔地看了素顏一眼後，神情冷厲地移開眼去，問葉成紹。

「不知公子約在下來，有何事？」

「派人保護她。」葉成紹的話很簡單，語氣也是淡淡的。

拓拔宏一聽，眉頭就皺了起來，唇邊就帶了一絲的不屑。「公子，我已經派了三名暗衛了，如果她太過柔弱，連半分自保能力也沒有，那也太讓人失望了，我北戎可沒有比綿羊還不如的女子。」

呃，這是在鄙視自己？素顏對著那高鼻鷹眼的人好生不滿。北戎的女子就很了不起了嗎？看拓拔宏挑了眉看她，她也揚著眉斜瞪過去，輕哼一聲。

拓拔宏知道中原女子最是守禮，又端莊賢慧，很柔順的，可公子這夫人卻是大膽得很，竟然也挑釁地看著自己，不由眼一沈。是柔弱的綿羊也就罷了，偏還是個任性的綿羊，這樣的人不適合公子，更不適合北戎的皇室。

「公子若無其他事情，在下就走了。」根本就不想再多看這個女子一眼，若不是看在公主的面上，他才不會撥人去護著這個女子呢，公子若是肯回北戎，將來他身邊的女子絕不能是大周這種小綿羊。

「將軍……若我家夫人出什麼意外，我會無心做任何事情的。」葉成紹臉色有些暗沈，也沒說什麼威脅的話，只是淡淡地說道。

「算了，相公，我不要他們保護。我雖是綿羊，但總比母狼要好吧，也不知道草原上的母狼都長成啥樣子，會不會很嚇人啊？」素顏故意想要激怒那個高傲的北戎人，憑什麼被一個外族人瞧不起啊？

拓拔宏果然氣得回過頭來，眼神銳利地看著她。「草原上的女子可不是夫人這等柔弱不堪，而且也比夫人美上一百倍，豈是妳這等庸脂俗粉能比的？」

素顏立即就想起了美豔無比的皇后，若皇后也是北戎人，那自己的外貌還真是不能比得上她，不過，難道北戎女子個個都貌美如花嗎？這個死胡人，不就是看不上自己嗎？

她今天非要跟他較上勁了，於是冷笑道：「你既然說我柔弱不堪，那我這個柔弱的女子若是打你一掌，你敢站著不動地承受嗎？」

拓拔宏劍眉一挑，不屑地在鼻間輕嗤了一下，揚了下巴望天，根本就不當素顏的話為一回事。

「將軍是不敢嗎？」葉成紹笑咪咪地看著素顏，很隨意地問拓拔宏。他家娘子手無縛雞之力，但他深信她的聰慧，既然敢挑釁，便肯定有必勝的把握。

「有何不敢，我便站著不動，夫人儘管出手，不過，莫要打痛了那柔若無骨的手就是了。」這話說得很不客氣，還有些調戲的感覺。葉成紹聽得大怒，正要發火，素顏將他的胳膊輕輕一捏，示意他稍安勿躁，笑吟吟地輕移蓮步，走向那胡人。

拓拔宏一動也不動，兩手抱胸，居高臨下地傲視著素顏，唇邊帶了一絲譏誚，根本就不正眼看素顏。

素顏笑得一臉的無害，溫柔又端莊地走近他，抬起素手來，在空中晃了一晃，看著拓拔宏鐵塔一樣的身軀，她似是真的害怕出手太重，會傷了自己的手一樣，歪歪頭，看了看自己的手，又看了看拓拔宏的身體，一副不知如何下手的樣子，一旁站著的兩個胡人見了也發出輕輕的嗤笑，鼻間輕哼著，很是不屑。

素顏聳了聳肩，左手輕輕在空中拂動著，右手卻是疾速拍向拓拔宏的腰間。拓拔宏本是好整以暇地站在那兒，一副戲謔輕視的樣子，突然臉色一僵，整個身子也僵硬了起來，衝口問道：「妳……妳拿什麼東西刺我？」

「帶毒的針啊。」素顏一臉的笑，說得理所當然。她就是耍賴了，不是武功很高嗎？怎麼也怕毒？怕銀針刺穴道？

葉成紹挑了眉對拓拔宏道：「怎麼樣？將軍，我家娘子刺穴一向很準的，一般也就是腰痛上兩天才會好，不會太傷身體的。唉，她就是心太軟了些，從不肯傷人。」

拓拔宏一身功夫臻於化境，他早就調查過素顏，知道她沒有半點內力，更沒有練過任何武功，所以才大意了，沒想到這個女子竟然會中原的點穴功夫，若是放在平日，他斷然不會被她點中，方才他也有所警惕，只是，她的花招太多，他的目光被她的左手吸引了，卻沒想到，這個女子狡猾得很，右手突然就刺中了他的穴道。

拓拔宏突然哈哈大笑，兩臂一伸，一根銀針便自他的腰間彈出，瀟灑自然地對素顏一揖手，卻是行的大周常禮。「夫人果然名不虛傳。雖然，確實太柔弱了，但很多事情，不是光靠拳頭，而是靠腦子的。銀燕，出來，以後就由妳跟著夫人了。」

樹林裡，走出一位身材纖長的女子。那女子一看便知是北戎人，眼睛微顯碧藍色，骨骼均勻高大，容貌豔麗，神情肅然，面無表情。素顏不知道她是從哪裡冒出來的，先前她只見到拓拔宏和另兩名北戎人，看來，這林子裡怕還另外藏有不少北戎人。素顏好生奇怪，她實在不知道葉成紹怎麼會和北戎人連繫在一起，不會皇后真的是……

她按下心中的不安和疑惑，對那女子微微一笑，那女子也看了她一眼，走向前來，行了一禮，用很流利的京片子對她道：「夫人，屬下長相太特殊，平日裡便只隱在您的周圍，您有事時，只管叫聲銀燕就成了。」

語調平平，不帶半分感情，話卻是說得恭敬得很，挑不出半點錯處，看得出應該是在京城待了不少年分的。素顏看了葉成紹一眼，葉成紹給了她一個安定的眼神，她便點了頭道：「有勞了。」

拓拔宏看了葉成紹一眼，道：「在下與公子所說的，還請公子多多考慮。」

葉成紹不置可否地揮了揮手，拓拔宏便帶著那兩人消失在夜色中，銀燕看了葉成紹一眼，也是一個飛身，便不見了人影。

葉成紹又要攬著素顏往回走，素顏一扯他的衣袖道：「你沒有話對我說嗎？」

葉成紹將她往懷裡一攬，擰了下她的鼻尖，笑道：「怎麼，娘子生氣了嗎？」

夫妻之間貴在坦誠，她知道他的身世離奇，但如今她已是他的妻，他再瞞著她便是不信任，這讓素顏很難過，心裡也鬱堵得很，像是一腔熱情卻潑進了大海裡，瞬間便沖淡了，沒留下半分的熱度，投入得再多，也會找不到痕跡。

「娘子，先前不告訴妳，是我自己都不是很肯定。方才妳與他打賭之人是北戎的大將軍，名為拓拔宏，是北戎皇帝身邊最得力的大將，我的娘親……嗯，如今妳也猜到了，是皇后娘娘，她原是北戎皇帝的獨生女兒，唯一有純正皇室血統的公主。當年，她天真爛漫，在一次打獵時，遇到了當時的三皇子，也就是如今的皇上，一見鍾情。後來……後來發生了很多事情，也不是一、兩句話就能說得清楚的，總之是她成了如今大周的皇后。

「而大周與北戎世代征戰，早就是死敵，他們的結合注定不被兩國皇室、兩國百姓看好。我娘真的很傻，甘願拋家棄國，不惜傷了北戎皇帝的心，毅然跟著我那個……爹回了大周。可笑的是，我那個爹根本就不敢向眾人言明她是北戎的公主，給她安了個寧伯侯妹妹的身分，只說是寧伯侯失散多年的、同父異母的妹妹……而我，卻是因為有北戎血統，不被容於大周皇室，太后不承認我，皇上也不肯反抗，在陳家父子為首的一些知情大臣竭力反對之下，也成為了寧伯侯的嫡長子。堂堂大周嫡長子，北戎皇帝的親外孫，竟然給封了個侯爵世子之位，妳說可笑不可笑？」

葉成紹的聲音很平淡，沒有半分的怒氣和埋怨，就像是在敘述一個故事一樣，可越是如此，素顏越是能聽出他心頭的悲痛和憤怒，更是心疼他的境遇。明明貴不可言，卻是連一個侯爵世子身分還要被人說成是搶奪而來的，被侯夫人恨之入骨，怪不得他要自暴自棄、自毀名聲。

她悄悄地伸了手，也攬住了他的腰，將身子向他貼得更近了。雖然，很多事情，她早就猜到了一部分，但是由他親口說出來時，她還是忍不住為他心痛、不平，更為宮裡那位國色天香的皇后，她的嫡親婆婆感到悲哀。

一個為了愛不惜放棄一切的女子，要有多大的勇氣和毅力？那份愛，要有多濃、多烈才值得她如此去做？如果不是為了這份愛情，她也許已經成為北戎國的女皇，成為萬眾矚目、至高無上的女君主，用得著在宮裡被太后壓制著，被陳貴妃之流言陷害著，被一群妃嬪嫉妒陰恨著嗎？

可是，如今除了一個皇后的空名，她又得到了什麼？前些日子，更是連個皇后之名也差點被太后廢了，而那個她為之拋卻一切的男人，為之付出身心、付出最美麗青春的男人，又給了她多少愛？他的愛，分成了幾十、幾百份，給她的不過是一絲一縷，真是不值得啊，不值得……

素顏的心為皇后哀嘆著，忍不住就嘟囔道：「相公，要不，我們和娘親一同回北戎去吧？」

葉成紹感受到了素顏的心疼，和她的體貼，嬌軟的身子緊緊地貼在他身上，鼻間不時鑽入淡淡的幽蘭清香，心中的悲憤和蒼涼被她淺淺的溫暖消融了。聽了她孩子氣的話，他不由莞爾一笑，頭抵著她的頭，大而亮的眸子調皮地看著她道：「妳捨得大周嗎？捨得大夫人？捨得妳弟弟？捨得素麗嗎？捨得這裡的親朋好友嗎？」

也是啊，且不說能不能走得掉，真要走了，只怕自己的娘家也會成為叛國的同謀，會誅連九族的吧？她立時便被自己的一時衝動弄了個大紅臉，卻又不願在他面前落了勢，嘟了嘴道：「什麼嘛，人家也是為你和皇后娘娘抱不平啊，皇上也太那什麼……不是人了。」

葉成紹難得見她在自己面前露出小女兒態來，哈哈大笑起來，吻了吻她的鼻尖，手卻將她摟得更緊了。

「嗯，他不是人，確實如此，娘子對他的這個評價太中肯了。」

素顏被他弄得鼻尖癢癢的，伸了手想揉來著，突然又想起方才那個銀燕姑娘說是就在她身邊的，那剛才兩人的親密不是全被人家看了去？一時大窘，掙扎著就要推開葉成紹。

「沒事的，她在大周待得久了，懂得什麼叫非禮勿視、非禮勿聽的。」葉成紹哪裡肯讓她逃開，長臂一收，將她抱得更緊了。

那天晚上，葉成紹與素顏兩個抵死纏綿。

卯時初，葉成紹就起來走了。素顏被他折騰了一夜，一覺睡得濃沈，他走時，她竟然不知。早上醒來，一摸身邊的被子，空蕩蕩、冷冰冰的，心頭頓時好一陣空虛，立時就開始想念了起來，急急地就想要去追。

或許，他現在還在皇宮裡，再要不在十里長亭，她現在趕過去，也許能來得及送別……一時便大聲道：「誰在外頭？」

紫綢走了進來，一看她坐了起來，滿臉驚慌的樣子，忙過來摸她的頭。「怎麼了？不是著涼了吧？」

「世子爺呢？」素顏急急地抓住紫綢的手問。

「走了，卯時就起來了，走的時候特意吩咐奴婢，不要叫醒您，說是不想讓您送，您沒看著他走，就像他還沒有離開時一樣。爺說讓您在家好好護著自個兒，不要太操心了，爺他很快就會回來的。」紫綢邊說邊拿了件絨袍子給素顏披了，擔心地看著素顏。

大少奶奶臉上很少露出慌亂的神情，一直是淡定從容的。也是，少年夫妻，又正是你儂我儂的時候，突然要分開這麼久，著實是不捨的吧？也沒什麼啊，世子爺只是去辦皇差，幾個月後就會回來的啊，可是，為什麼世子爺和大少奶奶兩個人好像這次的離別會是很久很久一樣呢？

卯時就走了嗎？那現在肯定是趕不及了……他是故意的，故意把她弄得筋疲力盡，故意讓她累得起不來，然後，自己悄悄離開，他怕見她不捨的眼淚，更怕自己捨不得吧……

天天在身邊嘻嘻笑著的一個人，突然離開了，以後上百個日子裡，夜晚便只能孤枕空眠。原來，思念真的是一種痛嗎？

剛離開，思念就席捲了她的心。素顏甩了甩頭，將不好的預感甩到了一邊，打起精神起了床。他不在家的日子裡，她要闖出一片天地來，她要為他積累財富，也為了實現自己的夢想，也更是為了打發時間，忙碌才不會想念。

梳洗完畢，素顏走出內室，就看到滿桌豐盛的早餐，又有些發怔。

平素都是她和葉成紹兩個一起用早餐，如今他走了，就是她一個人孤零零的……

第一百三十一章

幾日後，素顏進了宮，請皇后下了懿旨，將素麗賜給正在治河的五品工部郎中郁秋涼。郁三公子的名字還真是有意思，竟然叫秋涼，素顏在素麗面前唸一次時，就要笑上一回，而素麗卻是又羞又氣，嘟了嘴道：「郁大人也真是的，怎麼著也是個文化人吧，怎麼就給他取了這麼個名字？秋涼，還冬寒呢？」

素顏聽得哈哈大笑，戳著她的腦門道：「郁四公子可不就叫冬寒嗎？」

素麗頓時無語了。

兩姊妹便拋開一切，開始準備製香的事。素顏的廠子其實也不大，因為前世的美容產品很多都是化學藥品中提煉出來的，而這裡全都得用天然的東西，出產率又低，成本就高，生產多了，也怕別人消費不起，便在短短二十多天內將廠房建起了。

她又招了王昆來幫她買人，顧余氏的丈夫也被她調來了，很快就招了許多熟手。小廠子按著她的要求，在兩個月後初具了規模。

其間，她帶了素麗去赴過一次東王妃的家宴，就在別院附近。她帶了自己家生產的試用產品，在場的很多姑娘夫人都得了一小瓶，大家用過後，都說要等素顏的鋪子開張後再去買。

素顏也回過幾次侯府，原想著要帶文嫻和文靜兩個去東王府的，但是，她們身上的傷都沒有好，只好作罷。侯夫人難得地半點也不為難素顏，只說讓素顏安心在別院裡住著，素顏便也樂得在別院中自在，無人管束。只是皇后召她進宮過兩回，她帶了自己的產品去了宮裡，其中有郁紅白、胭脂扣，但卻都是濕粉。皇后親自塗了後，感覺要比那乾粉強多了，最重要的是，濕粉塗了不但臉色更明豔，還讓人看不出粉了。

宮裡的妃子們一聽說有這種好東西，自然是蜂擁而至，都吵著要，皇后卻是神秘兮兮的，只給了她們每人一小瓶試用，只說這東西難得有，不是誰想買就有得買的。

一時，讓試用過的宮妃心裡癢癢的，越發想要素顏的產品了。

葉成紹去了一個月後，便寄了信回來。兩淮的百姓果然生活得很艱苦，他一邊組織人去清理河道，一邊組織地方官員救濟災民，最可怕的是，天氣越來越暖和了，很多百姓住在低矮的茅棚裡，地勢低，條件惡劣，就怕爆發瘟疫，那時便不得了了。

不過，葉成紹的信裡說得多的還是好消息，修河的辛苦隻字未提，只提了他一去淮安，便查處了一個貪官，同時，也斷了幾家賣石料商家的貨，懲治了幾個奸商云云，言語間很是恣意。素顏知道，他是真的過得很開心，能為老百姓幹些實在的事，這是葉成紹的理想。作為一個男人，能以自己的努力為天下百姓和國家出力，是最開心的事情，雖苦猶甜。

當然，他的信裡更多的是對素顏的思念，一篇信紙裡，素顏、素顏的就要寫上十遍，素顏拿著那厚厚的信紙便覺得心裡都是幸福，彷彿他那懶懶又帶著痞痞的呼喚就在耳畔一樣。每看一遍，素顏便會忍不住笑出聲來，心裡對他的思念，便又要多了幾分。提筆回信時，她也是將自己的近況揀了好的說。

淮安離京城頗遠，書信往來一趟便得有一、兩個月，素顏將信寄出後，便又開始期待葉成紹下一封信的到來。

廠子裡的生產總算步入了正軌，東王世子送來的那三個人，成了素顏的手下大將，她讓他們三人各管一個小車間、一個小工程，至於方子和下藥之類的，都是由素麗親自帶人下的，工人們只管做，並不知道香的方子究竟是什麼。王昆管著廠子裡的採買，顧余氏的丈夫便管著別院裡的總管雜事，難得這幾個月裡，素顏身邊任何的煩心事也沒有，也沒有操心的人來打擾她，似乎大家都在看著，看她不去幫葉成紹治河，又能弄出什麼驚豔世人的東西。

這一天，素顏終於帶著素麗和青竹兩個，再一次來到了皇后在東城的鋪子裡。那位胖掌櫃一見是她，臉便有些發冷，素顏想起這人的惡毒。當時，流民大亂，這掌櫃分明可以打開門讓她們進去躲避的，卻將門關得死緊，眼睜睜地看著文嫻幾個被流民打傷，見死不救，還奸猾得很。這種人，是斷斷不能成為她鋪子裡的掌櫃的。

進得鋪子，青竹也不多言，直接拿了皇后娘娘給素顏的那塊玉珮出示給那掌櫃看，那胖掌櫃立即臉白了，提了袍子就跑出來給素顏磕頭。「原來是主子派來的，不知夫人有何吩咐，小的一定照辦！」

一臉的諂媚樣子，要多噁心就有多噁心。青竹看著就直冷笑，淡淡地說道：「收拾包袱，滾吧。」

那胖掌櫃聽得一震，隨即紅了臉道：「夫人，雖然您拿得有主子的印信，可是，奴才在這裡可是幹了好些年，這鋪子裡進貨、出貨、帳目都在奴才手裡，求夫人留下奴才，奴才一定會好生幹，幫夫人將這店鋪打理得紅紅火火，包夫人大賺。」

他經了上一回，也查過素顏的底細，知道她是寧伯侯世子夫人，便也知道她同皇后的關係親厚，說話便小心了很多。

但他是慣常仗勢的，這會子雖說的是軟話，但那話裡話外卻是透著要脅，什麼進貨、出貨都在他手裡，那意思分明就是說他走了，進貨的管道就得死了，卻不知道，素顏根本就不要他店裡原來的貨，哪裡會受他的要脅？

青竹跟了素顏這麼久，更知道素顏要做什麼，冷笑一聲道：「如此說來，你倒是個人才嘍？沒有你，這店鋪就開不起來了？」

那掌櫃訕笑一聲，眼裡卻是閃過一絲得意。「姑娘言重了，小的不過是幫主子看店罷了，哪有這麼大的能耐？只是小的做得熟了，夫人留下小的，能事半功倍一些罷了。」

他所說的倒是實話，但這店既然是自己接手，那原有的人便要全換掉。這些人明面上說是皇后娘娘的，保不齊裡面還摻了別的勢力的人在裡頭呢，素顏可不想自己店裡的人不純，沒得又出了間諜之類的讓自己操心，不如統統都換了的好。

於是也懶得跟那掌櫃瞎白扯，對青竹遞了個眼色，青竹將那掌櫃一提，百十斤的身軀便讓她輕輕鬆鬆地扔了出去，完了，還拍了拍手，對那掌櫃道：「趕緊去主子那裡報到吧，看主子怎麼處置了你！」

那掌櫃的一聽這話，立時便蔫了。他在這店裡都做過什麼，他自己心裡最清楚，皇后娘娘根本就不太管店裡的事，也無暇管，他原是宮裡某個太監的親戚……如今看來，皇后怕是知道了他做的一些事情了，這……趕緊逃吧！

他灰頭土臉地爬起來，也不說要進店去收拾東西了，提了袍子就跑，才抬腳，就見前面擋了兩個帶刀侍衛，立即整個人都軟了下去。

那胖掌櫃畢竟是皇后的人，素顏來接手時，便知會了皇后，也告訴了皇后這掌櫃有問題，這會子她一回店，皇后便著人來拿他，他的下場可想而知了。

素顏將店裡的人全換了，換成了經過自己訓練過的小夥計，每個人都穿著素顏自己設計的制服，店裡的格局也改了，店門口派了一個年輕俊俏的夥計站著，招攬客人，裡面的夥計也是白皙清秀，說話伶牙俐齒，很會招攬生意。素顏也沒有特意弄個開業慶典什麼的，低調地就將鋪子開了起來。

開業的第一天上午，門可羅雀，生意並不好，只是，那夥計乖巧地站在店門口，一直彬彬有禮，見到過往的姑娘小姐看過來，他便羞澀地一笑，躬身行禮，若得過路的姑娘們都去看他，他也不喊人進去，只是站在那裡笑。

姑娘們看他樣子可愛，忍不住便進了店去逛，立即又有一個相貌清秀的小夥計，穿著長衫、打扮得乾乾淨淨地迎了上來，熱情介紹著店裡的胭脂。

很多小姐對濕粉陌生得很，聽都沒有聽過，便有另一名小夥計，取了樣品出來，伸了手背對客人道：「姑娘且看，小的這手比起姑娘的來，是又粗又糙吧？再看小的塗了這濕粉……」一邊說邊用指挑了點濕粉往手背上塗，立時，那塊塗了粉的地方比起其他的膚色來，果然要白了很多。那客人立即就來了興致，也挑了些往自己手上抹了，感覺果然香味清雅、粉質細滑，一塗見效，忍不住就問價格。

站在櫃檯裡的小夥計便笑吟吟地拿出一個小盒來，都是訂製的小瓷盒，盒面上的圖案卻是素顏自己設計的，有的是卡通畫，有的則是寓意吉祥的古畫，看著別出心裁，又可愛又大方，而且盒子的形狀也是打破陳規，各種樣子的都有，有的瓷盒是做成一個胖娃娃的樣子，有的則是肚圓廣口的矮瓶，有的則是做成小動物的模樣，看著討喜得很。

客人光看那包裝的盒子，就有些應接不暇，忍不住讚嘆，早忘了問價格了，有的大方、家裡殷實的，一口氣就把各色的瓷瓶都買齊全了，也不管裡面的濕粉是不是自己能用得了。

那夥計就勸。「姑娘，胭脂濕粉是有期限的，您一下子買得多了，會過期，不若一次少買些吧？」

那客人還不樂意了，笑著就嗔這小夥計。「你開店做生意，哪裡還有怕客人買多的道理？你只管給姑娘我包起來，我便是一人用不完，送人總是可以的吧？」

小夥計聽了臉上的笑容就深了，卻仍是勸道：「姑娘，這盒子邊上都印的有日期，若是過了這日期，姑娘可就千萬別用了，不然，會對您美麗的皮膚有損的。」

那姑娘一聽，覺得有趣，真拿了瓶子去細看，果然，每個瓶底都有生產日期，還有店鋪的字形大小、使用期限等等。字很小，又是刻的簪花小楷，看著很舒服。那姑娘越看越喜歡，對那小夥計道：「你是今日開張的嗎？那我便是第一批客人了，唉呀，以後你們這玉顏齋的第一批貨的瓶子，可就是被人收齊了，看我以後怎麼跟那些姊妹們得瑟去？」

得，這位還整批收藏來了，還真算有眼光的。

那姑娘更覺得這店家貼心，小夥計也是真心實意地對待客人的，並不一味地只賺錢，實在厚道，便歡天喜地地出了好幾十兩銀子，買了一大堆濕粉回去。

當然，跟著她進來的也不止一個客人，其他人見她買得多了，也跟著買。有的客人就有比較的心，又喜歡店裡的貨，看人家買得多，她也跟著買。

買了東西的客人，很多人回家後，果然將自己買來的濕粉當稀罕物送給親戚朋友，結果那些親戚用過之後，都感覺比乾粉強多了，尤其素顏的產品，又分了年齡區隔，年輕的小姐們用哪一種，中年的要保養，又用哪一種，瓶底下都有說明呢。

結果，很多夫人用過之後，感覺那濕粉很能遮瑕，臉上的斑和皺紋很巧妙地就蓋住了，還讓人難以看出來，比起乾粉，那何止強了百倍。

到了第三天、第四天，素顏的店裡客人開始增多。等過了十幾天後，便爆滿了，這一傳

十、十傳百的，來店裡買東西的就越發多了，結果，店裡的夥計便有些招呼不過來。

這時，紅菊就出馬了。她帶著幾個府裡的丫頭笑吟吟地往那店門口一站，看到擠不進去的客人便笑著迎上去，說道：「客人，這大太陽底下好生曬人，您那皮膚可是嬌貴得很，千萬別曬傷了。來來來，跟奴家到後面去坐坐，您要什麼，寫個單子給奴家，奴家給主人說說，把您要的東西打成包，送上門去不就好了嗎？也省得您在這毒日頭底下曬得難受。」

那客人聽她這麼一說，喜出望外，正是擠不進店去，怕買不著東西，得她這麼一說，還真跟著她繞到了後堂，寫了單子，自家放了銀子，拿了回去。

還留下地址來，說是多久以後讓店家送貨上門。當然，這送貨的服務是要收費的，那客人也不覺得什麼，就當是打賞錢就是。

一個月下來，素顏不只是店鋪裡的生意興隆，便是廠子裡的第一批貨，也是一銷而光，而宮裡頭，她還沒有開始送貨呢！

第一百三十二章

這一天，素顏正要去廠子裡看看，就聽到紫雲來報，說是東王妃帶著壽王世子妃幾個一起來了。

素顏聽得一怔。店鋪才開張一個月，雖說生意極好，但與她理想中的規模還差得遠了。壽王世子妃曾經就有意與她合夥做生意，她先前還是有那想法的，不過，現在的想法就不一樣了，潤膚霜的方子她是牢牢掌握在自己手裡的，產品的供應也是她一家獨有，合作可以，只是方式可就要改上一改了。

自去廠子裡的路上又折返回來，素顏帶青竹和紫綢迎到了二門，要陳嬤嬤去把長安居的水榭收拾出來。六月裡的天，大毒日頭的，幾位夫人頂著烈日來了，少不得要在水榭裡歇歇汗。

東王妃帶著壽王世子妃，還有明英郡主一起來了。讓素顏意外的是，竟然還有中山侯夫人和司徒敏，這讓素顏好生詫異。遠遠看著那一群錦衣翠環的夫人小姐，被更大一群丫鬟婆子簇擁著，正由陳嬤嬤迎著往垂花門而來，她微怔了怔，便笑著迎了上去。

「葉夫人，我們可是聽說妳這園子裡頭的桃子都熟了，特意來討個新鮮果子吃的，來得突然，妳不會把我們趕走吧？」壽王世子妃性子最是爽朗大方，遠遠就大聲說道。

司徒敏手裡打著一把小花紙傘遮著陽，一手拿了帕子當扇子搧著，小臉紅撲撲的，看來是熱極了，秀眉微蹙著，只是一看到素顏時，一雙眼睛黑亮起來，也接了壽王世子妃的話頭道：「素顏姊姊也真是的，說好了要請我們到府裡頭去賞耍的，我可是實心聽進了她的話。結果，二月裡說的話，這到六月裡也沒來人下帖子，我可是真在家裡等得急了，要不是東王妃說起，我們還真不知道姊姊自個兒躲到這含香山院裡來享清靜了呢，倒是把我們這些個小姊妹們都忘到九霄雲外去了吧？」

這話素顏的確是說過的，一是葉成紹去了兩淮後，她心裡老惦記著，實在是沒心情去宴會宴客，這二嘛，她著實是忙不過來，廠子才建，剛開始生產，又去張羅著開店，哪有時間去招待客人？好在這幾天，廠子裡的生產和店裡的生意也都步入了正軌，她也正想歇上一歇，沒想到這些貴人們就不請自來了。

不過，司徒敏這話也說得幾位王妃侯夫人的臉上都理直氣壯了起來。原本不招呼就闖了來，她們都還有些不好意思，畢竟太突然，也有點不合禮數，但司徒敏這話裡既透著熟絡親密，又讓她們有了突闖的藉口，氣氛也立即更為輕鬆起來。

素顏連連致歉，先向東王妃行禮，又向中山侯夫人行禮。中山侯夫人打扮得很素淨清爽，天氣熱，她只是穿了件薄衫，外面套了件紗質的半臂，眼神柔柔地看著素顏，拉了素顏的手道：「妳這孩子，幾個月不見，怎麼黑了、瘦了？聽說妳開了家胭脂鋪子？傻孩子，寧伯侯府還少妳的嚼用不成？看把自己操勞的。」

侯夫人的聲音輕軟溫和，像個最慈和的長輩，素顏聽得心裡暖暖的，也反握著侯夫人的手道：「沒呢，就是太閒得慌了，自個兒找點事情做做，打發時間罷了。伯母，我這個樣子您不覺得更健康了嗎？」

邊說話，邊把一眾人往水榭迎。東王妃神情端莊嫻雅，進來後，很自然地打量著別院裡的布景和構造，走了一下，看了一些後，眼裡便露出了然的神情。傳說果然不是空穴來風，這個園子竟是比起自家的那個別院建造得還要華麗精緻一些，是上面的那位補償葉成紹的吧……

長安居水榭建造在荷花湖邊上，一面臨水，三面都被高大茂密的香樟樹環繞，幽靜而清亮，湖面茶香陣陣，接天蓮葉無窮碧，映日荷花別樣紅，抬眼看去，陽光下，湖面上的蓮葉泛著濃碧又潤澤的光暈，一朵朵清蓮錯落有致，果然景色宜人。壽王世子妃不住地又嘆又嗔道：「太不像話了、太不像話了，這麼好的一湖荷花，也沒說請咱們來開個賞荷會、吃點蓮子，真真是個小氣人啊！」

明英也是笑著說道：「可不是嗎？先頭我也下了帖子請她去我家去玩，她也給推了呢，原來，是自家有這麼個好去處，哪裡還看得別家的園子喲。」

素顏被她們一人一句說得怪不自在，一個勁兒地道歉道：「哪裡有的事，實在是這陣子忙不得閒，早就想妳們了，難得妳們都沒有忘了我，肯來看我，我心裡可是歡喜得緊呢。正好，難得來一趟，今兒晚上就都歇在我這裡了，誰也不許走。」

東王妃到底穩重端方，笑著睃了眼明英，對素顏道：「妳別聽她們的，原是我請她們過來玩，她們幾個一來，沒看到妳，就找我鬧呢，我就自作主張，將她們全帶來了。侯夫人是太想妳了，我也就一併請來了。我那邊備了飯，一會子都去我那園子裡吃去。」

怪不得來得這麼齊備呢。素顏聽了心裡若有所思，這幾個人裡頭，除了中山侯夫人應該沒存什麼別的心思，其他的，怕都是被自己那胭脂鋪子吸引來的。濕粉的需求量大，但自己的供應也是很充足的，壽王世子妃幾個原雖是知道自己是會製香脂的，但不過以為小打小鬧，如今見做大了，怕是眼紅了，想來探個究竟呢……

「那敢情好，今兒我也跟著去您家裡討頓飯吃，晚上再到我這裡來玩，月下賞荷，也是一道美景喔。」素顏從善如流地說道。

幾人在水榭裡坐著說一會兒話，水榭裡，涼風習習，水光粼粼，陳嬤嬤又讓人備上了冰鎮的瓜果，大家吃得很開心。素顏還特地讓素麗做了拌了砂糖的各色水果來給大家吃，酸甜爽口，明英吃得眼都瞇了，笑道：「素顏姊姊，就妳新鮮花樣最多，也不知道妳哪裡就來了那麼多的奇思妙想，我們吃果子，最多就是洗淨了切成塊，偏妳就知道用糖拌了，真真好吃得緊呢。妳說，妳那腦袋裡還裝著些什麼呢？」

壽王世子妃吃完水晶碗裡的最後一塊水果沙拉，也跟著說道：「可不是，妳那胭脂鋪子裡的生意啊，讓我看著就眼熱。濕粉可真好用呢，妳瞧見沒，我今兒就用妳的濕粉，大熱天的，若是還用以前那乾粉，這會子臉上怕是被汗一流，早成大花臉了。」

東王妃和中山侯夫人也是相視一笑，手裡拿著紗絹製的團扇搧著，並不說話，卻是眼神熠熠地看著素顏。

素顏聽了卻是微微一笑，並沒有推拒，只是挑了眉看著壽王世子妃，道：「早就想跟世嫂說這事呢，原是應了世嫂的，要與妳一道做生意，如今我那鋪子才起來，做的那個東西又全是新品，原本是怕沒人喜歡，會銷不出去的，不承想，反應還不錯，小賺了一筆。我這路子探通了，一個人，也做不來那麼多生意，分些給世嫂也不錯的。」

壽王世子妃聽得大喜過望。她原也就這麼一說，料想素顏是不會應的，如今一聽有戲，興致便是更好了，大笑道：「聽聽，這丫頭可真是大方，兩位嬸嬸都在，還有兩位妹妹作證，今兒我可就是厚了臉皮也要把妳許的這個好處討回去。」

東王妃看了壽王世子妃一眼，道：「妳呀，不是說好久沒跟素顏說過話了嗎？別一來就鑽錢眼裡頭去了，不是說也要學學瑜伽操嗎？一會子到了晚飯前，讓素顏再教教，咱們一塊兒學學。」

素顏卻是讓紫綢將東西收到一邊去，笑著對在座的幾位夫人小姐們道：「其實世子妃剛才說的，也是沒錯。我也沒想到這東西這麼受歡迎，如今在京裡的銷路是打開了，但我一家鋪子也著實做不來這麼多的生意，要再開鋪子，我也沒那麼多精力和人手去打理，原就想著要跟幾位伯母和嫂嫂妹妹們合作的。」

壽王世子妃聽得眼裡閃著火苗，熾熱地看著素顏，嘴裡嘻嘻笑道：「看吧、看吧，我就知道她不是那吃獨食的，以她這純善的性子，肯定會分些湯湯水水給我們這些人喝喝的。侯夫人，您家侯爺可是皇上跟前最得力的，我家那位，雖說是得了個親王世子位置，但沒個實職，光那點祿米，怎麼抵得住家裡的花銷？上百口子的人要吃要穿的，又要講究親王府的體面，哪裡都是要用錢，您可別怪我俗氣，只往錢眼裡鑽，我也是巧婦難為無米之炊啊！」

素顏倒覺得這世子妃的性子爽直可愛，這種話要換了別人是斷不會拿在外頭說的，堂堂壽親王，身分何等尊貴，世子妃卻在外頭哭窮，丟的可是壽王府的體面，可她卻是直爽地說出來，這種人倒是簡單直接得很，比起那些心裡想要，口裡卻不明說，一味地繞彎，耍手段暗中算計的，可是要好打交道得多了。

東王妃聽了也掩嘴直笑，戳著世子妃的腦門，嗔道：「就妳胡說，一會子看我不回去告訴妳家王妃去。」

世子妃一聽，眼都紅了，急了眼就拉住東王妃的手直搖晃。「妳去說、去說，我原就沒說半點子假話，我不怕呢。」說是不怕，其實聲音都有點虛了。

素顏笑著替她解了圍。「世嫂家裡也應該有幾個胭脂鋪子呢？」

「可不是嗎？原先生意還過得去，這一個月來，自從妳家的鋪子開了，我那可是門可羅雀、無人問津了，妳呀，把我們可是擠得沒飯吃了，我能不急嗎？」壽王世子妃半點也不藏著掖著，那話直得就能一下通腸子了。

其實素顏擔心的正是這個，她也調查過，京城裡頭，開著胭脂鋪子的就有好幾家親王郡王府，自家的鋪子生意做得太好，定然是會要影響到他們的財路，長久下去，人家知道了是自家的產業，錢是賺了，卻是會引得人家的仇怨，不但幫不到葉成紹，反而會因此給他樹敵，不如改變經營方式，自己少賺點，大家都分杯一羹，不只是消除了他們對自家的敵意，由此還可以透過這方式，將很多並不站在葉成紹這一邊的力量綁在一起。將來，這些人就算不幫葉成紹，也應該不會站到他的對面。

於是笑道：「好嫂子，妳別急，我得了好處，怎麼也不能忘了嫂子不是？我那小鋪子一家一天也只能做那麼幾筆生意，多了也忙不過來，我這產品還分了好幾種呢，嫂子家的鋪子應該在城西吧，那邊的客人要往東來買也不太方便，我這裡的貨，以後就提供一部分給嫂子了。」

壽王世子妃聽得大喜。「那好，咱們可是一言為定了，妳這裡只要出新貨，可要供一部分給我。」

明英聽著也湊著熱鬧，樣子卻是含羞帶嬌。「我那嫁妝鋪子裡，也有個做脂粉的，在城北呢，姊姊可不能厚此薄彼，有世嫂的，也要有我們的。」

「成、成，大家見者有分可好？咱們就搞個脂粉加盟店，妳們鋪子裡的貨都在我這裡拿，但是產品的品名都得用我這裡的商標。我負責生產供貨，妳們負責銷售就成。」素顏笑著拉了中山侯夫人一起說道。

大家還是第一次聽說商標的事情，素顏又拿了盒產品，將那瓶底刻的字形大小給她們看，說道：「以後，妳們的胭脂可都是玉顏齋出品了，不管包裝如何改變，玉顏齋幾個字是一定要刻在瓶底的，不管銷往哪裡去，客人只要見到玉顏齋出品，就知道是咱們店裡的東西，用著也能放心一些。」

幾位夫人和小姐們都是心靈機巧的，一聽這話就明白了她的意思，壽王世子妃首先反應過來。「那要是別家也在瓶底刻這字形大小，裝假貨賣怎麼辨？那不是會壞了玉顏齋的名頭去？」

「嗯，所以啊，咱們這瓶子底下都是有編號的，出產日期、出產編號都有，只要按著這個編號查，肯定能看出是不是玉顏齋的東西。」

素顏笑盈盈地解釋了幾句。她第一次覺得，古人不認識阿拉伯數字真好，瓶底的編號只有她自己和廠子裡少數幾個人懂得意思，那些想造假的，就是照著樣子印上去，也不明白其中之意，同樣的編號只要出現重複的，就能看得出來是假貨。條碼她沒法子設計，也更沒法子檢驗，但就用數字，也能好好地防偽。再說了，她將京裡頭權勢最大的幾家都聯合起來了，大家為了共同的利益，只要發現有人仿冒，就憑這幾家人家的勢力，那造假的人怕光是出了頭，就會被掐死。

誰有那膽子同時挑戰京城裡的幾個親王府、侯爵府的尊嚴？

司徒敏聽得躍躍欲試，只是她自己也知道，護國侯夫人與素顏關係鬧得很僵，如今司徒蘭的婚事也因為大皇子而鬧上了，雖然，護國侯拚死力爭，沒讓司徒蘭嫁給大皇子，但如今京裡還有哪一家敢要這個和離一次，又被大皇子盯上的女子？

她要想再嫁一個好人家，除非大皇子死了，大皇子一日不死，她就一日不敢再議親，如此拖上幾年，青春不再，那便更是嫁不出去了。

護國侯夫人如今在家仍是深恨素顏，總覺得是藍素顏搶了司徒蘭的幸福，所以，莫說與素顏合作開鋪子，便是在家裡提一提素顏的名字，也會被護國侯夫人罵死。

想著自家與素顏這形同水火的情形，司徒敏便是再想要賺錢，也不敢摻和了，只好坐在一旁靜靜看著，眼裡淨是遺憾。

第一百三十三章

到了午飯前，東王妃便請了大家一同去東王府別院。

素顏帶著素麗還有紫綢、青竹幾個一同去了東王府別院。

吃飯時，司徒敏便悶悶不樂的，素顏以為她是沒有與自己做成生意，所以心裡難受，便一直逗她說話，司徒敏也是個直性子的，說過幾句後，便也放開了心思，跟著素麗、素顏幾個鬧了一陣。

到了傍晚，素顏又邀請大家到自家園子裡去用晚餐、月下賞荷，這原是大傢伙兒都說好了的，自然也不推辭，一大堆子人又在丫鬟婆子的簇擁下，回了含香山別院。

剛出門，便遇到自城裡回來的東王世子冷傲晨，身邊赫然站著上官明昊。素顏心中一怔，上官明昊不是跟著葉成紹一同去治河了嗎？他怎麼回來了，還出現在這裡？

她站在自家馬車前，看著東王世子和上官明昊正在向東王妃和中山侯夫人行禮、說話。天邊晚霞鋪陳，美麗得像一片火紅的織錦，素顏的心卻是沈沈的，有點提不起勁來。每日裡忙忙碌碌地過著，她儘量讓自己無暇想念葉成紹，可是，乍一見到與他有關的人出現，思念便如潮水般湧上心頭。

想念他嘻皮笑臉地在她面前耍賴打混的樣子，想念他挨罵時，垂著頭，一副老實挨訓，卻在看到她消了氣原諒他後，又得意地翹起嘴角的模樣，更是想念他抱緊她，不停地在耳邊輕輕喚著：素顏，素顏……那聲音，彷彿就在耳邊迴盪。最近的夢裡，總像是能聽到他的呼喚一般，從來不知道，思念會是如此地難熬，甜蜜又心酸。

上官明昊也曬黑了，原本白淨的膚色顯得更加健康陽光，仍是溫潤如玉的瀟灑模樣，只是眼神裡透著一股堅毅，多了一層成熟韻味。這樣的男子更吸引人，若是走到大街上去，怕是又要迷倒一大群少女了。

明英和司徒敏見了他就上前來向他問好，他溫雅地與她們兩個說話，目光卻是不時飄向素顏這邊，素顏淡淡對他點了點頭，他也微笑著向素顏示意，並沒有走過來。

中山侯夫人似乎也沒想到他會突然出現在這裡，忙問道：「昊兒，你不是要去淮安嗎？怎麼突然回來了？」

上官明昊聽了，又看了素顏一眼，安慰中山侯夫人道：「兒子回京來辦差的，過幾日又要回去。如今淮河已經開始漲水，幸而早前做好準備，開了好幾條河道，河水分流了一部分，緩解了淮河的壓力，河堤也加固了，應該今年是不會受災了，只是……」

素顏靜靜的傾聽著上官明昊的話，聽得他所說的與葉成紹來信說的差不多，心裡很是踏實。他們在兩淮取得了一定的成績，她也替他高興，不過那「只是」兩字，卻是讓她的心又揪了起來，忍不住看向上官明昊。

上官明昊正好也看過來，目光相遇，他心頭一顫，眼神灼亮如星，但隨即便黯淡下去，脣邊帶著一絲苦笑，接著說道：「只是如今天氣太熱，兩岸發生了疫情，葉大人和郁大人每天都奔波於百姓的安置點裡，施藥施粥又發放糧種，春耕沒來得及種，但秋種卻是不能延誤。兒子是回來召集大夫的，那邊缺醫少藥，人手也不夠，得儘快向皇上稟報，增派軍隊過去安撫難民，並控制災情。」

「有疫情？天啊，成紹哥哥不會也染上吧？明昊哥哥，你一定要小心啊，你們不要太深入到染病的百姓裡去，發些藥就好了，不然自己要是染上可不得了。」司徒敏緊張地拉住上官明昊的手說道。她性子單純直接，想什麼就說什麼，可這話一出，中山侯夫人也緊張起來，拉住上官明昊道：「是啊，昊兒，你不是醫官，只管治好河就好了，那些疫情自有戶部和兵部的人去管，還有地方府衙。」

上官明昊微微一笑，安慰中山侯夫人道：「無事的，娘，兒子會注意的，疫情如今還不是很嚴重，兒子的身體您還不知道嗎？強勁著呢。」

他雖然說得輕鬆，但在場的人都聽出了凶險。這一次跟去治河的，好幾個都是世家子弟，在京城就沒怎麼吃過苦，去鍛鍊是很重要，但是，弄壞了身子、丟了命那可不行。中山侯夫人的聲音都顫抖了起來。「昊兒，你別去了，辦完這趟差事後，你就留在京裡吧，娘去跟爹爹說去。」

大災過後，最怕的就是疫情，現在的醫療條件太差，很多消毒措施也跟不上。去年大水時，那些災民就沒有好好安置，以至於今年他們的生活條件仍然很差，身體底子被拖了一年，所以，才會發生疫情。葉成紹不懂醫，又是那不怕死的樣子……素顏的心頓時就揪了起來。他總是只報喜、不報憂，這會子也不知道會不會顧著自己的身子，知道不知道要如何防疫……若真染上了……

她不敢往下想，只是怔怔看著上官明昊，但願從他口裡得出一點更有用的訊息。

「葉大人身體很好，他沒事，只是郁三公子有些不太好，他身體底子太弱了……」上官明昊微微一笑，靜靜地看著素顏。雖然葉成紹的名字在他心裡是根刺，他很不想提及，但怕她會衝動，因為太擔心而不顧一切就去了淮安。別人都只道她是溫婉端莊的性子，只有他知道，她膽大妄為，什麼都能做得出來，所以趕緊安慰她，告訴她，那個男人一切安好。

可是他的話音未落，就聽得一聲驚呼。素麗一聽郁三公子的身子不好，眼睛一紅，就要哭出來了，素顏忙將素麗抱在懷裡，開了口：「明昊哥，郁三公子他……他還好吧？」

她是第一次肯叫他明昊哥。以前，就算他們是未婚夫妻時，她也不肯這麼喊他，她看他的眼神從來就是帶著不屑，還有一絲鄙夷，她怪他太花心，怪他不專情，怪他優柔寡斷，呵呵……如今她的眼神變了，有欣賞，也有贊同，卻沒有了他想要的那絲情意。現在，好像只有友誼了，像是看一個最普通的朋友一樣看著他，那聲明昊哥也喚得自然而順口，就好像司徒敏一樣……

「還好，只是偶爾會患些感冒，倒是個很拚命的男子，三妹妹沒有看錯人。」上官明昊笑著安慰素麗道。

「走吧、走吧，肚子都餓了。葉夫人啊，妳可不能一聽到有成紹那小子的消息，就挪不動腳了，妳可是今天的東主呢，說了要請我們看荷花的，走，一道去。明昊、傲晨，你們兩個也跟著我們一起去嚐嚐葉夫人的沙拉水果去。」壽王世子妃感覺氣氛有些沈悶，忙插話，拉了明英就要上馬車。

冷傲晨一直靜靜地注視著素顏，見她神情低落，便笑道：「世嫂有好東西吃，怎麼能夠少了我和明昊兄的呢？世嫂不怪我們不請自來吧？」

素顏展顏一笑。「就怕請不到兩位呢，明昊哥，今天算是我給你接風洗塵，一會子得了空，給我說說那邊的情況吧。」

素顏肯如朋友一般大大方方地同自己談話，上官明昊也很開心，便笑著點頭道：「大妹妹要問話，我自是知無不言的。」

多了東王世子和上官明昊，晚餐吃得更加盡興了。素顏給大家備的菜也很有特色，除了傳統的北方菜外，她前世是出生在南方，並且愛吃辣，也懂得做些家鄉小菜，今天她特意給大家做了道剁椒雙色魚頭、臭桂魚，都是很開胃的，大家吃慣了山珍海味，對這種帶著鄉土氣息的南方菜覺得新奇得很。

東王世子吃得文雅，但到後來，卻是辣得一身是汗不停灌水，看得一旁的素麗直掩嘴笑，他卻一副老神在在，明明很怕辣，還是將司徒敏惡作劇挾在他碗裡的一大塊魚吃了個乾淨淨。

末了，俊臉被辣得紅通通的，卻是對素顏道：「世嫂，明天再煮這魚頭吃，明兒我同明昊兄親自去釣。」

素顏聽得頭大，還是很大方地點了頭道：「好啊，明天我再多放點辣子進去，讓世子吃得過癮。」

東王妃聽了呵呵笑道：「也好，這小子在蜀地住了好些年，就是吃不慣辣的，在妳這裡多吃幾次，回了蜀地後，我們府裡也能常吃川菜了。」

吃完飯，大家便都去水榭納涼，明英便提議要表演節目助興，東王世子和上官明昊立即贊同，東王妃最是喜歡素麗那一手剪窗花的絕活，笑著說上回沒看過癮，讓她又剪來。

大家正興高采烈地吃著冰鎮水果，聽著明英先彈的一首〈蝶戀花〉。

忽然，就聽得水榭外頭一陣吵鬧聲，素顏忙讓青竹去看。不多時，青竹回來，附在她耳邊道：「大少奶奶，銀燕姑娘抓到一個奸細，那人鬼鬼祟祟潛到後面廠子裡去被捉了個正著。」

奸細？素顏立即想起廠子裡製香的方子。不對，方子連製香的師傅都不知道，就算有人潛進去察看了又如何？根本就探不到什麼有用的東西。如此一想，她的心裡便鬆活了些，起了身，向東王妃和中山侯夫人幾個說了聲，便要往水榭外頭走。

冷傲晨眼光一凜，關切地看了過來，素顏對他微微一笑，只道家裡有些雜事要處理，讓素麗幫著招呼客人，自己帶著青竹離開了。

冷傲晨跟著要起身，司徒敏坐得離他近，看他要走，笑道：「晨哥哥，明英姊姊的琴彈得不好聽嗎？」

冷傲晨聽得眉頭一皺，看向場中的明英。素顏已經走了，對正在彈琴的明英來說便很不禮貌了，他這再一走，那便讓明英更加尷尬，司徒敏這樣一問，讓他抬起的腳就有點邁不開。東王妃的眼光淡淡地看了過來，眼裡有著不贊同，冷傲晨有些懊惱，又坐了下來，裝作認真聽琴的樣子。

別人也許沒聽到青竹在素顏耳邊的話，但冷傲晨功力深厚，方圓十丈之內，有什麼響動他都能辨別得清。葉成紹不在府裡，這府裡沒有一個男子主持，素顏的廠子又開得大，只怕……

他再也坐不住，從容地起身向水榭外走去。明英的琴聲戛然而止，有些黯然地嘆息了一聲道：「果然我的琴藝差了好多嗎？晨哥哥和素顏姊姊都要離席？不然，晨哥哥你來一首吧。」

明英聲音甜美溫柔，語氣裡帶著淡淡的憂鬱，東王妃看了冷傲晨一眼道：「晨兒，既然你幾位世妹都想聽你彈琴，你就彈奏一首，為大家助助興又如何？」

冷傲晨的臉色一沈，看了明英一眼，柔聲對東王妃道：「娘，葉夫人走得匆忙，府裡頭又沒個男子主事，兒子去瞧瞧，也不知道出了什麼事。」

他說得坦然得很，也不管在座的眾人是什麼臉色，大步流星地就走出了水榭。

中山侯夫人聽他說得嚴重，心裡也著急起來，一轉眼，卻見上官明昊早就離開了，什麼時候走的，她竟然沒有發現。亭子裡就只坐著幾位女客了，司徒敏看著冷傲晨修長的背影消失在月色中，眼眶就有些泛紅，明英見了，便輕輕地碰了碰她的胳膊道：「要不妹妹也跟著去瞧瞧吧，這裡畢竟不是東王府，晨哥哥也不一定就真的是去找素顏姊姊了。」

這話說得不明不白，原本司徒敏還只當是冷傲晨是葉成紹的朋友，朋友不在家，適當地照顧他的家人也是應該的，聽明英這樣一說，司徒敏原本單純的心思裡不由得就抽出了一根斜枝，不由得多想出一層，大眼裡露出一絲不可置信。明英又拉著她的衣服一扯道：「笨丫頭，還不快去？一會子就找不到人了，妳只當也是去找素顏姊姊好了。」

司徒敏聽得面紅耳赤。這確實是個好機會，素顏家的園子大得很，說不得，一會子出去了，就能看到晨哥哥。明月皎潔，夜涼如水，荷香四溢，如此美麗夜景……司徒敏的心如小鹿奔跑，怦怦直跳，起了身，羞澀地說了句。「我去瞧瞧素顏姊姊。」說著，也不敢看東王妃，一溜煙地也出了水榭。她的貼身丫頭好半晌才反應過來，急急地追了出去。

東王妃的眉幾不可聞地皺了皺，抬眼時，正好與中山侯夫人的眼光相遇，中山侯夫人苦笑一聲，眼睛有著淡淡的憂鬱。

東王妃心頭一震，拍了拍她的手道：「兒孫自有兒孫福，咱們說的，他們不一定會聽，順其自然吧。很多時候，他們自己非要撞了南牆才肯回頭的，好在妳我的都是兒子，等幾年也還是等得起的，由他們去吧。」

中山侯夫人聽得一怔，眼睛頓時睜得大大的，好半晌，才回過神來，也握了東王妃的手，一副同病相憐的樣子，嘆息一聲道：「難為妳想得開啊，妳家的跟我那個不同，他當時是自己犯了錯，得而復失啊，那根筋拗著了，怎麼也轉不回來，我也是沒法子了，總想幫他找個稱心的，可如……如今，能比得過那孩子的，又哪裡輕易找得著？」

東王妃也是忍不住嘆了口氣。「有什麼不同啊？同樣是有遺憾，說是命運不公呢，這種事情逼不得的，只有時間能醫治得好，若不是如今朝局太不穩定，我真想帶著他早些回蜀地去算了。」

一旁的壽王世子妃聽兩位夫人言語上打機鋒，忍不住就笑道：「我說兩位嬸娘呀，您們也別太操心了，就您家的兩位，在京裡頭可是數一數二的俏郎君，京裡的姑娘小姐們可是削尖了頭想要進您兩位的家門呢，就您們這樣還唉聲嘆氣，別家有父母可不得要跳河死了乾淨？」

東王妃和中山侯夫人沒想到壽王世子妃耳朵這麼尖，兩人的臉色一時都不好看，這可是關乎聲譽的問題，她們兩個說說就罷了，別人聽了去，那可就是是非了。

但是壽王世子妃也似乎似懂非懂的，又想起自家兒子也確實算得上出類拔萃、人中之龍，想要嫁給自己做兒媳的也是多了去了，便是再等上幾年，保不齊又能遇上兒子合心合意的呢，一時兩人心裡都舒坦了點，相視一笑，同時笑出聲來。

素顏跟著青竹往後院裡走，剛進了林子裡頭，銀燕手上就提了個黑衣人走了過來，把人往素顏腳跟前一扔，人便嗖地一聲不見了。

那黑衣人趴在地上直哼哼，看來，是已經被銀燕打了一頓。素顏想著前頭還有一群客人，便對青竹道：「送到柴房裡去，讓紅菊去審，看他是誰派來的。」

青竹也不多話，提了人便往柴房裡去。

紫綢提著燈籠，引了素顏往回走，邊走邊問：「大少奶奶，您剛才就不應該離開的，直接讓青竹問了不就好了？這會子怕是會引起那些夫人們的注意呢。」

素顏聽得微微一笑，眼睛淡定地看著前方，說道：「她們原就來得蹊蹺，我不過是離開一下子，給她們創造創造機會罷了。」

紫綢聽她這話說得莫名，心便提了起來，想再問，卻見素顏的神色很凝重，便閉了嘴，不再多說。主僕二人還沒走到樹林子，迎面就看見冷傲晨一襲天青色煙雨長袍，大步流星而來。

月光下，他氣質飄然如仙一般，素顏看了嘴角便勾起一抹苦笑，讓紫綢走在了前頭。

冷傲晨見她安然無恙，懸著的心便放鬆下來，不再走近，只是在離一丈開外的地方看著，神情淡定自然，半點也沒有失禮的尷尬。

素顏心中微暖，遠遠對他點了點頭，也不說話，便帶著紫綢自他身邊經過。

冷傲晨目送素顏往水榭方向而去，樹蔭把月光碎成了一片一片的銀光，靜靜灑在素顏纖秀的身上，像是綴滿了碎星，如月宮抱兔而歸的仙子，只是那身影略顯孤寒寂寞，他的心微微緊了緊，生生忍住想要上前的步子，待素顏主僕越行越遠後，他縱身掠上一根樹梢，身影隱在夜色中消失不見了。

第一百三十四章

素顏離水榭還差一段距離時，迎面急急走來一個丫頭，滿頭滿臉都是汗水，一看到素顏，像遇到救星一樣，顧不得行禮便道：「夫人，可有看到我家四小姐？」

素顏記得她好像是司徒敏的丫頭，不由一怔，問道：「妳家小姐不是在水榭裡坐著嗎？她也出來了？」

那丫頭急得兩手絞著帕子，眼都紅了。「她說要去找夫人來著，奴婢跟了出來，就沒找著人，奴婢都在這裡找一圈了，這可怎麼辦啊，人生地不熟的，四小姐能去哪裡？」

素顏聽了也著急，便安慰那丫頭道：「妳莫急，我讓人幫妳去尋，總在院子裡頭的。」

那丫頭聽了巴巴地看著素顏，紫綢便對素顏道：「奴婢去請顧嬤嬤來，讓她帶了人去找吧。」

素顏一時又想起東王世子冷傲晨來，腦中靈光一閃。司徒敏只怕不是跟著自己出來的，而是跟著冷傲晨出來吧，或許，人家並不想自己找著她呢，便對紫綢笑了笑道：「嗯，讓顧嬤嬤帶兩個人就成了，小心些，司徒姑娘怕是在園子裡的哪個地方迷了路。」

那丫頭聽了，卻是不跟著紫綢去，仍站在一邊看著素顏。素顏本是要去水榭的，客人待在水榭裡，自己這個主人卻是丟下她們遲遲不歸，可不太好，便也不再管那丫頭，徑直往水榭去。

那丫頭看了卻是眼珠子一轉，突然便哎喲一聲道：「葉夫人，您看林子那邊，可是我家小姐？」

素顏順著她指的地方看去，月影婆娑，樹枝搖曳起舞，影影綽綽的，好像確實有個纖秀的身影正站在林裡。素顏正要回頭叫人，卻見紫綢和青竹都被自己支走了，便對那丫頭道：「看著可能是，妳去尋了她回來吧。」

那丫頭一聽急了，回頭四顧後，瑟縮了一下，聲音有些發顫。「夫人，那地方好黑，我家姑娘怎麼也不害怕啊，奴婢……」

算了，來者是客，素顏嘆了口氣道：「那行，我陪妳去。」

那丫頭立即笑了起來，露出一排潔白的貝齒，月光下，卻沒有半分可愛，反而顯得有些陰森。素顏心頭一凜，覺得自己的感覺有些詭異，忙移開了目光不看她，提了裙向林子裡走去。

漸行漸近時，聽到喁喁低語聲，似是有兩個人在說話；再細看那林子裡，除了先前那條纖秀的身影外，還有一個修長的身形在離她不遠處。兩人似是正在說話，素顏就止了步，不肯上前了。那丫頭見了臉也有些紅，卻是巴巴地求素顏。「夫人，出門時，侯夫人下死令讓奴婢看著小姐，您看這會子……您是最穩妥的人，又跟我家小姐關係親和，您看到了不要緊，可就怕……」

後頭的她沒說出來，是求著素顏去將司徒敏請回來吧？月下幽會，孤男寡女的，素顏真的不想摻和這種事情，而且，她也並不覺得有什麼，少女情懷總是詩，司徒敏正是情竇初開的時候，自己過去定然是討人嫌的，可這丫頭的請求也並不為過，不管怎麼著，這是在自家院子裡，司徒敏真要因此損了名聲，自己這個主人不管如何也是要擔些責任的，只好無奈地提了腳，又往前頭走。

等到走近，她才看清，竟然是上官明昊與司徒敏正在說著什麼，司徒敏眼中含淚，目露乞求，似是在求上官明昊，而上官明昊昂然地站著，時不時就搖下頭，似是並不答應司徒敏的請求。

素顏覺得好生奇怪，司徒敏應該喜歡的是東王世子才對，怎麼又成了上官明昊？不過，也好，司徒敏性子單純，品性還不錯，中山侯夫人應該也是喜歡的。

正想清咳一聲引起那兩人的注意，就見上官明昊似有所感，溫潤而亮澤的眼神清凌凌地看了過來，微怔了怔，隨即又有些急，臉色開始發白，張口想要說什麼，人也急急就往素顏這邊奔來。素顏見了滿頭黑線，這傢伙那是什麼表情，自己又不是來抓姦的……呃，就算他與人有什麼姦情，與自己何干，不用解釋，不用解釋啊！她好不尷尬，不自覺就往後退，但還沒退一步，腳下不知被什麼東西絆住，身子一個不穩，便往後倒去。

很快，身後便有一股大力將她托住，她正心頭一喜，不用摔跤總是好的，誰知那力道卻是變了方向，將她推向正看她摔倒，腳步變得更快的上官明昊。

上官明昊一大步跨近素顏，正要伸手扶她，眼見她一個倒栽，人便向他懷裡撲來，幽幽的蘭香鑽入他的鼻間，嬌弱柔軟的身子觸手溫軟。有多久，沒有與她靠得這麼近過了？還記得，第一次她貼近自己時的那個囂張模樣，揚著她驕傲的下巴，鄙夷地看著他，毫不留情的罵他「大尾巴狼」，好難得的溫香軟玉抱滿懷，可惜，卻只是個意外，而且……

上官明昊從沒有這一刻這麼失態，明知應該立即推開素顏，但就是有些捨不得，哪怕多留一下下也好。也許，今生也不會再有擁抱她的機會了……

素顏滿臉窘得通紅，心頭一股怒氣直衝上來，正要推開上官明昊，卻是踩著了自己八幅裙的裙襬，又滑了下去，偏生上官明昊這廝似乎故意的，竟然含笑看著她出醜。他肯定很得意吧，自己會自動對他投懷送抱……

正要瞪上官明昊，就聽得一聲尖銳的叫聲，響徹夜空，很快便聽到司徒敏像是倒抽了一口氣，大聲道：「素顏姊姊，妳——」

更讓素顏氣餒的是，她又聽到了司徒敏的另一聲喊。「晨哥哥……」

上官明昊終於反應過來，扶正了素顏，自己後退了一步，保持距離。

冷傲晨原是在後院裡巡察，突然聽到一聲尖叫，他心頭一緊，便提氣縱身飛了過來，卻看到這詭異的一幕……

「晨哥哥，你去哪裡了？王妃正在找你呢。」司徒敏從素顏和上官明昊身邊走過，看了兩人一眼，便興奮地跑到冷傲晨身邊來。

她的丫頭忙去扯她，聲音似乎很小，卻是讓在場的都能清晰聽到。「小姐，您怎麼到這裡來了？快走吧，有些東西不是您該看的。」

冷傲晨聽得眉頭一挑，靜靜地看著素顏和上官明昊。素顏惱火地站直了身子，身邊兩個男子，一個正關切而微窘地看著她，以為自己對他餘情未了，自動投懷送抱，另一個正用懷疑的目光看著她，邊上還有一對推波助瀾、暗中落井下石的主僕……

她心裡冷冷一笑，知道自己怕是落入人家的圈套了。好卑劣的手法，好吧，不就是想看戲嘛，就讓大家看齣好的。

她誰也不看，既不解釋也不擺臉色，收了臉上的窘態，淡定自若地彎下腰去撿查自己的裙襬，果然湖綠色的裙角上有兩個腳印，一個是自己剛才踩的，另一個，卻不是自己的。她微微一笑，撇了撇嘴道：「得回去換身衣裳了，兩個腳印子，好好的宮錦呢，竟然毀了，真可惜。」

在場的幾位聽得面面相覷，半晌也沒回過神。她不是應該很著急地解釋，或是羞赧，或是氣憤難過的嗎？冷傲晨想了很多她應該有的反應，就是沒想到她到這個時候，被人看到了如此尷尬的一幕後，竟然首先在意的卻是自己的裙子。

他突然就想笑，嘴角忍不住就勾起一個好看的弧度。上官明昊原本也正窘著，聽了素顏的話，心裡悵然若失，不過，也鬆了一口氣，笑道：「其實也不是太髒，不過是兩個腳印子罷了，沒什麼的。一件衣服而已，大妹妹也會在乎？」

素顏聽出他話裡的安慰之意，難得地對他燦然一笑道：「是啊，不在乎，原本是很珍惜的，卻沒想到它也有被污了的時候，髒了就不要了。」說著，回頭淡淡地看了司徒敏一眼，又笑著對冷傲晨道：「一起回水榭吧，只怕王妃她們等得急了。」

冷傲晨的臉上卻是露出古怪的神色，眼睛向素顏和上官明昊的身後看去。素顏順著他的眼光看去，果然就見東王妃、中山侯夫人，還有明英、壽王世子妃，她們正從另一頭走了過來，靜靜站在那裡，也不知道站了多久了，更不知道她們看了多少去了。

素顏唇邊帶了一絲苦笑，撫了撫臉側一綹方才在上官明昊懷裡弄亂的髮絲，淡定向東王妃那邊走去。

明英睜著一雙黑白分明的大眼，眼裡全是震驚。「那個……素顏姊姊……我們……我們沒看到什麼。」

欲蓋彌彰，這樣的話更能讓人產生誤會。素顏又抬了眼看向東王妃，東王妃的神情卻像是很高興的樣子，似是鬆了一口氣，解了心結一般，看素顏的眼神也有了些異樣。而中山侯夫人唇邊的苦澀卻是更深了，她伸出手來，溫柔地撫著素顏的臉頰，關切地說道：「下次多帶幾個人在身邊，摔了跤也好有人扶。還好，這一次只是弄髒了衣服，沒有傷著人。」

總是這麼體貼，總是這麼睿智，一眼就能看出別人的把戲，偏偏還次次都站在自己這邊。素顏心裡暖暖的，鼻子也發酸，突然就覺得好疲憊，人在困境中，最是聽不得親人關懷的話，原本堅強的心防立即就被衝垮了。素顏身子一軟，撲進了中山侯夫人的懷裡，緊緊抱著她，頭埋在她懷裡，半晌也沒有抬起來。

冷傲晨靜靜地看著在中山侯夫人懷裡撒嬌的素顏，瘦削的雙肩輕輕聳動著，她是在哭嗎？很委屈吧，剛才還一副毫不在意的樣子呢，原來只是個披著堅硬外殼的小兔子啊……

明英的神情更加驚異了，忍不住說道：「啊……那個，侯夫人果然是與素顏姊姊更親一層呢，妳們以前就差點成婆媳的吧，怪不得，姊姊和明昊哥哥也真是……唉，原本應該是多麼般配的一對啊。」

壽王世子妃冷眼看著這一切，明英的話讓她終於忍不住了，似笑非笑地看了明英一眼道：「方才郡主非要說園子裡的景致多麼好，要過來看看，原來就是想看葉夫人摔跤的嗎？妳這丫頭可真是促狹的，不會早就知道葉夫人會跌跤吧？好在明昊兄弟手腳快，不然，葉夫人這件上好的宮錦八幅裙還真穿不得了，會掉色也不一定呢。」

這話說得就夠直接了，明英聽得臉色一沈，眼裡就含了怒意，也是似笑非笑地回道：「世嫂這是怎麼說的，明英又不是神仙，哪裡知道素顏姊姊突然會摔，而且還摔得那麼湊巧？我可是跟妳們一起從水榭裡來的。」

素顏在中山侯夫人的懷裡哭了一下，便立即平靜下來。這裡到底是自家的園子，要說別人安排陷阱讓她往裡跳，還真是說不過去。而且，方才也分明是司徒敏的丫頭在自己身後搞鬼……那丫頭，似乎手勁還滿大呢，她深吸了一口氣，自中山侯夫人懷裡抬起頭來，不好意思地吸了吸鼻子，對中山侯夫人道：「伯母，看見您，就像看到我娘親一樣，受了欺負就想往您懷裡鑽，讓您見笑了。」

中山侯夫人笑著搖了搖頭道：「就怕妳年紀大了，不肯到我的懷裡來了呢。」又對一旁愣怔著的上官明昊道：「昊兒，你大妹妹這園子裡怕是不太乾淨，四處瞧瞧去，要是有著野貓野狗的就捉起來，給你大妹妹處置。」

明英聽了這話，眼裡便閃出一絲凌厲，笑著打了個呵欠，對東王妃道：「世嬸，夜涼了，我們還是回您那院子裡歇著去吧。」

東王妃點了點頭，並沒有多說什麼。司徒敏的臉色有些發白，眼睛不住就往冷傲晨身上瞧。冷傲晨的臉色很淡，根本就不肯多看她一眼，看上官明昊正要依言離開，他大步走了過去道：「明昊兄，我與你一同去看看。」

上官明昊聽得微微一笑，拍了拍冷傲晨的肩膀，笑道：「走吧，我也覺得今晚這園子裡不太乾淨呢，一會子，真要是有野貓野狗，一鍋燉了，與傲晨兄一起，對月喝上一杯如何？」

冷傲晨聽了哈哈大笑，兩人肩並著肩，腳步如飛地走了。

東王妃見兩人毫無芥蒂地走了，不由微微一笑，走到中山侯夫人面前，拉了中山侯夫人的手道：「那兩個孩子，打小就關係好得很呢，今晚怕是又要喝個不醉不歸了。」

「可不是嘛？」中山侯夫人也是笑著，對素顏道：「妳妹妹正在水榭裡剪窗花呢，方才也沒讓她跟著我們出來，妳那歌兒唱得好聽，一會子再給我們唱首新曲子吧，難得來妳府裡一趟，可不能讓我們掃了興去？」

一旁的壽王世子妃也道：「可不是嘛，妳可不能偷懶，上回妳家那二姑娘的歌兒就是妳教的吧，我家世子爺也挺喜歡那曲子的。」

幾人一同向水榭走去，沒有一個人理會司徒敏，司徒敏的臉色越來越白，眼淚終於忍不住就掉了出來。她像是被人遺忘了，心裡無比的委屈……

「小姐，咱們也回水榭去吧。」她的丫頭扶住她的手，小聲地勸道。

「是妳，是妳對不對？妳為什麼要這麼做？」司徒敏厲聲對那丫頭吼道。

那丫頭聽得臉色一白，立即跪了下去，哽著聲道：「小姐，奴婢也是捨不得看您傷心啊，她明明都嫁人了，卻還——」

「住口！大姊已經與她把關係弄僵了，母親又是那個脾氣，妳還來害我？這會子我便是說出去，就是跳進黃河也洗不清了，她以後再也不會把我當朋友看待！」聽那丫頭還要說出不好聽的來，司徒敏氣得一巴掌向那丫頭甩去，截口說道。

那丫頭倔強地抬起頭道：「小姐，今天這事看著她們好像是看穿了，但這種事，原就只是捕風捉影的，您待著瞧，不出三天，這京城裡頭肯定就會起流言，便是東王妃幾個再信她清白又如何？何況又是親眼所見，那懷疑的種子一旦種下，就會生根發芽的。她以前在世子的眼裡就像個仙子一樣，只怕以後就難說了。」

司徒敏聽得愣住。這裡，只有她是看得最清楚素顏是怎麼跌的，更明白素顏與上官明昊清清白白的，一開始，她也想為素顏辯解兩句來著，但一看到冷傲晨的臉，她的私心便開始作祟，竟然巴不得冷傲晨誤會了就好，就此認為素顏是個婦德不端的人，早些清醒了才是……

可是，她的願望落了空，冷傲晨比她想像的要聰明得多，她都能看出的把戲，他又怎麼看不出來？她不但沒有得到想要的結果，還讓他更加鄙視她，瞧不起她了，他一定認為是自己設的局，一定認為是自己指使丫頭幹的，自己倒成了那陰險狡詐的小人了，他……就算不會與素顏姊姊有什麼瓜葛了又如何？以後，他再也不會多看自己一眼了。

越想越心痛，越想越憤怒，司徒敏突然就一腳向那丫頭踹去，冷冷地說道：「以後妳就跟著大姊吧，我這裡廟太小，妳跟著她才有前途。」

那丫頭聽得臉一白。做奴才的，最忌的就是不忠心，雖然大小姐和小姐是嫡親姊妹，可是自己聽了大小姐的話，在小姐背後搞小動作……小姐以後怎麼也不會再信任自己了，她一時大急，納頭就拜，哭著求饒了起來。

司徒敏也不再管她，獨自傷心地往水榭裡走去。司徒蘭是她姊姊，她沒辦法斥責她，但是，她為什麼不多想一想，一個侯府的嫡長女怎麼就會一再落到被人恥笑的境地，真的是老天不公嗎？真的是命運不濟嗎？

素顏與東王妃幾個一同回了水榭，素麗的窗紙才剪了兩種花色，紅梅正在幫她疊紙，見素顏頭髮有些散亂地進來，素麗的心頭沒來由地一凜，關切喚了聲。「大姊，妳還好吧？」

明英有些陰陽怪氣地瞧了素麗一眼道：「妳大姊好得很呢，才摔了一跤，幸虧有人憐香惜玉，沒有摔傷呢。」

素麗一聽這話便不地道，不由冷眼看了明英郡主一眼。明英向來跟素顏關係還可以，今天怎麼會變這樣？

東王妃不想再在這事糾纏下去，怕越說就越不清，便笑著對素麗道：「我們出去轉了一個圈，妳的窗紙還沒剪成嗎？可不會是等我們都走了，妳在偷懶吧。」

明英與二皇子的大婚之期定在八月中秋，她很快就要成為二皇子的正妃了，以前也許還有些情誼，但如今為了二皇子的利益，她會對自己不利也是有的。素顏想到了這一點後，不由嘆了口氣，抬眼看向水榭外頭。按時間算，這會子也應該審出些什麼來了才是啊，青竹怎麼還沒有回來？

大家又坐在水榭裡吃了一些水果，又看了素麗表演窗花絕活，水榭裡談笑風生，似乎很快就忘了先前的不愉快。素顏正拿了琴，準備彈奏曲子時，院子裡響起了一陣打鬥聲，東王妃幾個不由看向素顏，眼睛透著柔柔的關切之情。

別人也許不知道，東王妃是知道的，素顏這生意做得大了，只怕有人心裡不願意呢。如今大皇子倒了，能與二皇子抗衡的，便只有葉成紹，淮河終於今年沒有再發大水，治河初見成效，葉成紹如今又以百姓生計為重，不辭辛勞地奔走於災民之間，聲名如旭日東昇，有些人，怕是坐不住了吧？

「孩子，妳別急，晨兒和明昊兩個都在呢，今天晚上我們就不回去了，就在這裡坐著，看有誰的膽子能大到何種地步去。」東王妃安慰素顏道。

壽王世子妃則是一臉的有趣。她也是個不怕事的，壽王府裡可是悶得很，難得到素顏這裡來，不只是談好了一大筆生意，更是能看好幾齣戲，便笑著道：「嗯，不回去了，難得出門子的，不玩個夠本，我才捨不得動呢。」

中山侯夫人很是擔憂地看著素顏。「要不，成紹那孩子不在家，妳就回娘家住些日子吧？也不要太操勞了，終歸有男人們在外頭頂著呢。」

這時，明英有些坐不住了，神情稍顯慌張了起來。「司徒妹妹呢？怎麼還不見她回來？」

大家一聽這話也都急了。先前都認為司徒敏耍了小手腕，弄了那麼一齣拙劣的把戲，大家都沒有理她，以為她不太好意思進水榭，在那兒收拾心情呢，這會子才發現時間也過長了些，院子裡正亂著，她不會又出什麼事吧？

東王妃立即站了起來，對身邊的婆子道：「妳快快帶了人去找司徒小姐，不找著不要回來見我。」

素顏也起身就想出去看看。她倒不怕有危險，銀燕應該就隱在她身邊的，但司徒敏若是在自己院裡出了事，那可就真難說得清楚了。

正著急時，青竹手裡提著一個人大步向水榭走來。那人頭髮散亂，衣襟上全是血跡。青竹也不多話，把人提進來後，便往明英郡主的腳下一扔，冷冷道：「郡主娘娘，麻煩妳把妳家的狗看好了，不要亂闖才是。」

第一百三十五章

明英聽得大震，臉都白了，眼睛死死地看向地上那人，似乎恨不得將那人撕了一樣。好好的布局，難道要被這種窩囊廢毀了嗎？

嘴裡卻道：「素顏姊姊，妳家丫頭好生無禮，這個人是誰啊？我認都不認識，怎麼就往我身上潑髒水呢？」

那地上的男子緩緩抬起頭來，一看明英的眼神，也知道自己大限將近，布滿傷痕的臉上便帶了一絲絕然而淒涼的笑意，突然一咬舌，頭一歪，竟是死了。

青竹見了大怒，上前去就踹了那人一腳，那人卻是半點氣息也無了，她不由好生懊惱。點了那人的穴道，讓他動彈不得，卻沒有防止他會咬舌自盡。這人死都不肯招供，好在他身上帶著的一塊玉珮刻有陳王府的印記，讓紅菊查了出來，所以，她才會氣呼呼地提了過來，想當面揭穿明英郡主。

明英見那人一死，便鬆了一口氣。外頭的打鬥聲還在，她心裡隱隱還懷著一點希望，今天來，就算是探不到藍素顏那個廠子裡的秘密，毀了它也是好的。自己沒有藍素顏的本事，不能為二皇子賺錢，也不能為他建功立業，但總不能做個沒用的小鳥，待在籠子裡享清福吧？怎麼著，也要為他做點事情才是。

但是，很快地，她的希望便破滅了。冷傲晨和上官明昊兩人大步走了進來，都不約而同地看了明英一眼。冷傲晨對素顏道：「死了十個，跑了三個，抓住了兩個活口。世嫂就不要去看了，我和明昊兄會處理的，院裡的護衛也很得力，野貓野狗的，想偷東西也沒那麼容易。」

素顏的心裡暖暖的。人生最難得的就是有人無條件地信任，先前的那一幕有人分明就是做給冷傲晨看的，他也親眼看到了，自己半句解釋也沒有，他卻還是相信了自己，以自己與上官明昊的那點曖昧關係，怕是換了誰也會猜疑吧，她並不是在乎他的看法，只是不願意自己的人品無端被人家看低了。

她上前向他們兩人行了一禮。雖然院裡的佈置防範都不錯，但他們肯出手，那是最好的，也要讓皇上知道，有些人的心機和手段又多麼可惡，自己不過是建個小廠子，賺點小錢，都要被人破壞……那個人高高地坐在那個位置，指使他的兒子為他賣命，卻連兒媳婦都護不住，不知道他有沒有臉見葉成紹。

東王妃聽得冷笑一聲道：「嗯，很好，晨兒，你再幫你嫂嫂查查，務必幫她將院子裡的雜碎都清理乾淨了。」

冷傲晨聽了轉身正要走，就聽得外面湖對面，司徒敏的丫頭一聲慘叫。「來人啊！救命！我家小姐落到湖裡去了！」

冷傲晨聽到那丫頭喊叫聲起時，回頭看了素顏一眼，便飛身掠起，向那聲音而去。

水榭裡，東王妃面沈如水，中山侯夫人關切地看著素顏，拍了拍她的肩膀，以示安慰。

壽王世子妃的臉色也不太好看。司徒敏是跟著她們一起來東王府的，要是在素顏這裡出了事，素顏脫不了干係，她們也一樣受牽連。要知道，是她特意要求來素顏這裡，東王妃才帶了這一群人一起過來的。

護國侯府可是不知道這一次的宴請會從東王別院，轉到寧伯侯府的別院裡頭的，以護國侯府如今對寧伯侯府的怨恨，定然是不願意自家姑娘再與素顏結交的。

司徒敏先前在樹林裡的舉動，便讓壽王世子妃很看不過眼了。大家回水榭，也跟著回就是了，這不是給大家添堵嗎？想著才與素顏談好的合作，她心裡就好生惱火。早知道就不該讓司徒敏同來！

明英聽得有些詫異，不過轉瞬，嘴角就帶了一絲譏誚，一副看好戲的樣子跟在素顏和東王妃幾個後面往湖對岸而去。

等大家到了司徒敏落水之地時，看到司徒敏已經被救上岸了，而且，正直挺挺地躺在草地上，一動不動，臉色蒼白得嚇人。冷傲晨和上官明昊站在一旁有些束手無策的樣子，而青竹則是冷冷地、嫌棄地看著司徒敏，司徒敏的丫頭正哭得死去活來，跪在司徒敏身邊不停發抖。

這下就連東王妃的心也沈了下去。她可是這群人裡的長輩，司徒敏又是她下了帖子請出來的，這要是死了……她怎麼好跟護國侯府交代？心下不由大急起來，問冷傲晨。「你司徒妹妹如何了？」

冷傲晨一身素色長袍全濕了，單薄的絲質衣料緊貼在身上，將他健碩而修長的身形勾勒得充滿男性誘惑，一旁的明英見了，也忍不住多看了兩眼。

他稍顯堅毅的唇角抿了抿，對東王妃搖了搖頭，眼神有些發愣，卻不說話。

這情形讓素顏倒抽一口冷氣。不會死了吧……她忙急步走到司徒敏身邊，探下手去。氣息微弱，還沒死，不由鬆了一口氣，對青竹道：「來，妳將她的脖子抱起。」

青竹不情不願地依言而行。素顏將司徒敏的嘴巴撬開，伸了手指進去，將司徒敏嘴巴裡和喉嚨裡的泥和雜質摳了出來，再雙手疊放在司徒敏的胸腹部，用力按壓，司徒敏肚子裡的水像水箭一樣地沖了出來。連連壓好幾下後，司徒敏猛地一咳，人終於醒轉了過來。

冷傲晨看著素顏的眼神又凝黑了幾分。司徒敏救上來時，已經失去了知覺，應該是落水有一陣了，也不知道為什麼那個丫頭這才呼救，司徒敏如果死在素顏的府上，會有什麼樣的後果可想而知。來京城的這幾個月，他也知道了司徒蘭與葉成紹的往事，更加清楚了護國侯府與素顏之間的心結，司徒敏再一出事，那護國侯與素顏怕就是不死不休的仇恨了。

有些人想要尋死，卻非要拉上她墊背，這讓冷傲晨好不憤怒。

好在素顏果然醫術高明，讓他又鬆了口氣。他雖然會武，卻從沒有救過溺水之人，再說了，男女授受不親，他下水救人是道義所在，如今人上了岸，他就不得不顧忌了。

一塊乾淨的帕子遞到了素顏面前。因救司徒敏，素顏累得滿頭大汗，她下意識去接，抬眸卻觸到上官明昊黑幽幽的眸子。見她愣怔，上官明昊唇角勾起一抹自嘲的笑，手卻是堅決地伸著，並不肯收回去。

素顏很大方地接過他的帕子，擦了把汗，說道：「謝謝明昊哥。」卻是將帕子遞給了一旁的青竹。「幫我洗洗，再還給世子爺。」

上官明昊的眼神黯了黯，但唇角的笑意不減。至少，她不像以前那樣排斥他了，以後，就如同兄妹一般照顧著她吧，多餘的，再想只會傷肝傷肺，誰讓他以前不好好真心來著？

那丫頭見司徒敏一醒，立即喜出望外，止了哭，抱著司徒敏就喊：「四小姐，您嚇死奴婢了……」

司徒敏虛弱地抬了抬手，輕輕推開那丫頭，眼睛四顧，看到冷傲晨後，眼淚噴湧而出，抽噎著說道：「晨……哥……哥，謝謝你救了我。」

冷傲晨厭惡地看了她一眼，冷冷道：「舉手之勞，不足掛齒，而且救活妳的是世嫂，妳應該謝謝的是她。」

司徒敏神色一呆，轉眸看向素顏。素顏對她微微一笑道：「妳身子很弱，不能大動，我先讓人將妳扶到客房裡休息吧。」謝不謝的無所謂，別再出亂子就好。

司徒敏臉色窘了起來，吶吶地像是要解釋，但看素顏像是根本沒有興趣聽她的話，眼淚流得更凶了。

壽王世子妃實在是氣不過，也不管司徒敏才醒，衝口就說道：「我說司徒妹妹，妳好好的怎麼掉河裡了？我們大家都在亭子裡賞花，妳卻要一個人到湖邊來，葉夫人家的荷花再好看，妳讓丫頭去摘就好了，可不值得妳拿了命去討吧？」

這話說的意思就多了，分明就是在說司徒敏不懂事，沒事瞎鬧，給大家添麻煩，也暗諷司徒敏這番作為有為了吸引冷傲晨而拿命去賭之嫌，這話聽著就重了。

司徒敏聽得更加傷心起來，她身邊的丫頭卻是個嘴利的，也不顧壽王世子妃的身分，氣呼呼地說道：「我家小姐不過心情不好，想一個人在這邊走走，誰知道這園子裡邊這般不乾淨，好好的人，突然就被推到水裡去了，早知道就不該跟著來這裡了，小姐要是有個……那夫人還不得傷心死去？」說著，那丫頭又抱了司徒敏哭。

壽王世子妃被她氣得臉都紅了，正要再說，中山侯夫人嘆了口氣道：「還是聽素顏的，到客房裡好生休養去吧。夜深露重的，要再著了涼，那豈不是更不好了？」

東王妃聽了，也是擔心冷傲晨。「晨兒，你且回去換身衣服吧，看這一身濕的……」

冷傲晨猶豫地看了眼素顏。先前那個潛入的人還沒有處理呢，她一個婦道人家，便是再精明能幹，遇到這種事情，不嚇住已經很不錯了，那些捉來的人要交到順天府去，她出去交涉就很不方便，這個時候，他是絕不能走的。

「我沒事，衣服一會子就乾了，母妃不用擔心。兒子送您去歇著吧，夜深了。」冷傲晨說完，就扶了王妃要走。

那丫頭一見冷傲晨和王妃要走，突然爬起來，飛快地跑到王妃面前跪下來，大聲道：

「王妃、世子爺，您們不能走啊！我家小姐……是世子爺救上來的，您看她……她那一身……」

司徒敏也是只穿了薄衫，身上原有的一件半臂早不知道去了哪裡，濕衣也是緊貼在身，少女玲瓏有致的身體一覽無遺，像是沒穿衣服一樣。東王妃聽了這話，眉頭一挑，微瞇了眼看著那丫頭。

青竹撇撇嘴，輕蔑地看了那丫頭一眼。妳也知道自家小姐這樣子不妥，怎麼就不見妳脫下身上那件半臂給她掩一掩？分明就是故意這樣，好拿這說事。

明英聽了那丫頭的話，不陰不陽地說道：「也是啊，這火一樣的天氣，誰身上穿那麼多啊？這落到水裡頭，要救人……那可是免不了肌膚相觸……唉呀，小敏可是閨中女兒，還沒議親呢，這……」

那丫頭一聽明英幫她說話，便向東王妃磕起頭來。「王妃，世子爺良善，救了我家小姐，本應該重謝，無奈這女兒家的閨譽勝過性命，這……這要是沒個說法，沒個交代，小姐怕是也沒臉見人了。您救人就救到底，送佛送上西……再說……再說小姐也是侯門嫡女……」

那言下之意便是要讓冷傲晨負責，娶了司徒敏，不然，司徒敏又得再去尋死……

東王妃氣得倒仰，臉色變得很難看了，但那丫頭說的又有幾分是實情，在這禮教森嚴的社會裡，如此肌膚相親後，若是沒有個交代，女孩子的聲譽確實會受損，不然，先前她們也不必費盡心機設計素顏和上官明昊，為的就是壞了素顏的名聲。她正暗自思量，要如何堵了眾人的嘴，就見冷傲晨鬆了她的手，向司徒敏走去。

東王妃心裡一急。原本，這司徒敏家的身世也不錯，司徒敏的性子雖莽撞了些，但還算純良，與護國侯府結個親家也還過得去，但奈何冷傲晨看司徒敏不上，而今晚司徒敏的所作所為更是讓東王妃瞧不上眼，便更加不喜司徒敏了。誰願意自家兒子救了人，還要被人要脅著娶她啊？見過臉皮厚的，沒見過這麼厚的，死乞白賴地要嫁給救命恩人，這以後，誰還敢救她？

冷傲晨走到司徒敏身邊，冷冷地看著司徒敏，司徒敏則不停地喘著氣，眼淚汪汪地看著冷傲晨，見他的眼神冰冷如霜，心頭一陣陣發愣，猛地對他搖起頭來，張著嘴想說話，又似是喘不過氣來，半天也沒發出一聲。

冷傲晨淡淡地問道：「妳很想嫁給我嗎？」

司徒敏聽得怔住，原本搖著的頭也停了下來，僵在那裡，不知道是要搖頭，還是該點頭，豆大的淚珠輕輕滑落，一副我見猶憐的樣子。冷傲晨見了，不屑地抬了眼，不再看她，卻是對她的丫頭道：「真是對不住妳家小姐，讓她願望落空了。方才下水救她時，我是扯著她的頭髮拖上來的，並沒有碰她；到了河邊，也是妳將她拖上岸的，所謂肌膚之親一說，純屬謬談。」

那丫頭聽得目瞪口呆，而司徒敏一口氣終於沒有喘上來，兩眼一翻，暈了過去。那丫頭沒想到冷傲晨會說這種話，他明明是抱著小姐上岸的，他怎麼可以不認帳？

正要分說，壽王世子妃冷笑一聲道：「妳要真是為了妳家小姐好，就不要再囉嗦了，不然便是妳居心不良，存心要毀了妳家小姐的名聲。」

那丫頭只好閉了嘴，再也不敢多說，跑過去一看司徒敏又暈了，忙又是哭喊又是掐人中。

司徒敏醒來第一件事情，便是使出渾身的力氣甩了那丫頭一巴掌。

她現在想死的心都有了。先前她在湖邊時，聽到園子裡有了打鬥聲，便不敢亂動，怕殃及池魚，老實地坐在湖邊，誰知身後突然有人推了她一把，她便掉進了河裡，就聽得這丫頭大喊大叫，她不會泅水，吞了好些水進肚子，沈沈浮浮的，以為自己會死，終於被救上岸後，她對冷傲晨和素顏很是感激，但苦於剛剛溺水，身子弱得很，沒什麼力氣說話。

可是她萬萬沒有想到，自己的丫頭竟然敢自作主張去要脅東王妃，逼冷傲晨娶她。他的眼神那樣地冷，裡面是鄙夷和不屑，這讓她的心一陣陣揪痛。

她是喜歡他，但是，如果用這種無恥的方式脅迫他，就算是成功地嫁給了他又如何？他根本就看不起她，以後在他眼裡，自己就是個不要臉又無恥陰險的小人……

一時，司徒敏想死的心都有了，但她又不甘心，自己身後分明就有一隻黑手操縱著，想起傍晚時分，一看到冷傲晨和上官明昊的出現，明英眼神裡閃過的一絲算計，還有她的丫鬟總巴著自己，不知在嘀咕什麼……向來單純的她，腦子裡閃過一道靈光。有人拿自己當工具使呢！她一咬牙，心裡也有了計較。

「妳……妳為何要害我？到底是受了誰的好處？妳這背主棄義的狗奴才！」打完人後，司徒敏對那丫頭冷冷地說道。

那丫頭被打得一震，眼神躲閃著，嘴裡卻是亂嚎道：「小姐，您身體虛，說胡話呢，奴婢可是一心為了小姐好啊！」

明英也關切地走了過來，彎腰去扶司徒敏。「敏兒妹妹，妳這是怎麼了，就算……就算世子爺他不肯，不是還有侯爺和夫人嗎？他們會為妳作主的，這丫頭也著實忠心，一心為著妳好呢。」一邊說，邊給司徒敏使眼色。

是勸她咬住冷傲晨，然後回府去讓護國侯與東王交涉呢。司徒敏的臉更紅了，她冷笑著甩開明英的手，道：「妳我相交十幾年，我拿妳當親姊姊看，誠心待妳，妳卻是如此對我，不覺得心中有愧嗎？」

明英聽得臉色一黯，臉上有些不自在，眼神閃爍著訕訕地道：「妳說什麼呢？真的發高燒了吧。」說著，一副不與她計較的樣子去扶司徒敏。

司徒敏一甩，卻是對素顏道：「素顏姊姊，不管妳信與不信，先前和方才這事都不是我弄出來的，我……我只是被人利用了。我大姊跟妳有怨，但我一直是相信姊姊的為人，也是真心想與姊姊交朋友的，姊姊……妳可信我？」

素顏心知明英在這裡頭肯定搞了鬼，但司徒敏是不是摻和了，她不能確定。明英的行為推翻了她以前的認知，原以為不管將來如何，自己與明英還是能繼續做朋友的。

她來到這個世上，交好的女子並不多，很珍惜與明英和司徒敏的感情，殊不知，利益驅使下，小小的友誼又算得了什麼？二皇子想要登臨大寶，野心很大，明英嫁給他後又是正妃，將來只要二皇子成功，她便能成為母儀天下的皇后，有誰能抵得住這樣的誘惑？

第一百三十六章

看素顏沈默著並不說話，司徒敏便感覺有些絕望，顫巍巍地向素顏行了一禮道：「姊姊，妳信不信我，我都無法辯解，請妳使個人將我這丫頭身上全都搜一遍，說不定就能找到有用的東西來。」

青竹早就看那丫頭不順眼了，司徒敏的話音一落，便扯過那丫頭，很熟練地就將她搜了個遍，連肚兜都沒有放過，那丫頭的臉頓時脹成了豬肝色。

果然，還真搜出了一塊上好的羊脂玉珮來。司徒敏一見，臉上終於有了喜色，對素顏道：「看吧，這樣的好玉，便是我身上也沒一塊呢，她一個丫頭，哪裡來的這種東西？」

東王妃和壽王世子妃也同時看了過來。那玉確實是上品，就算她們家底殷實，也不會輕易就拿了這種東西賞給下人，果然真的有人收買了那丫頭。

司徒敏乘機罵那丫頭道：「說吧，誰指使妳的？是不是妳推我下湖的？」

那丫頭聽得臉色大白，連連搖著頭道：「奴婢再是貪財，心卻還是為著小姐您好的，怎麼敢謀財害命？」

東王妃的眼眯了起來。這種事情，可不是忠心和出賣的問題，而是害主子，論罪當斬的。她看司徒敏臉色蒼白，說話也不是很有力氣，冷聲喝道：「那妳還不快說，是誰將妳家主子推進河裡的？這玉又是自何處得來？」

東王妃久居上位，平素溫婉端莊，看著親和得很，但是一沈下臉來，便自帶了一股威嚴。那丫頭不敢多看，垂了頭只是不語。青竹看著就煩，也不等素顏吩咐，捉住那丫頭的左手，只聽得咯吱一聲響，那丫頭一聲慘叫，她左手小指便被生生截斷了，像根小枯枝似地吊在手掌上。

她痛得滿頭大汗，青竹淡淡地看著她，道：「好生回答王妃的話，不然，妳其他九根手指也會如這根一樣。」

十指連心，又是斷了骨頭，痛得那丫頭牙齒直打顫，哆嗦著回道：「回王妃的話，小姐著實不是奴婢推下湖的……有個黑影過來，便突然推了她下去，奴婢也沒看清是誰，不過，這玉……是明英郡主身邊的劉嬤嬤給的，她是讓我……讓我……」

明英聽得大怒，過來便要打那丫頭，卻被壽王世子妃一扯道：「妹妹，就算她誣衊妳，也等她把話說完吧。清者自清，妳急什麼？」

明英哪裡肯聽，怒道：「我陳王府的東西都有印記，妳們可以仔細瞧瞧，看她那玉上是不是真有我家的印？這丫頭血口噴人呢！」

沒有印，會是在外頭買的嗎？真起了心害人，又怎麼會留下把柄？東王妃和中山侯夫人，還有壽王世子妃都是一聲冷笑，看明英的眼光很是複雜，更帶了一絲鄙夷。

明英氣得袖子一甩道：「妳們竟然信一個丫頭，不信我的話？哼，那我再留下又有什麼意思，算了，我走就是。素顏，我原本是來看妳的，妳竟然如此待我？一再誣陷我？我知道，我就要嫁與二皇子了，妳……」後面的到底沒有說出來，葉成紹的身分並沒有公開，明面上，他與二皇子的關係對立不了，她故意說一半、留一半，知道內情的就會多想，而在場的，不知道葉成紹身世的怕也不多了。

「妳嫁與二皇子那是好事，難不成，二皇子與我家有仇不成？郡主這話說得好生莫名其妙。」素顏淡淡回道。明英生了什麼心思，大家心知肚明，到了這分上還要倒打一耙，真當別人都是傻子嗎？

明英也知道她再待下去沒意思，聽了這話，故意氣沖沖地對身後的下人道：「走，我們回去。」

又回過頭來，似笑非笑地對素顏道：「今兒這事是司徒妹妹的錯，妳怪到我頭上來，實在不應該，不過，我不與妳計較，等妳氣消了，我還是要來拜訪的。」

竟是一副很大度的樣子，揚長而去。在場的面面相覷，卻也無可奈何。

司徒敏哭得傷心，素顏如今倒是信了她幾分，拍了拍她的手道：「莫哭了，回房去歇著吧，妳身子再受了涼可就不好了。」讓青竹扶了她回客房休息了。

東王妃關切地看著素顏道：「妳……小心些，也早點休息吧，那些個雜事，讓晨兒和明昊幫妳辦了就是。」

於是，她點點頭，又安排壽王世子妃幾個住下。

冷傲晨與上官明昊又將府裡清查了一遍，才連夜帶了那捉來的幾個活口去了順天府。

壽王世子妃行動很快，兩天後，就派人來拉貨了。她在城西的鋪子連門面都改成與素顏的玉顏齋一樣了，美其名曰：「玉顏齋二店」。

自從掛上了玉顏齋的名號後，壽王世子妃那家原本生意清淡得快要關門的胭脂鋪子，陡然就紅火了起來，住西城京中貴婦雖然沒有東城多，但這裡多得是些皇商、富戶，這裡的夫人小姐們，雖然沒有高貴的身分，但錢多，又最是喜歡跟貴族的風，一聽說城西也開了家與城東一樣的玉顏齋，她們紛紛棄了以前用的胭脂水粉，全都改用玉顏齋的了。壽王世子妃從開張起，差不多每日都日進斗金，有時還會缺貨，讓世子妃不斷催人去素顏的廠子裡多進貨的同時，也累得腰都挺不直了，也更是樂得笑開了花。

因為她將鋪子經營得好，壽王府的收入也大增，原本就喜歡她的壽王妃更是在家門中只幫著她說話，令一干的妯娌、小妾、姨娘、通房們被她整得灰頭土臉，她更是借這東風處置了世子爺的兩個通房、一個美妾，成功站穩了壽王府的少主母地位，那些個妯娌、小妾之流再也不敢輕易得罪她。誰讓人家財大氣粗，連世子爺都要求著她呢。當然，這是後話。

只是壽王世子妃自從與素顏做成生意後，便成了素顏的好友，京城貴婦圈裡，但凡有人對素顏出言不遜，立馬就會被這位八面玲瓏、長袖善舞又牙尖嘴利，軟刀子捅人的世子妃罵得吐血。

東王原本是站在中間的，但自從冷傲晨與素顏簽訂了購銷合約，大量的新式胭脂水粉銷往蜀地，在蜀地也開起了玉顏齋，又是以王府名號開的，果然生意大好，竟然將蜀地的胭脂水粉業也壟斷起來。只是路途太遠，進貨不太方便，東王妃因此又親自來了趟別院，與素顏商量著，在蜀地開一個分廠。正好，冷傲晨送來的三個師傅也差不多掌握了製香的技術，而自己這裡也培養出了幾個手藝精湛的師傅，素顏便放了兩個回去，讓東王妃送回蜀地開廠子。

在蜀地的廠子，素顏是按分成合作的，東王府占七成，她只占三成，而她只提供方子和技術，其他成本全由東王府出。

東王府有了生產的廠子，在蜀地的生意也越做越大，與素顏之間的關係也變得更加密切了起來，東王時不時就在耳邊聽東王妃念叨，葉夫人如何能幹，如何仁義大度，葉成紹如何本事，在兩淮幹下多少利國利民的事情。東王自然知道自家王妃的意思，他雖然保持中立，但他在蜀地經營多年，實力強大——當然，這個實力也是在一定範圍內的，藩王駐地的駐兵是有限制的，超過了那個數目，便會被認為是謀逆，但就是這一定的範圍，東王只要站隊，不論站在哪一邊，也是一股強大的勢力。

葉成紹人還沒有回來，素顏已經在京城為他拉攏了兩個親王的勢力。至於陳王府，明英的那種作為讓素顏徹底寒了心，自那次以後，她便不再與陳王府來往，陳王府的立場也是表現得很明顯，那是站在二皇子一邊的，任誰也沒辦法瓦解他們的聯盟。當然，這也是後話。

那日，抓入順天府的幾名夜襲人，果然很奇妙地死在順天府的大牢裡，根本查不出幕後之人。這原本也在素顏的預料之中。明英想要對付自己，不可能會讓那些人留下半點陳王府的證據。

二皇子的勢力如今在朝中是如日中天，大皇子倒了，京城幾乎無人與他抗衡，葉成紹的身分太過晦暗，沒能拿到明面上來，這種情況下，朝中大臣幾乎認定了，二皇子就是大統的繼承人。很多原本追隨大皇子的，現在都已改投二皇子，就是陳家的態度也是曖昧得很。靖國侯並沒有回京，陳閣老仍在稱病，陳家既沒有反對二皇子，也沒有站到二皇子這一邊，像是持著觀望態度。

卻說那一天，上官明昊和冷傲晨為了那幾名夜襲人突然死亡一事，又來了別院。那天，素顏正好在廠子裡忙，文嫻和文靜兩個聽說他們兩個來了，果然喜不自勝，但到底是閨中女兒，不好意思迎到二門外去。

素麗自然是知道她們的心思的，她與冷傲晨和上官明昊已經熟悉，而且，自家也是有了婚約的，不怕人誤會，便去了二門，代素顏接待冷傲晨和上官明昊，又派了紅梅去請素顏。

素顏也知道自家兩個小姑的心思，那天與冷傲晨和上官明昊談完事後，便留他們兩個用飯。這也算得上是素顏第一次主動留他們吃飯，冷傲晨有些詫異，上官明昊卻有一絲了然，他碰了碰冷傲晨的手臂，道：「難得請我們吃頓飯，你就安心吃吧。至於她的用心，理解就好，雖然有些麻煩，但她也是沒辦法的。」
冷傲晨聽出他話裡的意思，唇邊也帶了一絲苦笑，隨即也放下了，說道：「明昊，你母親怕也在逼你成親吧，不如湊合著找一個過了算了。」
上官明昊聽了眼神一黯，眉宇間凝著一絲沈痛，好半晌才道：「你呢，你願意湊合嗎？如果願意，你怎麼會連兩淮都不去，要守在京城？」
冷傲晨聽了卻是哂然一笑，神情瀟灑自然。「我自來便是為所欲為慣了的，不喜歡受束縛，成親於我來說，只會害了那個人……我不想害人害己。」
上官明昊聽了拍拍他的肩膀。「你比我灑脫，我是不得不屈服的，家母心思鬱結成傷，做兒子的，總不能不孝。既然有人非要撲進我這火堆裡，為了家母，我也會依她的願的。」
冷傲晨聽得一震，問道：「難道你真想與寧伯侯家的小姐……」
上官明昊聽了，一揮手道：「是誰家的不重要，只要能成我的妻，能讓母親開顏就好了。何況，與葉小姐成親也有個好處，以後……我來看她，也名正言順一些，更不會給她造成負擔。」
冷傲晨聽得心裡一陣發堵。他還真沒想到，上官明昊對素顏的感情會深至了如此地步，這樣的情，既偉大也太過小心。但也許這樣才是對素顏最好的吧，明昊與素顏已經不可能了，如果他一直癡心下去，對素顏來說也的確是負擔。這樣也未嘗不是好事，也許日久生情，他與他的妻會在以後的生活中有了感情，他也因此會走出感情的陰影吧……

輕嘆一聲，冷傲晨不知道是應該為上官明昊高興還是悲哀。不過，自己呢？

他不是上官明昊，他沒有得而復失的痛苦，認識她的時候，她就是別人的妻，留給他的就只有守護。或許，不久之後，葉成紹回到她的身邊，他就連守護也沒有了資格，只能是一個念想吧？

那頓飯，素顏提議不分男女賓，都是年輕人，大家同一桌吃飯。

文靜和文嫻對她這個貼心的舉動感激得很。若是在侯府裡頭，這種情況是根本就不會出現的，好在大嫂自來便是個特立獨行的人，她的很多行為既奇怪又很符合她的性格，而且她還做得自然得體，讓別人說不出什麼閒話。

飯桌上，文嫻和文靜兩個做出最端莊、最文靜的樣子，行動間，髮簪上的步搖都是紋絲不動的，坐姿端正又筆直，說話的聲音文靜而溫婉，吃東西時，更是斯文優雅，讓活潑好動的素麗也跟著不自在了起來，邊吃邊忍不住看了看文嫻、文靜，再偷偷地睃冷傲晨和上官明昊。

冷傲晨首先受不住了。他與素麗混得熟了，離素麗又近，看素麗圓溜溜的大眼東張西望的，忍不住就挾了一隻大閘蟹在她碗裡，笑道：「三妹妹，用心點吃，小心傷了手。」

蟹鉗子可是厲害著呢！素麗苦著臉看著碗裡的蟹。她不喜歡吃蟹的好不好？更讓她難受的是，冷傲晨不用對她笑得那樣溫柔吧……文嫻的眼光冷冷地看了過來，那眼光能酸得死人啊，裡面還帶著刀子……

一旁的上官明昊看她這痛苦的樣子，不由微微一笑，好心地伸了筷子幫素麗將蟹挾走，還好心地說道：「三妹妹，妳不喜歡吃，明昊哥幫妳吃好了。」

天地良心，上官明昊真的只是不忍看著素麗勉強吃那隻蟹，而他又是最喜歡吃蟹的，純屬幫她解圍而已，可是，素麗的眼睛能不能不要那麼委屈，還帶了絲怨急？上官明昊苦笑著伸手揉了揉素麗的頭，道：「妳不是喜歡吃桂魚嗎？讓傲晨給妳挾桂魚就是了。」說著，他低了頭顧自地吃蟹。

素麗忍受兩個俊男的溫柔蹂躪。明明這兩個真的只當她是小妹妹好不，為什麼文靜和文嫻兩個用要殺人的眼光看她啊？她不喜歡酸味啊，這一頓飯快將她浸在酸菜罈裡了……

還好，用過飯後，文靜往上官明昊身邊湊時，上官明昊雖然聲音很冷，但還是會答應幾句，也沒有露出不耐煩，這讓文靜好一陣竊喜。

而文嫻的命就沒那麼好了，她也往冷傲晨身邊湊了，可人家臉上笑容溫和無害，眼睛卻是根本不看她，她便是再喜歡也落不下那個臉，厚著臉皮求著跟人家說話。

素顏將這一切看在眼裡，也很無奈。這種作大媒的事情，她是不會做的，她是現代人，知道婚姻要的就是兩情相悅、你情我願，男方對女方沒感覺，她也無能為力。

沒多久，上官明昊便動身去兩淮了。

轉眼又過了兩個月，兩淮在葉成紹和郁大人等人的努力下，終於沒有再發洪水，平平安安度過了汛期。他來信說，自己已經啟程回京了。

皇上大喜。兩淮連年遭災，今年終於止住了，雖然沒有徹底解決，但已經初見成效，可見他派葉成紹去是多麼英明睿智的一件事，於是在朝堂上大肆誇獎葉成紹和所有跟去的治河大臣，說要重賞。

一些奸猾又老成的大臣聽這風向像是有變，也跟著皇上附和起來，把葉成紹的能力和聲望誇到天上去了。

葉成紹這一次不只是治理淮河，讓淮河水患今年消停了，沒有作惡，更是在兩淮做下了好幾樁利民的大事。他用雷霆手段懲治了兩淮的幾個大貪官，又辦了幾件大案，手段快捷而無情，令朝堂震驚，卻是令百姓拍手稱快。

又親力親為，深入疫區，用素顏送過去的防疫法子，先將得了時疫的人隔離開，再在疫區裡遍灑石灰水消毒，再是將疫民留下的生活廢物深埋，廣發藥材，教人用艾草和鹽水消毒。雖然，仍是死了不少人，但最終還是止住了疫情的蔓延，將一場大災及時遏止，比起往年的疫災來，死亡的人數真是微不足道了。

所以，葉成紹的聲望在兩淮果然得到了大大提升，老百姓一提到欽差大人，都是豎起大拇指，都道皇上今年派了一個青天大老爺，一個真正為民作主、為民幹實事的官員下來了，萬民傘自然是到一個縣郡就會收一把的，以至於他的歸程因為民眾的不捨而慢了許多。

皇上笑咪咪地聽著朝中大臣對葉成紹歌功頌德。那可是他的兒子啊，人家一個勁兒地誇自己的兒子，他自然也是與有榮焉。那小子裝了那麼多年的熊，果真一出手便是大手筆，做事很得他的心。

最讓他意外的是，壽王和東王兩個往日最滑頭的老頭了，現在也跟著誇起葉成紹來，這讓他既高興又奇怪。可是，自家二兒子的那個臉色可就真的不好看了，前陣子還春風得意、意氣風發，如今在朝堂上，表面看起來，似乎很淡定地聽著朝臣對葉成紹的誇讚，只是那眼神可就不太地道啊，真的又要兄弟鬩牆嗎？

皇上深深地看著二皇子，目光灼灼。不遠處，同樣也有一個人在看著二皇子，那眼裡有著擔憂，也有著陰厲。皇上不期然與那雙眼睛相遇，那人很快便收回了視線。

皇上的眼睛微瞇起，心中充滿疑惑，但表面上，他仍是一臉的微笑，像是根本就沒有看出那人的異樣一般。

再過幾日便是太后的千秋，皇上心想，自家那兒媳婦在別院裡頭搗騰了那麼些日子，也不知道有了什麼結果，不知道讓她參加太后的壽宴，又會給成紹加上多少分呢？只拉攏了東王妃和壽王妃，那也太少了點吧——

素顏聽說葉成紹要回來了，心裡的思念便如潮水般湧了上來。半年多不見，也不知道他是不是瘦了，會不會曬得很黑呢，有沒有想她呢？一時，心像燕子一樣飛出了園子，只盼著那人長了翅膀，能飛回來就好了。

這時，就聽紫雲在外頭叩門。「大少奶奶，宮裡來了人，要見您。」

人引進來後，素顏才知道，太后壽辰，朝中四品以上的命婦都要進宮賀壽，要準備賀禮。

素顏聽了不由苦笑。自從大皇子出了事之後，太后似乎消停了，不再找皇后的麻煩，也不找自己的麻煩，這一次，應該能平平靜靜地參加壽宴了吧？

而皇后帶來的信卻是讓她在壽宴上準備一個節目，要出新、別致，因為那天來賀壽的，不只是朝中百官，還有各國使者。

素顏如今底氣足多了，雖然不到半年時間，但她的胭脂鋪子已經霸占了整個京城的胭脂市場，宮裡的胭脂也全在自己這裡進貨，收入雖比不得侯爺的那個玉礦，但假以時日，再過個一年半載，她就能成為京城的首富了。

有了錢，以後說起話來，真的要大氣得多啊！

第一百三十七章

離太后的千秋還有些時候，素顏邊在家裡盼著葉成紹回府，邊想著要在宴會上準備什麼節目。說起現代的節目來，她知道的也只是唱唱流行歌曲了，真不知道還能有什麼奇特的節目表演。

二皇子與明英的大婚早就在八月十五已經舉行了，如今明英成了名正言順的皇子妃，京城有宴請時，她面對素顏時表現得很得體，並沒有顯得高傲和不可一世，但那件事終究在素顏心裡留下陰影，明英的笑看起來不再單純和善，素顏是有多遠便躲多遠，有明英參加的宴席，她儘量不參加。

臨近太后千秋還有一個多月，但是，葉成紹卻還沒有回來。按說在路上也走了近一個月了，就算是爬也該爬回來了吧？素顏的心沒來由地就擔心起來。

京城裡，原九門提督突然一夜之間被護國侯帶人抄了家，護國侯查出他與北戎人勾結的證據，皇上大怒，當時就命人斬殺九門提督全家四十六口，還是皇后拚死求了皇上，讓皇上看在自己的面上，饒九門提督一命。皇上似乎真的很寵皇后，竟然臨時改了判罰，只是將九門提督一家打入刑部大牢，並沒有定下死罪。

很快，二皇子便推薦了一個更有能力的人擔任九門提督，那人卻是寧伯侯的手下，以前在刑部擔任侍郎一職的四品官員。皇上想了想，竟然也應允了。九門提督和御林軍關乎京都和皇城的安危，一個掌在寧伯侯手裡，另一個掌在護國侯手裡，都是皇上信任的左膀右臂，似乎都與二皇子無關，朝中大臣也沒有誰過多關注這件事，只是有些人津津樂道的還是帝后之間的感情。九門提督一事令眾人都感覺到，皇后仍是獨寵後宮，甚至在陳貴妃倒臺後，皇后幾乎是一枝獨秀，宮裡除了太后娘娘，再也無人能與皇后爭鋒。

這夜，素顏一個人呆坐在房間裡，靜靜地看著窗外那一輪明月，思念便像千萬隻小蟲子一樣，爬上心頭，噬咬著她的心，癢癢的，還有一絲淡淡的痛，想念他溫暖的懷抱，想念他耍賴裝寶時，又可愛又可恨的模樣，更是想念他那雙如墨玉般幽幽的、深情的雙眼。

以前在一起時不覺得，如今分開得太久，思念便入了骨，看著月光下，影影綽綽的樹影，秋天的涼風陣陣吹拂著紗簾，隨著窗外那搖曳著的樹一起舞動，素顏忍不住輕輕嘆了口氣，幽幽道：「葉成紹，你要再不回來，我真的會休了你的……」

屋裡靜靜的，沒一個人說話。素顏將紫綢幾個都使出去了，沒有人來打擾她一個人的相思。說完這句話後，她越發覺得孤寂了，坐回床上，雙手環抱膝頭，又嘆了口氣道：「好吧，只要你回來，我再也不罵你，再也不擰你的耳朵了，再也不說要休你的話了。」

「娘子說話可要算數？」一個懶懶的聲音在耳邊響起，那聲音太過熟悉，像是早就刻進靈魂裡去了一般，素顏的心頭一顫。是夢嗎？一定是作夢，她剛才怎麼聽到了葉成紹的聲音，怎麼可能？白天還問過青竹，說他還在百里之外呢。如此一想，素顏苦笑著搖了搖頭。

真的是太想念了，所以，出現了幻聽嗎？

「原來，我想你竟然到了如斯地步，不只是在夢裡，就是睜著眼睛也能夢到你的聲音了。」

「娘子，我也很想妳，想得我心都疼了。」懶懶的聲音再次響起，素顏猛地抬頭，果然目光便落入了一個溫柔得快要膩出水的深眸裡，她的心激烈地怦怦直跳起來。她擦了擦眼睛，根本不相信眼前看到的事情。

很快，身子便落入了熟悉而又溫暖的懷抱，嘴也被溫熱而柔軟的唇封住，想說的話全被吐進了他的肚子裡。他的舌，小心又珍惜地伸了進來，他的吻，一開始細緻而溫柔，像是生怕嚇到了她，又怕弄疼了她，又像是因思念太久，想要細細品嚐，捨不得全都吃盡。素顏的腦子猛地一顫，所有的思念全化進了吻裡。

原來，見到他後，被他吻住，心會飛揚起來啊……原來，在他的懷裡真的好安寧、好踏實啊，原來，所有的辛苦、所有的焦慮、所有的擔心，在看到他的這一刻全都能煙消雲散，原來，她真的、真的好愛他啊……

久別的情人，哪裡忍受得住慢慢的細吻？葉成紹的吻開始激烈起來，想將她據為己有，霸道而熾烈，雙臂也將她擁得更緊了，大手不老實地摸索著素顏的身體，一隻手甚至探進了她的裡衣，握住了他日思夜想的柔軟。這是他的妻啊，他從出門起就思念著的妻，想念入了骨髓裡的妻啊……

素顏也抱緊葉成紹的腰身，像是生怕這一切只是一個夢境，擁緊了，就不願再分開。

直到素顏軟在了葉成紹的懷裡，情動不已時，葉成紹卻是及時煞住了車，沒有繼續下去。素顏仍在輕喘著，媚眼如絲，眼中波光靈動，如秋水般動人心魄，葉成紹費了好大的勁才讓自己從她身上撐起，墨玉般的眼睛黯沈幽深，自喉間裡逸出一句話來。「娘子，我真想把妳揉進骨子裡去，這樣，我就能永遠把妳帶在身邊，再也不分開了。」

素顏有些迷茫，不明白葉成紹為什麼會推開自己。久別勝新婚，他明明也是情動，身體的變化比自己的還大，難道……正在胡思亂想，葉成紹又俯下身來，吻住了她。這一次，她明顯感覺到了他鬍子的粗礪，刺得她生疼，鼻間也聞到了一股血腥味，她的心一緊，像有人兜頭澆了一盆涼水一樣，頭腦迅速冷靜下來。

剛才因為他乍一回來，兩人都很激動，她根本就沒來得及細看他，這時才發現，他的鬍子拉雜，人瘦了也黑了，卻是更結實健碩了，但身上那件天青色的秋衫上面怎麼血跡斑斑？

她的心猛地揪緊，跪在床上便扯著他，前胸後背地細細察看，聲音都抖了起來。

「你……你怎麼了？受傷了嗎？」

手忽然被他捉住，按在他滿是鬍子的臉上，眼前的人，眼角眉梢全是幸福的笑意，嘴裡也是很可惡地說道：「娘子不是說，我再不回來，就要休了我嗎？我怕被休了，只好快馬加鞭趕了回來，不然老婆跑了，我回來有什麼意思？」

素顏知道他這是在秋後算帳呢，壞蛋，竟然偷聽自己說話。她又氣又羞又窘，伸了手就要去擰他的耳朵，葉成紹往後微微一仰，稍稍躲了躲，卻還是讓她擰住了。素顏還沒捨得用力，他嘴裡就哇哇大叫。「娘子，疼、好疼！妳說話不算數，妳說了不擰我耳朵的，我聽見了！」

素顏的臉羞得更紅了。那也是她剛才說過的話，便笑著放了手。她剛才細細檢查了一遍，他並沒有受傷，那血跡是從何而來呢？「你還沒告訴我，你這血……」

「那是別人的。放心，娘子，大周朝裡，能傷我的並不多。」葉成紹忙解釋道。他真的是百里加急往回趕的，讓郁三公子在後面壓陣，自己帶著幾個貼身保鏢先往回趕了。誰知，在離城四十里的地方，他遇襲了，一隊黑衣人身手都很高，將他和四名護衛團團圍住，為首的那人武功不在他之下，而且他們人多，下手又極其狠辣，是那種要置他於死地的招數。不過，那批黑衣人怕是怎麼也沒想到，他的身邊一直還隱伏著兩名北戎高手，雖然那一戰極其慘烈，但是除了一名活捉的以外，那一隊黑衣人，包括為首的那個人，全都被殺死了。

原來，那些人現在就忍不住了，他的身分還沒有被皇家認可，他們就害怕了，要殺他以絕後患，他在民間和朝堂上的聲望讓有些人既怕又恨了。

他沒有告訴素顏，只說是跑得太快了，傷了馬兒，身上的血是馬血。素顏又不是三歲孩子，哪裡肯信？他的衣袍縐巴巴的，衣袖還有破損，怎麼可能只是馬血？分明就是與人打鬥過的樣子。

但也明白他是不想讓自己擔心，這個男人看著大大咧咧的，其實體貼得很。「說吧，是誰對你下手了？」

素顏儘量讓自己冷靜下來，她不想是被他護著的小鳥，她要與他並肩作戰，想讓他知道，她雖不會武功，但她也能站在他的身後，成為他的助力，而不是拖累。

「我沒問出來，但如今，我的存在，最妨礙了誰呢？」葉成紹看出素顏的堅決，握了握她的手，說了實話。與其讓她亂猜，不如告訴她實情，不然她會更擔心的，他家娘子原就不是一般的閨中婦人，她的睿智和大膽，有時比他更勝一籌。

不會是皇上吧？應該是二皇子，靖國侯也有可能……素顏在腦子裡迅速猜想著，問道：「那你打算怎麼辦？是不是又沒有留下任何證據？我想，如果你把這事告到皇上那裡去，只怕又會雷聲大、雨點小，懲罰一些小角色，最後不了了之。相公，你忍得下這口氣？」

葉成紹也正是知道這一點。大皇子毒害素顏時，皇帝的表現就讓他心寒，這一次，更是真刀實槍地要殺他了，皇上又真的肯用心幫他查凶手嗎？或者，查出來後，若那個人真的是二皇子，他又捨得將他如何嗎？不過是免個職、禁個閉什麼的吧？

「我若再忍，恐怕就會成為他們砧板上的肉，任他們宰割了。娘子，他們可能以為將我殺死了，我連夜趕回來的消息現在還無人知道。今晚，我要去做一件大事，把妳一個人留在這裡，我很不放心，一旦那個人知道我沒有死，他們肯定會再採取更激烈的手段，我得先下手為強。不管這次的幕後指使是誰，我都要一次斷清。這裡不安全了，我送妳去一個地方。」葉成紹凝視著素顏，心裡一陣愧疚。自從跟了他，她就沒過過幾天安生日子，才分開半年多，就又要讓她陷入險境，讓他心裡好不難受。

「好，管他下手的是誰，管他有沒有證據，咱們總不能一直被動挨打。相公，你不要擔心我，我有青竹、紅菊，還有銀燕護著呢，這院子裡，還有東王府的侍衛，你去吧，我不會有危險的。」

素顏鎮定地推開葉成紹的手，清亮的眼睛裡全是剛毅果決的神色。

「不行，妳一定要離開這裡，不把妳送到一個安全的地方，我不放心。」葉成紹很害怕。這裡太危險了，如果他這次的行動一旦失敗，素顏的下場可想而知。

「你走吧，我一定能保護好自己的。如果這院子外面有人監視的話，我一走，肯定就會打草驚蛇，這麼晚了，更會影響你的行動。」她連馬都不會騎啊，這麼晚了，坐著馬車進城去，肯定會引人注意。素顏真的不想拖累葉成紹，而且，自己留在別院裡，還能給那些人造成葉成紹沒有回來的假象。

素顏說的確實很有道理，但葉成紹又怎麼敢冒這個險？

窗外突然閃進一道人影，冷傲晨如幽靈一般突然出現在素顏的屋裡。葉成紹立即黑了臉，以他的功力竟然沒有發現屋外有人偷聽，而且，還是這個男人?!

雖然明知道素顏不會做對不住自己的事情，但葉成紹還是忍不住嫉妒得要死，原本黑亮的眸子森冷地瞪著冷傲晨。

素顏也是詫異得很。冷傲晨是從哪裡冒出來的？平日晚上，他不會也守在自己的窗外吧？如此一想，她不禁一陣毛骨聳然。若是真的，是不是自己晚上說夢話也被他聽了去啊？他怎麼還有偷窺癖呢？

「這個時候，葉兄還有空吃醋嗎？你可以不相信我的人品，但你不能懷疑世嫂。」冷傲晨淡定地站在不遠處。便是在這種尷尬的情形下，他也是一派雲淡風輕的樣子，好像失禮的人根本不是他，而是葉成紹一樣。

葉成紹很快收了心中的醋意。冷傲晨說得對，就算這小子心存不軌，但娘子對自己的感情可是沒有半分假意的，先前自己進來時，她的思念可是真真切切的。

素顏皺著眉頭瞪冷傲晨，她真的不敢想，冷傲晨每晚出現在自己窗前，一想起，心裡便像堵了一團棉花一樣地不舒服。

這時，銀燕的身子也輕飄飄地出現在屋裡，她美豔的臉上滿是不耐煩，衝口道：「夫人和世子爺是不是當我是死的呢？我既是奉了將軍的命令守護夫人，又豈會讓不良之人隨意靠近夫人？這位公子只是每天晚上來別院巡察一遍，護衛夫人的安全罷了，一個這麼好的免費護衛，你們不想要嗎？」

也是，危機時刻，只能將就了。雖然葉成紹萬分不情願把素顏託付給冷傲晨，但是，情況由不得他再多慮了。冷傲晨的一身功夫不會比他弱，而且憑男人的直覺，葉成紹知道，冷傲晨不會對素顏不利。

向冷傲晨認真地拱了拱手，葉成紹道：「那就拜託冷兄了。」

冷傲晨也拱手還了一禮。「祝葉兄馬到成功。」

葉成紹深深地看了素顏一眼，轉身，果斷地走了。

葉成紹走後，冷傲晨也轉身要出門，銀燕卻是輕輕上前一步攔住他，道：「非常時期，公子不若就在屋裡陪著夫人吧。」

冷傲晨淡淡地看了她一眼，回頭靜靜注視著素顏，半晌才道：「世嫂儘管放心睡覺，養足精神。明天，等待世嫂的肯定會是一場大戰，要做好準備。我就在外頭，有事喚一聲即可。」說著，繞過銀燕，大步走了出去。

銀燕在鼻間輕哼一聲，噘了嘴。這一次，她沒有閃身不見，而是跟著冷傲晨走了出去。

素顏怔怔地看著那仍甩動著的門簾，有些擔心起來。聽冷傲晨那口氣，似乎知道葉成紹要去做什麼……一時，她心裡好亂。他可是堂堂的親王世子，東王的處世態度，是最不願捲入到皇家的爭鬥上去的，可他竟然自動送上門來，堅定地站在葉成紹這一方，為的是什麼？

如果是情，她寧願他離開，她不想欠他的，因為，今生她還不起啊……

第一百三十八章

二皇子府裡，一個身材高大的中年男人正皺了眉頭與二皇子說話。

「您這一次太魯莽了，就算成功了，也很有可能會被皇上發現的。如今皇上的態度不明朗，您的根基又未穩，皇上震怒之下，只怕大事難成啊。」

「侯爺急什麼？父親成年的皇子就三個，其他的根本就成不了氣候。他雖然還算春秋鼎盛，但畢竟也是四十多的人了，太子之位一日不定下來，朝中百官就難安心，我這不過是逼他下決心罷了。我倒要看看，老大死，老二廢了，不立我，他還能立誰？」二皇子冷厲的臉上帶著一股陰厲之氣，眼神瘋魔一般地噬人。

那個中年男人聽了，仍是擔憂地搖了搖頭，一臉很焦急的樣子。二皇子見了便皺了眉頭，不耐煩地說道：「侯爺太多慮了，就算這一次刺殺失敗，葉成紹也不會查出任何證據，不會牽扯到我頭上來的。何況，我聽說，靖國侯正往京城趕呢，說不定，就是靖國侯幹的呢？」說著，唇角的笑意更為陰狠了。

那中年男人這才鬆了一口氣，正要再說什麼，突然聽到窗紙破裂之聲，還來不及回頭時，一枝寒光閃閃的鐵箭便射入了他的背心。

一切來得太突然了，他還沒有看清對手是誰，便緩緩向前倒下。

他眼前，忽然浮現出紹揚痛苦而無助的神情。「爹爹，好痛……爹爹，救我……」
他的心裡終於有些愧意了。孩子，對不起你……
但再不甘，他還是閉上了眼睛。
二皇子嚇了一跳，剛要大喊時，一枝鐵箭又無聲無息地射向他，他早有準備，抽起長劍一挑，躲過那一記暗算，大喊：「有刺客！」
但是，他的第二聲還沒有出口，窗外便翻進一個身影，只是一招，頸間便被一柄冷寒的長劍封住了。他頓時嚇得膽顫心驚，斜了眼看時，只見原本應該被他派去的刺客殺死的葉成紹正譏笑地看著自己。
「大哥，你這是做什麼？」二皇子強自鎮定，皮笑肉不笑地對葉成紹道。葉成紹瘋了嗎？這可是在自己的府裡，只要自己喊一聲，就會有人來救自己，他別想逃出去！
「原來你知道我是你大哥？很失望吧，我沒有死。」葉成紹將手中的劍鋒往裡埋進了一點，二皇子的脖子立即被割破，鮮血順著那冰寒的劍鋒流出，緩緩滴向地板。
「你說什麼呢？我聽不懂。」二皇子的聲音還是控制不住地發抖。血滴的聲音像催魂曲一樣，令他渾身生寒。那是他的鮮血啊，流盡了，是不是就會死呢……他不想死，他還有遠大的抱負，他還想要坐到那最高的位置上，他還想要睥睨天下，他還要一統北戎……他還要……搶了那個女人，那個膽敢用鄙夷的眼光看他的女人，將她征服後，再折磨她，他還有很多事情沒做啊……

「是嗎?可惜,你剛才說的話我全都聽懂了。」葉成紹的劍又進了一分,二皇子脖子上的傷口更大了。

他斜著眼睛看地上的血滴,現在不再是一滴一滴的了,而是成了線一樣地往下流,他真的害怕了,他有些後悔沒有聽地上那人的話,應該做好更充分的準備再動手的,他太急功近利了,才導致了這樣的結果。

突然,他看到地上那個人的手指動了一下,心頭一喜,對葉成紹道:「大哥,我錯了,真的錯了……你別殺我,你把我交給父皇吧,父皇一定會處置我的,以後,我再也不敢跟你爭了!」他要爭取時間,拖得一時是一時。

果然,外面傳來一陣喝聲。「有刺客!來人啊,王爺屋裡有刺客!」

他為了秘密與地上之人交談,故意選在王府後院的一個最偏僻的小院子裡,就是怕別人發現那人與他有勾結。可如今想來,萬事有利便有弊,他平素與那人說話時,只帶幾個貼身的侍衛,看來,那幾個人怕是早就死了,根本就保護不了他。早知道,應該多派一些人守在小院子外頭才是,這會子他一聲刺客喊出去老半天,府裡才有人知道……

「饒了你?然後,再給你機會殺我嗎?以前,我從沒想過要那個位置,可是你們兩兄弟一再相逼,不是要殺我的娘子,就是殺我。這麼多年了,你們下過多少次黑手了?我本不想爭,也不屑要那個位置,可是再不爭,我就會連自己最心愛的女人也保不住,連自己的命也保不住了。」葉成紹的眼睛閃過一絲沈痛。他不想兄弟鬩牆,他也不嗜殺,但這一切,都是二皇子他們逼的。以前他還想要徐徐圖之，現在看來，他太天真了，人家的手段越來越黑，他再仁慈，便是害死自己，以暴制暴，可能是最快捷有效的手段吧。

他正沈思著，地上之人突然一躍而起，手中一柄泛著黑光的匕首猝然刺向葉成紹的背部，誰知葉成紹早有防備，抬腳一踢，將那人踢出好遠。那人又強撐著攻了過來，二皇子乘機向邊上一偏，總算脫離了葉成紹的長劍。外面響起激烈的打鬥聲，二皇子也顧不得地上之人了，捂住脖子便向另一扇窗躍去。

葉成紹正好奪了地上之人手中的匕首，心急之下，回手便向二皇子射去，正好射中了二皇子的左腿。二皇子感覺腿一麻，高大的身子在半空中直直地落在地上。

那中年人一聲悲呼，飛身撲向二皇子。二皇子的左腿全然沒有了知覺，眼看著葉成紹提了劍又向他走來，而外面的護衛又被葉成紹的人攔住，他心知這一次怕是難逃出生天了，見那劍尖又向自己刺來，他突然猛力將那中年人一推，用中年人的身體給自己做了盾牌，葉成紹的劍刺入了那人的左背，頓時，血流如注。

葉成紹忍不住喚了聲。「父親！」

雖然看見他與二皇子待在一起的那一刻，他的心寒徹入骨，很多想不通的事情，他也能明白了一些，但他還是不願意相信，這個養育了自己多年的男人會要殺自己。可是事實就是如此殘忍，寧伯侯提著淬了毒的匕首突襲他時，多年的父子之情便在那一刻斷了。

可是，寧伯侯殺他，他卻並不想寧伯侯死……可現在，自己的劍還是刺入了寧伯侯的背部，他突然就很想笑……笑寧伯侯的可憐。

寧伯侯聽了葉成紹的那聲呼喊，心頭一震，苦笑道：「你……還肯叫我一聲父親？」又自嘲的一笑。「我不配，你還是不要再叫我……父親的好。」

他轉頭，痛苦又不可置信地看著二皇子，咬著牙道：「為什麼？為什麼你要……要對我下手，你……你可知道，我……我是誰？」

二皇子感覺麻木從左腳開始向腰部蔓延，下半身也不能動了，最讓他害怕的是，左腿傷口處竟然在潰爛，而且速度很快，他忍不住嚎叫了起來。「痛死我了！我管你是誰？你這沒用的東西，快拿解藥來！」

寧伯侯看著二皇子狀若瘋狂的樣子，又心痛又悲哀，哆嗦著，艱難地探手入懷，想要拿解藥，可他的手還沒有伸進去，二皇子等不及了，趴在地上向他爬過去，手伸向寧伯侯的懷裡，但寧伯侯的身子支撐不住，側身向後一仰，原本刺得不深的劍頓時將寧伯侯的左背刺穿。他悶哼一聲，嘴角黏稠的鮮血汩汩地流了出來，連眼神也開始渙散，卻還是死死地盯著二皇子，眼裡滿是失望。到這一刻，他似乎才醒悟，自己守護的人，是多麼無情冷酷。

二皇子根本沒有多看他一眼，哆嗦著從寧伯侯的懷裡掏出幾瓶藥，卻是怔住了，不知道哪一瓶是解藥，抓住寧伯侯的領子吼道：「是哪一瓶？快說，是哪一瓶?!」

寧伯侯虛弱地任他推著，大口吐著血，好半晌，他嘴角露出一個獰笑，輕蔑地看著二皇子道：「一瓶是劇毒，另一瓶才是解藥，你……不怕……死的話，盡……可以試。」

二皇子的半身已經不能動了，只有手還靈活，一時大急，知道寧伯侯已經臨死，再逼也沒用，立時軟了音，哀求起來。「伯父，我不想死，我不想死啊……救救我吧！」

寧伯侯的眼角沁出一滴淚珠，卻是不理睬二皇子，轉過頭，愧疚地看著葉成紹道：「紅色瓶子中的藥是我留給紹揚的，幫我拿回去給他用吧，我……我對不起他。白色瓶中的藥……你過三刻後再給這個畜生用，廢了他那條腿……」說著，頓了頓，眼裡露出一絲譏諷。「大皇子廢了，他也成了殘廢，皇上和太后便是再不願意，也只能立你為太子了。我……對不起你良多，這……也算是贖罪吧……」說完，再也支撐不住，頭一歪，便斷了氣。

二皇子聽了寧伯侯的話，急急就要去揭那白瓶子的蓋，葉成紹立即出手將二皇子手裡的兩個藥瓶搶了過來，二皇子大急，用哀求的眼光看著葉成紹，葉成紹沒有理他，而是上前去，輕輕撫了寧伯侯的雙眼，轉身離去。

二皇子大急，在屋裡大聲嚎叫著。「葉成紹！你這混蛋，給我解藥！」

葉成紹頭都沒有回，直接走出了大門。外面的戰鬥仍在繼續，葉成紹帶來的人與二皇子府上的護衛鬥得難分難解。葉成紹大聲道：「住手，不要再打了，刺客已經被誅殺，快進去救你家王爺吧！」

王府的護衛聽得大震，一時都害怕起來。要是王爺出了事，他們都沒命可活，全都頓住了。

葉成紹的護衛一聽這話，立即明白了主子的意思，見對方恍了神，他們便虛晃一招，縱身逃走了。有人想圍住葉成紹問，葉成紹冷冷地橫他們一眼，喝道：「滾開，爺要進宮見皇上。」

那些人也知道他如今是皇上眼裡的紅人，雖然滿腹疑惑，不知道他一個好好的治河大臣怎麼會突然出現在自家王爺的屋裡，還誅滅了刺客，但是，如今最要緊的就是救王爺，因此誰也不敢攔他。

皇宮外，葉成紹一身血跡向宮裡闖，身後只帶了兩名貼身侍衛。御林軍一見有人深夜闖宮，還一身戾氣，忙圍將上來，一看是葉成紹，又都退了下去。宮裡的御林軍和侍衛都知道，寧伯侯世子自小便有自由進出宮門的權利。

乾清宮裡，皇上正在批閱奏摺。他今晚總是心思不寧，右眼皮跳得很厲害，總感覺會有不好的事情發生。葉成紹就要回京了，老二那裡正蠢蠢欲動，這個兒子太過急功近利了，城府雖然夠深的，但全用在陰謀算計上，不夠光明正大，這樣的人，要自己將江山交給他，還真是不放心啊。

成紹的身分暫時還不能公開，北戎的老皇帝還沒定下繼承人呢……似乎應該讓他出使北戎了，至少得給北戎老皇帝製造些機會，讓他親眼見見成紹也好，這麼好的外孫，不傳下大統，豈不是太可惜了？至於老二嘛，作為磨刀石，他還是有些用處的……

皇上想到這裡時，嘴角忍不住翹起，翻開一封摺子，裡面又是請求皇上立二皇子為太子的話，皇上惱怒地將摺子往邊上一丟，留中不發。所有立太子的奏摺都壓下去。這些個大臣，真是閒得無聊了，皇家的事情，哪裡容得他們指手畫腳？又翻開一封，竟然是寧伯侯的，裡面也是要立二皇子為太子的言論。皇上大怒。這隻狐狸，終於肯露出狐狸尾巴了？當年，他的親妹子被自己寵幸，生下二皇子後就死了，他一直懷恨在心吧？這些年，暗中扶持二皇子，他做了多少事，以為自己不知道嗎？

正惱怒著，就見小太監小順子慌慌張張地跑了進來。「皇……皇上，寧伯侯世子……葉大人，他……他……」

皇上瞪了小順子一眼，罵道：「慌什麼？好好說話。」一轉念，又問：「你說誰？」

「回……回皇上，葉……葉大人來了！」小順子結結巴巴回道。

皇上眉頭一皺。深更半夜的，葉成紹這會子來宮裡做什麼？他眼皮子又是一陣亂跳，正想著要不要見他時，就見葉成紹不等通傳，已經闖了進來，一身青衣已經看不出本色，雙目泛紅，渾身散發著森冷之氣，像是才從地獄中出來的，好在手中並未拿兵器，不然，那架勢看著就像是要來弒君一樣。

皇上不由怔住，深沈的雙眸裡精光一閃，喝道：「成紹，你這是做什麼？」

「來告訴你一件事情，二皇子死了。」葉成紹身子站得筆直，眼神銳利如刀一般地刺向皇上，臉上沒有半點表情，就像是在告訴皇上，剛死了一隻貓或狗一樣地平靜。

皇上聽得大震，高大的身子搖晃了幾下才站穩，半晌才不可置信地問道：「你……你說誰死了？」

「你的第二個皇子死了。」葉成紹無情而又清晰地回道，眼睛一瞬不瞬地看著皇上。這就是他想要的結果嗎？故意挑起幾個兒子的爭鬥，美其名曰磨礪，現在好了吧，磨礪得一個廢了，一個死了，還一個身分不明，這就是他玩弄帝王之術的後果。

「你殺的？」皇上仍有些不敢接受事實，好半晌才艱難地問道。

「不是我，不過，跟我脫不了干係。」葉成紹實話實說，好像殺死一個皇子根本就是一個再平淡不過的事情一樣。

皇上聽得眼睛痛苦地閉了閉，額頭青筋直冒，自龍座衝了下來，狠狠地瞪著葉成紹道：「他是你的弟弟啊，你怎麼下得手去？」

「你很傷心嗎？」皇上逼近葉成紹，但葉成紹絲毫不懼，反而向前走了一步，逼視著皇上的眼睛，冷冷地問道：「如果，今天他伏擊我得手了，死的是我，你也會傷心嗎？」

皇上聽得身子再次一震。他左防右防，怎麼也沒想到老二會如此衝動，會在這個時候對葉成紹動手，就算怕葉成紹聲望過高，勢力會越來越強大，他也根本沒那個實力殺死葉成紹。別人不知道，皇上是知道的，葉成紹身邊有北戎高手護著，這是他樂見其成的，想的就是葉成紹能夠與北戎接上頭，最好回北戎去接了那皇位才是。

真是不自量力！

「紹兒，我怎麼捨得你死，可是，他也是你弟弟啊！」皇上收了眼中的厲色，一瞬間，他感覺自己好像老了十歲一樣，驟然頹廢起來，一陣心力交瘁，連說話的力氣都沒有了。

「他明知道我也是他的哥哥，他何曾對我手軟過?!」葉成紹忍不住對皇上吼道：「這麼些年來，他和寧伯侯在我身上做過什麼，你不知道嗎？你一直聽之任之，我活得有多憋屈，你不知道嗎？你何曾真當我是兒子過，你的眼裡，只有他們才是你的兒子，他們才是你名正言順的皇兒，我呢？我只是被人罵做見不得光的、陰溝裡的老鼠，你何曾有愧過？」

皇上的臉色蒼白如紙。中年喪子，他便是再冷情冷性，心裡也是像刀一樣地刺痛，這算不算是這些年，他愧對皇后和葉成紹的懲罰？

但他畢竟是皇上，很快就想到了這個事情的後果。「你可知道，你殺了他會有什麼後果？你只是個侯府世子，弒殺親王，會是誅滅九族的大罪。」

「那你是不是要殺了我替他報仇呢？」葉成紹聽得嘴角露出一絲譏諷，不屑地看著皇上說道。

「我只有你一個兒子了，紹兒，虎毒不食子啊，現在是要考慮如何將你的罪行抹去，而不是意氣用事的時候。」皇上悲涼地看著葉成紹道。兒子死了，卻不能殺了那個人替他報仇，因為他是自己的另一個兒子，手心手背都是肉，最讓他恨的就是，他畢生的希望都放在這個兒子身上，希望能透過他一統北戎，成就自己的宏圖霸業。哪個聖明的君主不想開疆擴土，想要名留青史的是自己，就是再恨，也殺不得、恨不得，還要為他掩飾罪行，找個頂罪的替死鬼……

「那你倒不用操心，進來時我便說了，人不是我殺的，我只是用他們殺我的刀，刺了他的大腿一下，至於刀上有毒，那就怪不得我了。而且，那個施毒之人也死在了我的劍下，雖然也不是我殺的。他們兩個都算是死得其所了吧，你現在可以派人去查查，看我說的是不是真的。」葉成紹聳聳肩，輕輕鬆鬆地說道。

殺死二皇子的匕首是寧伯侯的，上面的毒也是寧伯侯下的，他的劍刺死了寧伯侯，但也是二皇子動的手，他並沒有殺人，所以他問心無愧。至於那個解藥，他又不是聖人，為什麼要留下生死仇敵一條命，好讓他以後再害自己嗎？

皇家裡，太仁慈就等於自殺，他現在絕不想再對任何人手軟了——

第一百三十九章

皇上聽了這話，也算是鬆了一口氣，卻是擔心道：「只是太后那裡怕是過不得關。紹兒，你也知道，太后她向來便不喜歡你，更不願意承認你的身分。」

「我來就是想問你一句話，你到底認不認我是你的兒子？」葉成紹沒有管太后如何，他又走近皇上一步，眼睛定定地看著皇上，一瞬不瞬。殺了二皇子後，他根本就沒有想要逃，更沒想要掩飾或抵賴，他只想知道，這個男人究竟肯不肯認他。

皇上被他問住。現在認他還真不是時候，北戎人豈能容得大周的皇太子去繼承大統？那是肯定不行的，可是不認他，這小子怕是會再犯渾，還不知道會鬧出什麼事來。有心想與他明說，又知道他與皇后的感情深厚，北戎是皇后的娘家，他一定捨不得傷了皇后的心，滅了皇后的祖國，一時難住，半晌沒有回話。

葉成紹冷笑一聲道：「你不認是嗎？那好，我去找太后。」

說完，轉身就走。皇上在他身後叫住他。「紹兒，你發什麼渾，這會子太后睡下了，明天再找也不遲。」

話音剛落，就聽見外面一陣吵鬧聲，被皇上趕到外面的太監小順子再一次慌慌張張地走進來。「皇上……太后娘娘帶了……帶了御林軍來，說是……說是要捉拿殺害……二皇子的真凶葉大人。」

皇上聽得一震，眉頭緊皺了起來。二皇子府上到現在都沒有給自己報信，卻是先讓太后得了信去了？

正思慮著，外面，太后已經帶人闖了進來，果然看到葉成紹就在皇上的宮裡，太后氣得身子都在抖，也不看皇上一眼，一揮手道：「去，把那個弒殺皇子的逆賊抓起來！」

她身後的御林軍立刻要上來拿人，皇上一聲大喝道：「誰敢亂動！當朕是死的嗎？」

那些人聽得嚇住，頓住腳看向太后。太后冷笑道：「皇上，你還想包庇這個逆賊？老大、老二都毀在他手裡了，此等心狠手辣之人，你竟然還信他？」

「母后，您還是回宮去歇著吧，這裡的事情，由兒臣來處理。」

皇上皺著眉頭，板著臉對太后說道。太后這是在挑戰他的皇權，他才是大周權力最大的一個人，便是他的母親，也不能凌駕於他之上，這是國法，也是皇家的規矩。

太后氣得嘴都顫了，瞪著皇上道：「還不給我上，將這亂臣賊子捉拿起來，以清君側！」

二皇子是她的孫子，自己難道就不是？十幾年來所受的委屈和屈辱一股腦兒地全湧上了心頭，葉成紹再也聽不下去了，突然就飛身躍起，像一隻老鷹一樣，以迅雷不及掩耳之勢將太后自侍衛群中抓起，又縱身回躍，跳回皇上身邊，太后被他像拎小雞一樣拎在手裡。

那些御林軍原就被皇上震懾住，他們不知道應該聽誰的，而葉成紹出手太快，他們還沒有反應過來，太后就被葉成紹給擒住，一時都懵了。

要說御林軍是應該聽命於皇上的，但是，御林軍的統領是護國侯，護國侯是站在二皇子一邊的，這會子二皇子死了，也知道自家是站錯了隊，想回頭，結怨又太深，見太后要出面捉拿葉成紹，這才順水推舟，帶領御林軍闖進乾清宮裡來拿人。

皇上也被葉成紹的行為給震住。這小子果然膽大包天，竟然連太后也敢劫持，他還想不想活了？

「葉成紹，你好大膽，快放下太后！」皇上色厲內荏地喝道。

太后從來沒受過這等污辱，饒是她修養再好，也忍不住大罵道：「小畜生，你竟敢對哀家動手？你這是大逆不道！」

葉成紹冷笑一聲，一巴掌甩在了太后臉上，罵道：「我真是忍妳這個老太婆很多年了，我是畜生嗎？那妳就是老畜生，別忘了，我也是妳的血親，是妳嫡孫！」

葉成紹那一巴掌凝聚了不少內力，將太后打得眼冒金星，半晌也沒有回過神來。皇上看得心驚膽顫，又不敢強逼葉成紹，不然，他真要當著這麼多人的面下手殺了太后，那可就收不得場了。

皇上氣得手骨捏得咯吱作響。自己怎麼就沒養一個好兒子出來呢，個個都不是好種，如今死得也只剩一個了，若是他真的一氣之下去了北戎，將來還不知道是大周滅北戎，還是北戎滅大周呢……他的宏圖偉業啊！太后這會子出來做什麼，真是多事！

太后氣得差一點暈過去，又屈辱又羞恥，瞪向皇上，卻見皇上眼神晦暗不明，氣得罵道：「不肖子，這是你養的好兒子，連哀家也敢打，還有沒有王法?!」

「妳終於肯承認我是他兒子了?」葉成紹卻是聽得笑了，將太后往地上一放，隨手又掐住了她的脖子，冷冷道：「下懿旨，給我正名，讓皇上立我為大周朝皇太子，不然，我殺了妳這老虔婆。」說著，那手上就加了幾分力度，太后頓時臉憋得通紅，根本就透不出氣來。

一旁的御林軍總算明白了一些事情，通通都垂目縮頭。這哪裡是謀逆，分明是皇家的家務事啊，他們這些人還是少管些的好。今天這醜劇，他們看到了，只怕很快就會被滅口啊……

葉成紹的手指像鋼鉗一樣掐著太后纖細的脖子，太后第一次感覺死亡離自己是如此地近，她微睜了眼，竟然看到皇上的眼裡有一絲乞求，突然感到好一陣悲涼。算了，他的野心終究不會變，且看他要將大周帶到何種地步去，自己老了，管那麼多做什麼，他們愛如何鬧，就如何鬧吧……

葉成紹的手又緊了幾分，太后真的怕了，終於點了點頭。葉成紹這才鬆了手，卻是命一旁的小順子執筆，葉成紹口述，小順子寫，以太后的名義，為葉成紹正名了身分，言明葉成紹乃皇后所生，是皇上的嫡長子，因為十八歲前，八字上剋父剋母，不能親養，才送於寧伯侯府代養，如今年過十八，命理已批破，正式回歸皇家。

懿旨寫好了，葉成紹終於鬆了手，但仍將太后拎在手裡，命人去慈寧宮拿了太后印信蓋下後，才放過了太后。

太后整個人都軟了下來，葉成紹還算給她留了點面子，將她放到皇上身邊的椅子上坐好，冷冷地說道：「原本，我的心裡一直當妳是我奶奶，雖然，自我一生下來後，妳便不認我，但那份血肉親情還是留在我心裡的。可是妳，可曾當過我是妳的孫兒？同樣是父皇的兒子，妳對那兩兄弟比對我……妳自己說，這些年來，妳可曾心中有愧？我明明就是大周皇宮的嫡長子，妳遺棄了我，讓我成為一個侯府的世子，成為一個親生父母都不敢認的棄兒，便是如此，我成長的過程中，你們還是千方百計的加害於我，便是我娶個心愛的娘子，你們也不肯放過……

「都說皇家無親情，難道皇家的人都是冷血冷情，只有權力和利益？所謂孝義，是父母長輩對子孫養育、疼愛，子孫為了償還長輩們的恩情應該盡的義務，妳和我父親、母親，何曾對我有養育之恩？妳只說我大逆不道，可曾知道，我今天也是被你們弄得命懸一線、死裡逃生？以後，不要再在我面前說什麼孝義、道德、禮法了，妳，不配！」

太后被葉成紹說得面紅耳赤，她彷彿又回到了多年前，皇后生下葉成紹的第一天，虛弱地抱著葉成紹，哭著哀求自己。「求您了，不要將我的孩兒抱走……太后，我可以不要皇后的位置，我可以不留在大周皇宮裡，只求您放過我的孩兒，不要讓我母子分開……」

可是，自己還是狠心將才生下一天的葉成紹送走……雖然，皇上才是真正的幕後推手，但是，自己也一樣對不起這個孩子。如果，他身上沒有北戎皇室的血統，她又怎麼捨得丟棄自己的第一個長孫……

太后的心一陣刺痛。這個孩子原是那樣的純良，甚至為了表明自己的心跡，寧願自毀名聲……他說得也沒錯，他走到現在這個地步確實是被逼的，如今大皇子廢了，二皇子死了，兄弟鬩牆，皇家骨肉相殘的事情又一次發生了，是誰的錯？為什麼會成了這個樣子？

如果，剛才自己不答應他，他是不是會真的殺了自己呢？太后感到渾身發冷，一陣後怕，臉色由紅變白，半晌，她才抬眸看向皇上。這個野心勃勃卻又不願勵精圖治，只想劍走偏鋒的兒子，誰的錯？都有錯，又都沒錯，誰都有自己處事的原則，誰都有自己的理由……失敗者，便是犯錯的。

皇上感覺一個頭有兩個大。葉成紹這渾小子太不知輕重了，竟然用如此極端的方式逼自己和太后承認他的身分，而且，還當眾打罵太后，皇家的臉面還要不要了？大周的禮儀國法還要不要了？不過，倒是好了，終於讓太后承認了他的身分，也省去麻煩，只是造成另外更大的麻煩了，要如何才能給他擦屁股，收拾殘局？

一旁擠進宮裡的御林軍，連著護國侯一起都沒了聲音。這一切來得太突然，他們根本就還沒消化眼前的事實，被遺棄的嫡皇子逼自己的皇祖母認親，還殺了自己的親兄弟……這算不算是謀反啊？

護國侯握劍的手心已經汗濕，劍都握不穩。他的腦子裡疾速轉動著，要如何才能逃過今天這一劫。葉成紹的身分，他是少數知情的幾個大臣之一，不然先前也不會將嫡長女嫁與他為妾了，明知道葉成紹說的都沒有錯，怪只怪自己被那個沒用的女兒害了，選錯了主子，站錯了隊，誰知道二皇子會如此窩囊廢，一下子就一命嗚呼了……知道是一回事，可是親眼看到皇家醜聞又是另一回事，護國侯全府一百多口，司徒世家全族幾百口人命，全在他一念之間。他抬眸睃了皇上一眼，皇上正好看了過來，眼神複雜，他突然腦中靈光一現，大步跨入殿中，向皇上一跪道：「恭喜皇上、賀喜皇上，終於認回了嫡皇子。恭喜太后、賀喜太后，喜得龍孫，葉大人……喔，也恭喜皇長子，喜回宗室。皇長子才治河回京，救百姓於水火，得兩淮百姓愛戴，大周有如此英明能幹又品性高潔的皇長子，實乃大周之幸、萬民之福啊！」

一旁的御林軍聽得面面相覷，半晌也沒回過神來，第一次發現自家的長官反應如此靈敏，臉皮……如此之厚，但是，這怕是最好的保命法子了吧？一時，殿裡的御林軍也齊齊跪了下來，口中三呼萬歲，恭賀皇上和太后，恭賀葉成紹成為嫡皇子。

葉成紹微瞇了眼看著護國侯。很好，很聽話，也很會轉彎，不過，這個法子是否能讓他逃過去，只怕還是未知數，他又好笑地回頭看向皇上。

皇上的臉色果然好看了很多，竟親自上前扶起了護國侯。「愛卿辛苦了，正是愛卿的勸導，才讓我兒認祖歸宗，令他不可再推卸他所肩負的國之重任。」

護國侯聽得臉色一紅。自己臉皮厚，皇上的臉皮更厚，自己分明就是當葉成紹是謀亂分子，來捉拿葉成紹的好不好？皇上竟然說成是勸誡，好吧，皇上說是勸誡，那自己是求之不得啊！護國侯擦了擦額頭上的冷汗，口氣萬分自豪地說道——

「為皇上分憂是臣子應盡之責，皇上過獎了，臣不過是做了些力所能及的事情罷了，當不得聖上誇獎的。」果然沒有最無恥，只有更無恥啊！

皇上聽得哈哈大笑，又對所有的御林軍道：「今天在場的每位軍士統統有賞，你們都立功了。」扶著護國侯的手卻是加重了力道，眼睛微瞇著，半挑了眉看著護國侯。護國侯心頭一顫，但隨即幾不可見地點了下頭，眼裡閃過一絲狠戾。

殿中的御林軍一聽這話，全都鬆了一口氣。看來，皇上不會對他們如何了。果然，護國侯又道：「皇長子難得認祖歸宗，皇上和太后與皇長子共敘親情天倫，臣等就不敢再打擾了，臣等告退。」

皇上揮了揮手，護國侯便帶著所有御林軍退下了。太后淡然地看著皇上與護國侯合演了一齣戲，心裡一陣冷笑，更覺好生淒涼。自己剛才被葉成紹威脅，皇上到現在都沒有要給葉成紹治罪的意思，果然，兒大不由娘啊，皇上的眼裡，哪裡還有自己這個沒什麼用處的老太婆，只有他的雄心壯志，只有他的野心……

太后緩緩地、掙扎地起了身，皇上見了上前去扶住她。「母后，兒臣派人送您回宮吧，您累了，身子也不妥貼，最近就不要再出來了，只等著兒子給您熱熱鬧鬧辦壽宴吧。」

太后聽得一聲冷笑，不置可否。還是要軟禁自己嗎？很好啊，好孝順的兒子啊，千秋節不過是做給百姓看的，是皇上標榜孝心的一場作秀罷了。

趙嬤嬤和太后宮裡的另外幾名宮人要扶了太后出去，卻聽皇上道：「來人，扶太后回慈寧宮，好生照顧。」

趙嬤嬤幾個卻是被留了下來。太后臉色一沈，皇上連她身邊的宮人全都要殺了滅口嗎？

她冷哼一聲，氣得臉色發白，雖然知道在皇家，這事必須要下狠心，但還是不能接受，這些人都是自己的心腹，殺了之後，就等於斷了自己的臂膀，皇上果然狠毒，做得絕！

「趙嬤嬤，妳來扶哀家，別人哀家用不習慣。」太后好半晌才強壓住心頭的憤怒，淡淡說道。

趙嬤嬤這會子已是後背都汗濕了。刀就架在脖子上了，能不怕嗎？

皇上默默看了一眼，見趙嬤嬤眼觀鼻、鼻觀心，一副沈穩持重的樣子，又見太后眼睛都紅了，只怕自己不同意，她就會拚命。算了，留下一個就一個吧。

皇上揮了揮手，趙嬤嬤死裡逃生，僵著身子扶住太后走了出去。

第一百四十章

太后走後，皇上看著葉成紹嘆了口氣道：「這次你滿意了？爹爹所有的布局都被你毀掉了，現在你有什麼打算？」

葉成紹聽得淡淡一笑，直視著皇上道：「我能有什麼打算？原本，我只想帶著娘子一起過平淡又自在的生活，可你不許，你非要將我推到這風口浪尖上來；如今老大廢了，老二死了，你必定是恨我入骨，但這都是你自作自受，我不過是自保而已。皇太子之位，我以前是不屑，根本就不想要，現在不能不要，我必須要變強，手中必須有權力，不然，連保護家人的力量也沒有。這個位置，你給也得給，不給也得給，不然，後果你自己想。」

皇上聽得大怒，一掌拍在案桌上，將案上的奏摺拂了一地，大聲道：「逆子！你殺了自己的親兄弟，又當眾打了太后，闖了這麼大的禍事，你爹我正極力幫你收拾殘局，你卻用這種態度對我，還威脅我？這是你對父親應有的態度嗎？」

葉成紹不屑地哼了一聲，斜睨著皇上道：「這會子你記得起你是我父親了嗎？前幾年你可是不許我叫你一聲爹爹的。你發什麼火，我說的不是事實嗎？你最好自己想清楚，我今天既然敢當著你的面逼太后承認我的身分，就不怕你來殺我。說起來，真正害死老二的，其實就是你，你若不怕後繼無人，想再死一個兒子的話，那就讓人殺我吧。」

這分明就是在拿刀戳皇上的心窩。這個混蛋，他拿捏到了自己的痛處，竟然有恃無恐……好吧，讓你橫，總有法子整治得你服貼！

皇上氣得真拿眼瞪葉成紹，想打，又知道這小子眼裡根本就沒拿他當爹看，自己的手還沒下去，他怕就已經擰上來了，最後又要鬧得自己下不了臺，只能乾氣著自己了。

葉成紹見皇上臉都黑了，眨了眨眼，軟了聲道：「老二真的不是我殺的，你現在就派人過去調查，最好是找刑部尚書和東王一起去，大家作個見證，省得人家說你包庇我。」

皇上也還想再見二皇子一面，到底是自己骨血，二皇子放在皇后宮裡養育了十幾年，父子之間的感情還是很真實的。

雖然當年他的娘進宮時，連個名分也沒有給她，一切只是為了控制寧伯侯——寧伯侯那時非常疼愛那個妹妹。那個女子生完二皇子後，她的使命就完成了，官方的說法是死於難產，但寧伯侯肯定不會相信的。這麼些年，為了二皇子，寧伯侯忍辱負重，著實在自己的眼皮子底下做了不少事，皇上聽之任之，並沒有對他如何，畢竟自己的兒子也在寧伯侯府。

皇上頹然點了頭，連夜召了刑部尚書和東王，一同去了二皇子府。

皇上根本不相信二皇子不是葉成紹殺的，但進得二皇子的屋裡時，眼前的一切讓他震驚了。二皇子臉色烏黑浮腫，全身上下果然只有左大腿處受了傷，那傷並不致命，但是，傷他的那把匕首正是曾經御賜給寧伯侯之物，不只是削鐵如泥，那刀柄上更是鑲嵌了一顆雲豆大的綠寶石。

而離開不遠處，寧伯侯也死在地上，背後插著一柄長劍，正是葉成紹的佩劍。寧伯侯的臉上滿是痛苦、震驚和不甘，更多的是失望。他的眼皮都是半合著的，就是用手抹了，還是不肯閉合，死不瞑目嗎？

看得出葉成紹並沒有想要殺二皇子，因為他身上的傷只有左腿上比較重，脖子處只是割了一條小口子，並不會致命。葉成紹想要殺他，以他的脾氣，一劍就割了他的腦袋。皇上的心又感覺舒服了一些。二皇子死得慘，但看那樣子，分明就是與寧伯侯之間也發生了衝突，最後才死了的。

「我的劍是插在了他的背上，但是，讓他死的是二皇子。」葉成紹適時說道。

刑部尚書精於勘察案情，聽了也點頭，道：「果然如此，以侯爺背後傷口的深淺和大小，以及血色來看，此劍先是刺中了侯爺，但並不致命，又有後力讓劍貫穿了心臟，侯爺才死了。」

東王很冷靜地跟在一旁，聽了刑部尚書的話，也附言道：「從種種跡象看來，二皇子是被寧伯侯用毒刀刺死。葉大人為了救二皇子拔劍刺中了侯爺，但畢竟侯爺是葉大人的父親，葉大人沒出全力，只是阻止侯爺殺二皇子。二皇子與侯爺爭鬥的過程中，使侯爺背後的劍深入了心臟，侯爺死後，二皇子中毒無解，才死了的。」

刑部尚書一聽這話，忙向東王一拱手道：「王爺高見，下官也是如此以為的。」

很好，很圓滿，葉成紹成了為救二皇子而大義滅親，又深陷親情與大義的矛盾與兩難之間，既想救二皇子，又不想太傷寧伯侯，這說明他稟性純善，是個仁厚又重大義之人，整個事件中，葉成紹有功無過。

皇上聽了這話很滿意，當即下旨，宣佈了二皇子的死因，給寧伯侯冠以殺死皇子的罪名，卻沒有說如何懲治寧伯侯的家人，因為，寧伯侯世子還是葉成紹。

卻說護國侯帶著殿裡的那些御林軍出了乾清宮，說是要請所有人去侍衛值班房飲酒慶祝。有些人聽出不對勁，就想逃，護國侯立即派心腹之人圍住，將一行人拉入了值班房。一輪酒下來，先前目睹葉成紹痛打太后的御林軍全都中毒而亡，當天就宣佈，說他們與二皇子的死有關，被皇上秘密處死了。

御林軍守衛皇宮，莫名其妙捲入皇宮爭鬥中而死的多了，這消息散出去後，並沒有引起太大的波動。大臣們雖也會猜度，但誰也不敢亂說半句，這種非常時期，三緘其口，守緊自己的嘴巴是最明智的選擇。

嫁給二皇子，明英很幸福。她喜歡二皇子很多年了，自第一次皇后提起要給二皇子選妃時，明英就有了這心思，父王和家族也很希望她能成為二皇子妃。陳王是異姓王，祖上曾有從龍之功，為先帝打下江山立下汗馬功勞，更是大周朝裡唯一的鐵帽子王，世襲永替、家世顯赫，她的兄長又是西山大營的主帥，二皇子很看中她的家族勢力。而她，從小就是以宮妃之禮培養長大的，成為二皇子的正妃是她的夢想，終於，夢想成真了，她如願以償地嫁給了二皇子。

成親不過個把月的時間，他雖然很忙，但對她體貼溫柔，夫妻感情很是融洽，明英像所有新婚的小女人一樣，正沈浸在甜蜜與幸福當中。

這一天，她知道他在做一件大事，他要殺葉成紹，那個唯一威脅到他登上大寶的人。她很害怕，卻又很期待，想成功就必須要冒險，更要心狠手辣，不然就會被別人踩死，皇家向來是沒有親情，只有弱肉強食。

她坐在新房裡忐忑不安地等待著他的消息。他去了他常去的那個小院子裡與人議事。嫁給他之後，她才知道，原來寧伯侯才是最忠心於他的人，怪不得，他能如此輕鬆又準確地掌握葉成紹的動向。今天，葉成紹的行程也是寧伯侯提供的。

派了兩撥人去小院裡探聽消息，第一次，只說王爺還在忙，第二次，卻是噩耗——王爺死了，與寧伯侯死在一起。明英當時差一點就暈了過去，她瘋了一樣衝向那個小院子，想要衝進那間屋子，那個有他的房間。她不相信，他會那樣輕易就死，他還很年輕，他才華橫溢、滿腹抱負，剛剛成為自己的夫君……不行，她不許他死，她還沒有成為皇后，他怎麼能就死了？她不想做寡婦啊！

淚水迷濛了明英的雙眼，她不顧一切地往屋裡衝去，進了屋，看到他死得猙獰而又痛苦悽慘的樣子，她當時就暈過去了。

醒來後，她已經被抬回了自己的新房。紅燭輕搖，大紅的紅綃紗帳隨風飄動，龍鳳呈祥的錦被、百年好合的玉枕，之前看到這一切時，她的心甜得要沁出蜜來，而今天，這刺目的紅，每看一眼都像在剜她的心，所有的美好和夢想全都成了泡影。新婚新寡，她成了未亡人，以後的無盡歲月裡，她要獨守空房，統管六宮、母儀天下，都成了一個虛妄的夢，一個被戳破的泡影。

她突然就恨了起來。是葉成紹，一定是葉成紹殺了他，他伏擊葉成紹失敗後，葉成紹反而殺了他。

眼睛裡浮現出一張清麗又溫婉的臉龐——藍素顏，自己其實是喜歡她的，只是，她太過耀眼，她嫉妒。

母儀天下的位置自己得不到，藍素顏妳也別想得到！葉成紹，你不是最在乎藍素顏嗎？那也讓你嘗嘗失去愛人的痛苦吧……

這一夜注定無眠，素顏躺在床上，翻來覆去，心中很不安寧，乾脆坐了起來，也沒有喊紫綢，自己穿好了衣服，枯坐在房中。

天快亮時，青竹難得慌張地進了屋，一看素顏衣服整齊地坐在屋裡，微愣了一下，隨即拉起她的手道：「如此正好，大少奶奶，跟奴婢走吧。」

素顏聽得心頭劇震，顫著聲問道：「可是爺那裡出了什麼事？」好好的，為什麼要自己走？除非葉成紹失敗了……也是，二皇子府裡護衛森嚴，他就算本事再大，也應該沒那麼容易潛得進去，將二皇子殺了吧？一股寒意頓時籠罩了全身，她的心開始發慌起來。

「沒有的事，成紹兄很安全，皇上連夜召了我父王入宮了，只是感覺可能事情沒那麼輕鬆，以防不測，世嫂還是跟我去東王府別院避一避的好。」冷傲晨的聲音就在正屋裡。原來，他真的一直守在她的身邊。素顏感到一陣踏實，先前的慌亂不安消散了不少，從屋裡走了出來。

冷傲晨一身黑色勁裝，英姿挺拔地站在正堂裡，腰間掛著一柄長劍，看樣子竟然是做好了隨時迎敵的準備。見素顏淡定地走出來，他眼裡露出一絲欣賞，對青竹點了點頭，道：「出發吧。」

青竹伸手一夾，將素顏抱住上了馬。一行人，剛離開別院，正往東王府別院而去，遠遠就聽到一陣馬蹄聲，冷傲晨臉色一變。聽那蹄聲，連人至少有五十數以上，暗道：來得好快。自己這些人數不夠，忙讓人調轉馬頭往另一方向走，好避開與那些人的正面衝突。

那一隊人也聽到了馬蹄聲，又是自葉成紹的別院附近離開的，打馬就追了過來。素顏被青竹抱在馬上坐著，一陣頭暈目眩也顫戰心驚。她不會騎馬，坐在馬上比坐雲霄飛車還讓她害怕，不過，她知道這是非常時期，必須要忍。

冷傲晨讓青竹帶了素顏先走，自己與銀燕、紅菊，還有東王府派來的十幾名護衛留下迎敵。等那些人離得近了，他才看清，那一隊人全是清一色的黑衣勁裝，全都是一色的駿馬，他的心立即往下一沈。這不是御林軍，也不是九門提督府的人，更不是江湖人士，而是訓練有素的軍人。這些人，可不好對付。

他回頭看了一眼青竹，希望她能趕緊帶著素顏離開就好。如果方才不改變方向，這裡離東王府別院還是不遠，最多幾里路，但是走後園包抄而去，那就要走二十幾里了，兩個園子都太大，但願她能儘快逃脫。

對面五十人頭包黑巾，只留下一雙眼睛露在外面。為首之人眼見冷傲晨攔路，不由一怔，隨即眯了眼，沈聲道：「東王向來保持中立，世子何必捲入這種是非當中？我等奉命行事，請世子爺讓開，不要與我等為難。」

冷傲晨聽了一句話也沒說，只是靜靜拔出自己的長劍，劍尖寒光閃爍，直指為首的那個人。那人冷笑一聲，面露不屑地說道：「世子以為，憑你們幾個人能擋得住幾時？既然你冥頑不靈，那我等就只好得罪了。」

手中一柄長刀，沒有任何花式，劈頭就砍向冷傲晨。冷傲晨心中一凜，此人刀法古樸，看似笨拙，實則勁力渾厚，招招實在，每一刀都是直撲致命所在，而且，每一招都很刁鑽，果然是個硬茬子。

他沈著迎戰，以巧對拙，手中劍花挽得飛快，瞬間舞出了一片劍陣，將自己防得嚴嚴實實，再乘隙反攻。十幾招下來，那人眼中的輕視之色漸去，他手中之刀越攻越快，頭上汗水都出來了，卻仍是攻不進冷傲晨那看似綿軟的劍幕中去，一時心中也急了起來。

紅菊和銀燕早就動手了，攔住那些想繞過他們直接去追素顏的騎士，東王府的護衛也在對敵。

紅菊的兵器是一條長長的紅綾，像一條紅色的長蛇一樣在她手中翻飛，美如仙女的披肩。她媚笑如花，聲音嬌嗔甜美，與她對敵的黑衣騎士被她的美色所迷，更被她的聲音叫得骨頭酥軟，哪裡還把她看作勁敵，一副陪她戲耍的樣子，眼裡明顯有著玩鬧之意。紅菊笑得更媚了，紅綾一展，一個纏繞就將對面一個黑衣騎士的脖子纏住，手一拉，那人還沒反應過來，就一命嗚呼了。

其他的黑衣騎士頓時大驚。能將軟緞紅綾用得如此出神入化，原本就是內力渾厚才能做到，此女子不可小覷。剛才黑衣人不屑兩人同時圍攻一個嬌媚的女子，這會子同時上來三人，手中的長刀出手便不再留情，刀刀攻向紅菊的要害處。

但紅菊滑頭得很，見三人圍了上來，她也不強攻，兩根素指連連輕彈，一片片雪芒一般的刀片向三人射去，其中一人躲避不及，喉嚨被刀片擊中，頓時被割破，鮮血如注，栽倒於馬下。

銀燕最簡單直接，手中一把連發勁弩，上來就連發幾箭，又專門射馬，一時，馬嘶人喊，五十人的隊形亂將起來，有的馬兒被擊中後倒地，連著馬上的騎士也一齊摔倒，又被其他馬兒踐踏，人仰馬翻，好不熱鬧。

東王府的護衛都是從蜀地帶來的，也是訓練有素的軍士，與黑衣騎士對敵，雖不如紅菊幾個以一對幾，但一對一也沒有落入下風。一時，以少勝多，倒是擋住了這五十人的去路。

青竹帶著素顏打道飛奔，素顏只聽得耳邊風聲呼嘯而過，秋寒刺骨，好在冷傲晨讓她披上了錦披，不然，她真會凍病不可。

青竹也知道素顏難以受此顛簸，卻不敢放慢馬速。不知道冷傲晨能擋得了幾時，二十幾人對五十人，不用想，勝負也能猜得出，只希望能拖得一時是一時了。

但令她心驚的是，前面又有一對黑衣人擋路，為首的竟然是一個女子，一身素白的衣衫坐於馬上，小巧的腰身挺得筆直，正靜靜看著青竹逼近。青竹分不清是敵是友，不由停下馬來，四處觀看著周圍的地形。

「藍素顏，妳果然有勾引男人的本事，連東王世子都肯替妳賣命。」馬上的女子聲音淒厲，陰森冰寒。

素顏正暗自疑惑，青竹怎麼會停了下來，虛弱地抬頭向前看去，赫然看到明英正騎馬攔在前頭。大周以武為重，很多世家女子也學了些騎射功夫，司徒蘭也會騎馬，只是只學了些花拳繡腿，又是嬌養著的，連幾個粗使婆子都敵不過。

但看明英的樣子，應該要比司徒蘭強上不少，看她那騎馬的姿勢就很正，比起自己這個連馬都不會騎的人來，自是強了不知道有多少倍。她出現在這裡，難道是葉成紹成功了？再看明英一身素衣打扮，心頭便有些明瞭了。

「妳是來殺我的？」素顏知道害怕也沒有用，明英身後還有一隊黑衣騎士，今天，怕是真的躲不過去了。

「不然，妳還以為我是請妳去喝茶的嗎？賤人，今天我要殺了妳，也讓葉成紹嘗嘗失去愛人的痛苦！」明英打馬一讓，手一揮，讓黑衣人攻了過來。

素顏緊抱著青竹的腰身，對青竹道：「妳自己選吧，妳一個人抵不過他們的。」

青竹哪裡肯自行逃生，手中長劍一抖，對素顏道：「抱緊了，不要讓我分心。」

說著就向前迎了上去，明英冷笑地看著青竹與素顏被人團團圍在中間。青竹獨力難支，被攻得左支右絀，只有招架之功，臉上的笑容就越發殘戾了，大聲道：「留下藍氏一條命，斷胳膊斷腿的，全都沒有關係，我倒要看看，葉成紹還會不會喜歡一個殘疾的人棍！」

「變成人棍？我先把妳這個寡婦變成了人棍再說！」明英的笑聲還沒有收起，耳邊就響起一道殘戾的聲音，緊接著，一枝短小的鐵箭隨聲而來，直射向她的左肩，好在一旁的黑衣人及時用刀將那短箭擋開。她不由出了一身冷汗，回頭看去，只見葉成紹像惡魔一樣踏著眾人的頭頂飛躍而來，半空中，一劍削掉了一個黑衣騎士的人頭，搶了那人的馬，打馬飛奔到素顏身邊。

第一百四十一章

明英心頭一陣顫慄。這惡魔來得還真快，不過，他好像只帶了幾個人，以為還有伏擊二皇子的運氣嗎？她冷笑一聲，大喝道：「葉成紹，你來得正好，今天就殺了你們夫妻，為我夫陪葬！」

葉成紹像是沒有聽到她的話一樣，幾個衝擊，就到了素顏的身邊，長臂一勾，將素顏攬到自己的懷裡，柔聲問道：「娘子，可有受傷？我差點又來晚了。」

「沒有，相公，你還好吧？」重新回到溫暖厚實的懷抱，聞到他身上特有的青草氣息，雖然夾雜著一股血腥味，但有他在，她就心安，什麼也不會怕了。素顏嬌弱地伏在葉成紹的懷裡，把頭埋進他的胸膛。

「我沒事，第一次騎馬，怕不怕？」葉成紹的手在素顏身上摸索著，生怕她哪裡受了傷自己看不到。

「嗯，很怕，以後相公教我騎馬吧。」素顏在葉成紹的懷裡悶悶說道，第一次覺得自己好沒用，是個拖累，差點害了青竹。

「好的，娘子想學，我就是最好的老師，不過，以後娘子要記得尊師重道喔。」葉成紹難得看素顏也有發窘的時候，笑著用手揉著素顏的耳垂，乘機討福利。

「呿，我還教了你阿拉伯數字和比例尺呢，你怎麼不叫我聲師父來著？」素顏嘟了嘴，手摸到葉成紹的腰間，用力一擰。

一旁的青竹聽得一頭黑線。這兩口子能不能不要在這四面危機時表演夫妻恩愛啊，一旁全是虎視眈眈的敵人呢！她方才雖然被攻得有些亂了陣腳，但那是因為要護著素顏，有些放不開手腳，這會子累贅不在了，那些欺負她的人就要付出代價，見一旁有人想趁葉成紹不注意偷襲，青竹長劍一挑，不帶半點花招，直接就刺入了那人的胸膛，回手一抽，將劍拔回，結束一名黑衣人的性命。

明英快要被葉成紹和素顏兩個氣死，竟然在這種情況下，當著她的面喁喁私語，當她是死的嗎？

她騎馬退後一步，喝道：「上，殺了他們！」

二十幾名騎士全都攻了上來，葉成紹卻是帶著素顏騎了馬退到路邊上去，根本就不與那些人正面對上。明英冷笑道：「葉成紹，你這只會下黑手的孬種、膽小鬼！」

葉成紹聽了，懶散地說道：「世叔啊，你還要藏到幾時才肯出來？我要護著我娘子，沒空理那個瘋婆子，一會子你下手時注意著些，不要傷了那婆子，我要親手把她變成人棍的。」

很快就聽得一聲嘆息，一個高大的人影自暗處走了出來，搖了搖頭道：「以我的身手，都被你發現了行蹤，你的功夫又精進不少了啊。」

「過獎、過獎，比起明昊兄來，我確實高那麼一咪咪的。」葉成紹笑得厚顏無恥，將素顏打橫了抱在懷裡，柔聲道：「這樣會舒服一些的，娘子，一會子咱們就回宮裡去，娘娘怕是急了呢。」

素顏正從他懷裡探出頭來，好奇地看向從暗處走來的那個人，一看之下頓時怔住，竟然是上官明昊的父親，中山侯。怎麼可能是他？他是那個一直隱在背後幫助葉成紹的人？

也不知道中山侯是從哪裡冒出來的，這會子半句話也不多說，口哨一吹，自山後奔出一匹黑色的駿馬，他高大的身子縱身躍上馬，大手就近往身邊一名黑衣騎士一探，那人就感覺到一股渾厚的內力壓得他動彈不得，根本沒有半點招架之力，人便被中山侯抓在了手裡，兩手一揮，那人來不及慘叫，就沒命了。

明英在一旁看得心驚膽顫，怎麼也不相信，中山侯會是站在葉成紹一邊的，不由狠狠地說道：「世叔，這個混蛋搶了你的兒媳婦，你怎麼還幫他？這兩個人可都是傷了你兒子的人。」

中山侯聽得眼神一黯，嘆了口氣道：「明昊自己沒福氣，怪不得旁人，再說了，少主人看中的人，他就是想搶，我也不會允許。」

素顏立即想起自己父親被關進大牢裡後，老太爺幾次去求中山侯幫忙，中山侯不是避而不見，就是拒絕，當時老太爺傷透了心，更讓自己也寒了心，儘管上官明昊一再保證會救大老爺出來，自己還是不肯再嫁給他，堅決地退了婚，而葉成紹就是以救大老爺為要脅，逼了自己嫁給他的。如今想來，那時候中山侯不肯救大老爺，也是在幫葉成紹吧？

她不由嘆了氣。好在自己那時也確實是不喜歡上官明昊，嫌他太過花心、優柔寡斷，不然，她是不是可以怨怪一下自己身邊這個腹黑的男人，搶了人家的未婚妻，還要人家的老父幫忙，又那麼理直氣壯。

再回想起，中山侯夫人自始至終對自己都很寬容關懷，除了她與大夫人之間的交情之外，只怕也與中山侯的立場有關吧？只是不知道，中山侯究竟是皇上身邊的人，還是皇后身邊的人呢？

中山侯的功夫果然比葉成紹還要高出幾層，葉成紹悠哉地看著中山侯像割草一樣地收割著明英手下的生命，嘴角勾起一抹邪魅的笑容。一將功成萬骨枯，何況這些人還是要殺他娘子的人，他半點心軟也無。

青竹也是殺得興起，她是個受不得半點委屈的，先前好幾個大男人圍攻她一個弱女子她就惱恨了，這會子不收點利息回來，怎麼都不划算。而且，她下手時，不殺人，只削人家的胳膊和大腿，可一直記恨著明英說要把素顏變成人棍的話呢。

青竹出手，毫不留情，劍氣如虹，劍光如白練一般在黑衣人中間揮動，不時傳來剁瓜切菜一般的聲音。

「噗！」一隻手臂飛上了天空。

「嗞……」一條大腿被削斷了。

「啊！」

一聲聲的慘叫響徹在寂靜而優美如畫的含香山腳下，空氣中瀰漫著血腥之味，素顏將頭埋在葉成紹懷裡，不忍看那血肉橫飛的畫面。那些慘叫聲讓她心驚肉顫，她是從現代來的，在和平年代生活了二十多年，從沒有見過死人，更沒有經歷過如此血腥的場景，但她只是不忍看，卻沒有心軟。

皇家爭鬥歷來都是血與火的洗禮，心慈手軟，只會讓自己陷入絕境。這些人都是來殺她的，她何其無辜，連隻螞蟻都捨不得踩死，沒有傷害過任何人，卻一再被迫害，追殺至此。今天，如果沒有冷傲晨，沒有青竹、紅菊、銀燕，沒有葉成紹的從天而降，沒有中山侯的暗中保護，慘叫連天的就可能是自己了。

所以，不該有仁慈，她堅決要忍住，不看便眼不見為淨了。

「娘子，怕了嗎？」葉成紹也知道素顏沒有見過這樣的血腥場面，將素顏擁得更緊了。他感覺得到素顏的身子在發抖，養在深閨中的娘子，哪裡受過這樣的驚嚇，她已經很勇敢了，要是換了其他女子，只怕會嚇得尖叫吧。

「嗯，怕了。」素顏在葉成紹懷裡悶悶的說道。

「那我幫妳堵住耳朵，妳別聽也別看就是了。」葉成紹拿了自己的帕子幫素顏捂耳朵，又幫素顏將錦披裹緊了些，生怕她會受驚。這一驚一嚇的，要是再受了涼，會生病的。

聽到他在她的耳邊喁喁低語，感受到他的體貼與細緻的關懷，素顏竟然感覺昏昏欲睡，一夜的緊張和擔憂全都煙消雲散，身體緊貼在他懷裡，感受到他強勁有力的心跳，他溫暖寬闊的胸膛是最好的溫床，漸漸地，她聽不見身外的聲音，只感受得到他的心跳了。

葉成紹仍繼續與她低語，原本素顏還答上兩句，到後來，竟然沒有了聲音，但他聽到了她均勻綿長的呼吸，嘴角就忍不住翹了起來，臉色綻開一朵幸福而俊美的傻笑。

再沒有比這種情形更讓他自豪、得意。身邊刀劍撞擊得血肉橫飛、馬嘶人叫，敵人環伺在周圍，他家娘子卻能在他的懷裡安然入睡，方才明明很害怕，在他的溫柔哄護下硬是睡著了，這能說明什麼？當然是他家娘子對他的信任程度到了空前的地步，有他在，娘子就不會害怕，這是對他最好的褒獎，他男性的尊嚴和自信得到了最大的滿足。

儘管青竹和中山侯激戰正酣，他卻笑得無比幸福。

青竹抽空回頭看了男女主子一眼，不由直翻白眼。這當口能睡得著的，整個天下怕也只有自家女主人了，而這當口，能笑得那麼傻，笑得那樣欠抽的，怕也只有自家男主子了。

手下的劍揮動得更利索了，青竹只想快點結束這場戰鬥，實在是自家男主人的那個笑容太丟人了，真沒見過抱著睡覺的老婆就能笑得像個傻子一樣的人。

眼看著自己帶來的人一個一個倒下馬去，明英感覺不妙，調轉馬頭就想逃。她還很年輕，她不想死，更不想被葉成紹抓住，受他的折磨。

中山侯看了她一眼，在心裡嘆息了一聲，卻並沒有出手阻止。陳王也是站錯了隊，這一次，只怕整個陳王府都會被他這小女兒給毀了。追殺未來的皇太子妃會是什麼罪行？滿門抄斬、誅滅九族？

明英就算是逃，又能逃到哪裡去？普天之下莫非王土，太任性自私，只會害了自己的全家。

青竹哪裡肯容明英逃掉，方才若非有幾個黑衣人死死護在明英周圍，她早就捉住明英了，就算不把她削成人棍，也要斷了她的手腳筋。那女人太過惡毒，在別院裡時，就差點害死司徒敏以陷害大少奶奶，這會子竟然敢暗殺大少奶奶，她死一萬次，也抵不過大少奶奶受的驚嚇。

雙腿一夾，腳踢馬腹，青竹棄了手中的對手，向明英追去，一段白綾凌空射向馬背上的明英。明英手中持劍，回手向襲來的白綾砍去，但柔能克剛，她這種砍法哪裡能砍斷白綾，青竹打馬飛奔的同時，素手輕舞，白綾舞得半點也不比紅菊的差，就像一條靈蛇一般繞著明英的身子而去。明英左躲右閃，還是沒有躲過白綾的攻擊。青竹的手一抖，白綾像有了生命一樣，將明英的身子縛住，再一收手，將縛住明英的白綾甩到了半空中，兩手飛快往回挽，明英像一隻斷了翅膀的鳥兒一樣，重重摔落在草地上。

而這邊，中山侯終於開了口對黑衣人道：「你們都是陳王府的人嗎？或者是二皇子的死士？如今二皇子已死，你們的王妃也被捉了，還不快快投降，更待何時？」

其實，殺到現在，那二十多人的隊伍已經死得只剩七、八個了，還有幾個被青竹削斷了手或者是腳，掉落馬下，沒被馬踩踏的，也只剩半條命，早就沒有了鬥志。方才見明英逃跑時，有幾個已經跟著調轉了馬頭，開始四散逃命，不過，都被中山侯一個小小的錢鏢擊中了大腿，滾落馬下。

葉成紹終於不再傻笑，擁緊他家娘子，輕輕放緩馬步，對青竹道：「收兵回府。」

這時，前面冷傲晨的戰鬥也結束了。中山侯來時也帶了幾十人的護衛，全都留給了冷傲晨，這會子，五十人隊伍中的首領已經被冷傲晨生擒，交給護衛五花大綁地丟在馬背上。

冷傲晨也擔心素顏，雖然看到葉成紹趕向素顏而去，但還是擔心人數太少，會有什麼不測。所以，戰鬥一結束，他便打馬向後而去。銀燕見了卻是長劍一抖，攔住了他，美豔的雙眸睨著冷傲晨，一副挑釁的樣子。

「少主會救下夫人的，公子還是不要前去打擾的好。」

冷傲晨素來姿意慣了的，最受不了別人對他指手畫腳。其實，與其說是受不得人家指手畫腳，不如說是嫉妒，嫉妒葉成紹可以名正言順地去救素顏，更討厭銀燕的語氣，儘管銀燕說得一點也沒錯，但正好觸到了他的痛腳，所以，他長劍一挑，將銀燕的劍尖揮開，冷冷道：「本世子要如何，還由不得妳來置喙。」

銀燕唇邊帶了一絲嘲諷，長劍一揮，又攔住了他，高傲地一揚下巴，冷笑道：「本姑娘偏要管了，你又能如何？」

「不可理喻！」

冷傲晨懶得再看銀燕，挑開她的劍，韁繩一扯，踢了馬腹飛奔而去。

銀燕這一次沒攔得住他，撇了撇嘴，鼻間輕哼了一聲，眼睛卻是一直追隨著那筆挺坐於馬上的偉岸身影。

紅菊在指揮人收拾殘局，回頭順著銀燕的目光看去，嘴角漾開一抹迷人的媚笑，對銀燕道：「妳要是能將他收到北戎去，世子爺肯定會大禮謝妳。加油吧，我看好妳。」

銀燕被紅菊弄得臉一紅，惱羞成怒地瞪了紅菊一眼，打馬跑開了。

冷傲晨打馬與葉成紹一起會合，清點人數。自己這一邊死了十個護衛，而明英帶來的人幾乎全軍覆沒。那首領果然是西山大營的人，由明英拿了二皇子的印信調遣出來的，都是陳王府的親信，這下子，明英也知道，自己的娘家也被她陷入死境了。

冷傲晨一過來，便四處尋找著素顏。虧得他眼力好，看到縮在葉成紹的懷裡像貓一樣蜷著的素顏，心頭先是一緊，以為她受了傷，但看葉成紹的神情並無痛苦和擔憂，又放下心來，再來，就是一陣陣的酸楚。看她那樣安靜地伏在葉成紹的懷裡，應該一點也不擔心，很是信任他，所以才能睡著的吧……什麼時候，她也肯如此伏在自己的懷裡呢？他自問並不比葉成紹差，他的胸懷，也可以為她提供溫暖，只要她願意……

看著冷傲晨凝視過來的目光，葉成紹眉頭微挑，心裡湧出一股酸得掉牙的醋意，手下又將素顏摟緊了些，但隨即，他又放開了胸懷。爺吃什麼醋啊，要吃醋的是他們好不？他娶了全天下最優秀的娘子，人家覬覦是正常的，要是娶個沒品沒情趣沒本事、沒文化沒才華的女子，誰願意多看一眼啊？對，應該得意，應該讓他們更嫉妒才是呢！

於是，他臉上又露出欠抽的傻笑，一副無奈又寵溺的樣子看了眼素顏，才對冷傲晨道：「多謝傲晨兄出手相救，本該讓娘子也謝你的，只是你看她……怕是先前太過勞累，這會子睡著了，傲晨兄，要不要叫醒她？」卻沒有半點要去叫醒素顏的意思，甚至一隻手還輕輕拍著素顏的背，怕她睡得不踏實。

這是赤裸裸的炫耀。冷傲晨果然眼神黯了又黯，半晌才撇開眼睛，不再看葉成紹得意洋洋的笑容，淡淡地說道：「不用了，世嫂一夜未眠，就讓她多歇會兒吧。唉，葉兄不在京的日子裡，確實過得很辛苦，將來，我要有了娘子，一定是捨不得她辛苦，更捨不得她陷入危境的。」

這是在戳我心窩嗎？葉成紹聽得也沈了臉。他最大的愧疚便是不能給素顏一個安寧祥和的家，給她所要的自由自在的生活，但他的身分注定了他對此無能為力，只能讓她跟著他一起戰鬥，一起奮勇向前，不然，他們就無法幸福地生活在一起。素顏已經是他的妻，而且對他也是情深意重，他相信她的情，卻又心疼她的苦，冷傲晨這是哪壺不開提哪壺啊！

氣得呼吸都重了幾分的葉成紹，根本就沒法反駁冷傲晨，半晌才深吸了口氣，臉上掛著乾笑。

「是啊，傲晨兄要是也娶了我娘子這樣的女子，一定會如珠似玉地待著的，唉，可惜，像娘子這樣的女子，世間少見啊！」

冷傲晨聽得臉若冰霜，恨不得一拳打在葉成紹那討厭的笑臉上，他再也不看葉成紹一眼，轉過身，與中山侯見禮去了。

一旁跟著來的銀燕聽了兩個大男人酸得掉牙的對話後，噗哧一笑，豔麗的雙眸在冷傲晨臉上流轉了一個圈，也回頭跟幾個北戎人閒聊去了。

第一百四十二章

一行人辛苦了大半夜，明月西沈，天邊已經泛出魚肚白，深秋的寒氣也更重了，素顏在葉成紹的懷裡動了動，找了個舒適一點的姿勢，又沈沈睡去。

冷傲晨幫著中山侯一起將明英和那西山大營來的首領，全數押入宗人府去了。

葉成紹也是累極了，連夜奔波回京，又被二皇子所派的人伏擊，殺出重圍後，又殺了二皇子，打了太后，為自己正了名分，再來救素顏。整整一夜，他沒有半分消停，這會子，他什麼也不想多想，只想抱著素顏回家睡大覺去。

回到別院裡，葉成紹小心翼翼地抱著素顏下了馬，雙手托住她，生怕吵醒了她。素顏卻是迷迷糊糊地睜開眼，道：「相公，都打跑了？回家睡覺吧，好睏啊。」

葉成紹俯下頭在素顏臉上親了一下，溫柔地說道：「嗯，回家睡覺。」腳步如飛地向自己的院子裡奔去。

紫綢還有陳嬤嬤幾個膽顫心驚地守在正屋裡，也是一夜都沒有合眼，這會子見世子爺抱著大少奶奶回來，步子又走得急，一時臉都嚇白了。陳嬤嬤首先就衝了上去，顫著音道：「世子爺，大少奶奶她……她沒有受傷吧？」

葉成紹一看大家的神情都很緊張，心中一暖。這些人對自家娘子是發自內心的關心，危難這時，並無人逃走，便好聲好氣地對陳嬤嬤道：「無事，大少奶奶沒有受傷，我們只是累了，想歇息。今天就是有天大的事情，也不要叫我，妳們也是，輪流睡覺去，什麼也別管了。」

紫綢幾個這才放了心，悄悄退了下去。

葉成紹輕輕將素顏放在床上，素顏朦朧地嗯了一聲，咕噥道：「相公，睡了。」便翻了個身，自動自發鑽進了柔軟的錦被裡。

葉成紹含笑看著她靜謐安詳的睡顏。也許是因為操勞和憂心，她的臉色微有些蒼白，卻使得肌膚更加如細瓷般透明晶瑩，秀眉輕輕舒展著，如一彎裁剪秀氣的柳葉。長長的睫毛微微鬈著，可愛地翹起，像兩扇輕顫的蝴翼。挺直而小巧的鼻子，鼻尖上細細的茸毛清晰可見，最是那紅潤豐俏的雙唇，微微嘟起著，像要向他發出邀請，誘惑著他去品嚐一般，身體裡又湧起一股躁熱，儘管渾身倦怠得連伸手都發懶，偏生看到眼前這活色生香的娘子又興奮了起來。

他們分開得太久了，真想將她抱進懷裡，吸取她的甘甜。在淮安時，他幾乎無時無刻不在想念她，以前就知道自己被她迷住了，離開後，相思更讓他刻骨失魂，尤其夜深人靜，睡在冰冷而簡陋的工棚裡時，看著窗外那輪孤獨的明月，他就越發想念她，甚至他有過御起輕功，連夜飛掠幾百里地，回來只看她一眼的衝動。

輕輕悄悄地揭開被子，將那個溫軟的身子抱在懷裡，握住那隻手腕，將她的掌心貼在自己的胸膛上、心口上，再吻上她明澤的額頭，另一隻手輕輕拍著她的背，先前的躁動化為安詳和滿足。「娘子，睡吧，我陪妳睡。」

可惜，這一覺只睡了兩個時辰，門外就響起了陳嬤嬤的聲音。「大少奶奶、世子爺，侯夫人來了，快些起來吧！」

陳嬤嬤在外頭站著，快要急死了，侯夫人像瘋了一樣，帶著文靜和文嫻兩個直往正屋裡衝，好在青竹臨睡時就派了幾個粗使婆子在外頭，不許人進來打擾兩位主子。

這會子，侯夫人又哭又鬧，整個院子都鬧翻天了。三小姐素麗去勸阻，被文靜罵了一頓，侯夫人又在罵什麼白眼狼、畜生、忘恩負義什麼的，陳嬤嬤不知道出了什麼事，侯夫人一大早就從侯府鬧到別院裡頭來，看她那悲痛欲絕的樣子，應該是出了大事了。

葉成紹惱火地睜開了眼，抱著素顏就不想動，素顏也被驚動了，睜開眼來，映入眼簾的竟然是日思夜想的那張俊顏，有些不敢置信，以為還是在夢裡，探了手，順著他的臉龐撫摸著他的眉眼。真的是他呢……嘴角忍不住就翹了起來。醒來能看見他在，真好。

「相公，母親來做什麼？」素顏想了想說，卻被葉成紹一翻身，壓在了床上。他烏黑的頭髮掃在她的脖子上，頭也埋在她懷裡，嗡聲嗡氣地回道：「不管她，娘子，咱們再睡一會兒。」一邊說邊含住素顏的耳垂，輕輕啃咬著。

但躲是躲不過的，更不能讓娘子面對悲憤欲絕的寧伯侯夫人。於是，葉成紹道：「娘子，妳留在屋裡不要出來，我去會會母親。」

素顏看他神色凝重，心中一凜，知道事情怕是很嚴重，忙起身服侍他穿衣。「一起去，若是她發火，你先讓著點，有話好好說。」

葉成紹對待侯夫人從來沒有過好臉色，素顏雖然不知道侯夫人又發什麼火，但侯夫人最近確實很消停，應該是有原因，不會胡來的。

葉成紹沒好氣地對她道：「昨晚侯爺死了，母親以為是我殺的，所以來質問我了。妳去，她會連著妳一起罵的。」

素顏聽得大驚。果然是出大事了，眼睛便疑惑地看著葉成紹。葉成紹苦笑道：「是我的劍刺傷了他，但我只是傷了他，殺死他的是二皇子，可是，現在怕是說不清了。」

「我信你，相公。你也不要有愧疚之心，雖然我不知道為什麼侯爺也捲入在其中，不過我知道，你不是個心狠手辣、喪盡天良的人。」素顏堅定地看著葉成紹。這個時候的他，最需要的是來自親人的支持和信任。雖然二皇子死了，但更大的困難還在後面。他以前的身分太過尷尬，這會子就算是給正了名，恢復了身分，要讓大臣、百姓接受，他還有很多不吐不快要做，何況，他現在還背了個殺養父的罪名。

葉成紹握著素顏的手緊了緊，放開她，穿好衣服便出門。

侯夫人在門外大罵。「葉成紹，你這個混帳東西！我們夫妻養育你十幾二十年，你不知恩圖報也就罷了，竟然殺了你父親?! 你這個畜生啊，還給你父親安了那麼個罪名，寧伯侯全府上下一百多口人，除了你們夫妻，全都要被叛罪，你妹妹、你弟弟都要被連累，你是不是人啊！」

「放她進來，我來跟她談。」葉成紹說罷便走進了正屋，在主位上坐了下來。

粗使婆子放開了侯夫人，侯夫人罵罵咧咧地進了屋。後面的文嫻和文靜兩個其實更為惶恐，她們兩個原本還在睡覺，突然就被侯夫人使來的人吵醒了，一聽侯夫人的話猶如晴天霹靂。侯爺是侯府的天，他一倒了，那屬於她們的世界也就會垮了，突然就從侯府的嫡女、世家小姐變身成為逆賊之女，抄家滅族的危險就在眼前，她們一下子便失去了重心，不知道要如何是好。文嫻更是痛失父親，一聽得是葉成紹殺了侯爺，先是不信，後來心裡就有了恨，這會子見侯夫人進了屋，她也跟了進去，但陳嬤嬤卻將她攔下了。

「三小姐，非常時期，奴婢勸您還是不要跟著鬧的好。大少奶奶是個仁慈的，她對您素來不錯，如今您想以後還享有優越的生活，就應該懂事一些。」

陳嬤嬤這是在提醒她，也是在警告她不要鬧事，或許，她們姊妹還能逃過一劫，還能再擁有寬裕的生活。可是……

文嫻驟然之間，像是長大和成熟了很多。像侯夫人那樣去鬧的確沒什麼意思，只會讓事情變得更糟。她冷靜下來，抬眼看向正屋，只見素顏正自裡屋走出來，明麗的俏臉上還帶著一絲紅暈，那略顯慵懶，眼角眉梢還帶著小幸福的神情深深刺痛了文嫻，籠在袖中的手不由緊緊握住。

侯夫人還在罵罵咧咧，葉成紹靜靜地看著她，想等她發洩完後，再與她說話。他向來是沒有耐心對著侯夫人的，有的只是厭惡和不屑，這一次是沒法子，寧伯侯死了，但養恩還在，儘管知道這些年寧伯侯一直是在算計自己，但人死如燈滅，他的過錯，隨著他的死亡而消散，他會好生待寧伯侯府的其他人，算是償還養育之恩吧。

素顏見侯夫人哭得眼都腫了，讓人沏了茶，親手給侯夫人奉上。「母親，不要再哭了，侯爺並不是相公殺的，您且消消氣，聽相公如何解釋。」

侯夫人終於止了哭，也不再罵了，看素顏的眼神裡帶了絲期盼，卻沒有開口。

素顏突然感覺到，侯夫人可能是知道很多事情的，只是她一直在裝瘋賣傻。

「人確實不是我殺的，他與二皇子之間是什麼關係，您可能還不清楚吧，我這裡有證據。」葉成紹冷靜地對侯夫人說道。

「他們是什麼關係？」侯夫人聲音有些顫抖，似乎熱切地想知道真相，又很怕知道那個結果，眼神明暗不定。

「紅菊，將那包東西拿來。」葉成紹懶懶地喚了一聲。

紅菊應聲而來，手裡拿著一個藏青色的綢布包。葉成紹將布包打開，抖出裡面一條繡著虎頭的紅肚兜，遞給侯夫人。

侯夫人接過那紅肚兜，頓時激動了起來，衝口說道：「這是我親手給紹揚的，怎麼會在你這裡？當年……莫名其妙就丟了，以為只是婆子們沒有管好……」

「當年是白嬤嬤用這肚兜給您的孩子穿上的吧，據說您生了二弟後，就暈過去了兩天，醒來只發現了二弟的肚兜不見了，再沒有異樣嗎？」葉成紹看著侯夫人問道。

侯夫人的心怦怦直跳，臉色變得煞白了起來，半晌，她才痛心疾首地慘呼了一聲。

「不……這不是事實，不可能……」

「我也希望不可能，但您不覺得侯爺對紹揚太過冷漠了嗎？他對成良都比對紹揚好，紹揚可是他的嫡子啊！當年，侯爺的親妹子可是進了宮的，她幾乎與您同時懷孕，她難產而死，而您呢？也是難產，但命大，並沒有死，卻昏迷兩天。這包東西是在宮裡一個老嬤嬤手裡得到的，那個老嬤嬤據說曾經服侍過葉才人，她因為與白嬤嬤交好，所以，所有服侍過葉才人的宮人幾乎都死了，只有她沒死，您不覺得奇怪嗎？」

葉成紹的聲音不帶一絲感情。這包東西他早就見過，但一直沒有弄清楚原由，果然給侯夫人一看，證實了他的猜測。

「您可能還不知道，就連皇上身邊的劉全海都是侯爺的人。上一次，我娘子中毒，侯爺在中間也是插了手的。劉全海那老東西其實是聽從了二皇子的指使的，而他是宮裡的大總管，在他的掩護之下，換一個孩子出來，並不是什麼大事。何況，葉才人的死，侯爺很傷心，進宮看望葉才人是再正常不過的情分，皇上因為對他有愧，所以，看顧得也鬆了一些，又有劉全海在一旁掩護，狸貓換太子的事情就發生了。」

「你是說……你是說，紹揚他……他才是真的皇子？而二皇子，他是我的孩兒？不……不可能……」侯夫人聽了葉成紹的話，真是要瘋了。她疼了十幾年的兒子竟然是別人的，而第一次知道了自己的兒子是誰時，兒子已經死了，這教她如何受得了？她像是失了魂一樣，嘴裡一直念叨：「不可能……不可能……絕對不會是真的……你騙我，這一切全是騙我的。」

葉成紹還待要說，素顏卻是阻止了他。她實在是不忍看侯夫人那痛苦的表情，這對侯夫人的打擊實在太大了，一起共同生活了十幾年的丈夫，將她的孩子換走了，卻從來沒有告訴過她，任她為了另一個不是自己親生的孩子痛苦、憐惜，也從來沒有提醒過一次。侯夫人是整個事情中最悲苦、最可憐的人，她對紹揚愛得至深至切，為紹揚的病痛折磨了十幾年，其間還要忍受貴妃的要脅，忍受劉姨娘的毒害，寧伯侯對她也太過殘忍了。

這個時候，侯夫人只是個可憐的、被丈夫欺騙又痛失愛子的婦人，素顏怕她再聽下去，就會瘋掉的。

「是的，相公跟您開玩笑呢，您只要相信，侯爺不是相公殺的，侯爺也是死於意外。母親，紹揚最近的身子怎麼樣了，吃了我開的那些方子有沒有好一點？他年紀也不小了，還是張羅著給他娶一房媳婦的好，您也有人孝敬不是？」素顏拉著侯夫人的手，嘮嘮叨叨地扯著家常，像是方才葉成紹說的都是玩笑話。

侯夫人的眼神呆滯地看著素顏，愣愣鬆了一口氣道：「啊，是玩笑話啊？真是的，嚇我一跳。紹揚的年紀著實也不小了，可那孩子，他說要考取功名之後才肯成家呢，我也不知道勸過他幾回了，他就只是笑，不肯聽，妳別看他脾氣很好的樣子，其實倔著呢。」

「嗯，紹揚是個有志氣的人，母親您就由著他吧，等他真考取了功名，以後能選的親家身分也能更貴氣一些，您說是吧？」素顏對葉成紹瞪了一眼，葉成紹嘆了一口氣，伸手寵溺地撫了下素顏的頭。娘子還是那麼的善良，算了，就依著她吧，也許，不要讓侯夫人知道真相，對侯夫人來說更好一些。

他自懷裡拿出一個瓶子來，遞給侯夫人。「母親，這是紹揚的解藥，吃了這個藥後，他再也不用忍受毒性的折磨了。」

侯夫人靜靜看著葉成紹手裡的藥瓶，眼眶濕潤，卻是不肯接那瓶子，聲音喑啞地對葉成紹道：「你……是他哥哥，還是你親自給他的好。」

素顏聽得心中一陣劇痛。侯夫人心裡是明白的，只是，她似乎壓住了心裡的沈痛，故意裝糊塗。紹揚現在怕也和文靜幾個一樣，以為葉成紹是他的殺父仇人，如果，紹揚是真正的二皇子的話，那他與葉成紹還真是親兄弟，讓葉成紹送藥給紹揚，是想給他們兄弟一個和好的機會吧？

葉成紹深深地看了侯夫人一眼，收回了瓶子，難得恭敬地嗯了一聲。

侯夫人和文嫻、文靜幾個被素顏派了車送回寧伯侯府，沒多久，皇上就召葉成紹和素顏一同進宮。

皇上下了布告：言明二皇子被寧伯侯謀殺，葉成紹為救二皇子而殺死寧伯侯。頓時群臣沸騰，百姓紛紛議論了起來，都有點不能相信這個事實。

而陳王府被御林軍團團圍住，陳王及其兒子、西山大營的統領全被押入宗人府大牢裡。

素顏和葉成紹一同進了宮，葉成紹去了乾清宮，而素顏則是去了坤寧宮。

皇后正慵懶地半臥在睡榻上，眉間淨是喜色，見素顏進來要行禮，忙懶懶地揮了揮手。「過來，坐我身邊來。」

素顏含笑走了過去，皇后拉著她的手細細打量了一遍。「太瘦了，得多吃點，養好一點，快些給我生個皇孫出來才是。」

素顏被皇后說得臉紅，垂了眸，嘟了嘴道：「相公一出去就是半年多，怎麼可能有孩子嘛……」

她聲音雖小，但皇后還是聽見了，立即擰了擰她的小鼻尖道：「是，不怪妳，是我那兒子的錯，不過，他現在可是回來了喔，妳可得努力加把勁才是。」

那也不是我努力了就成的事啊。素顏不由在心裡直翻白眼，發生了這麼大的事情，皇后老人家半句也不提，只逼著她生孩子，哪有這樣做婆婆的啊？

「昨晚受驚嚇了吧？走，帶妳出氣去。」皇后笑了素顏一陣後，起了身，拉起素顏的手就往外走。

出氣？出什麼氣？素顏聽得莫名，被皇后拖著往乾清宮去。

乾清宮內，明英被綁住跪在地上，周邊護國侯、中山侯、刑部尚書，連著戶部尚書、工部尚書劉大人都在。

皇后帶著素顏經人通傳後，走了進去。皇上見皇后進來，不由微嘆了口氣。皇后一大早得知葉成紹殺了二皇子，反應平靜得很，只是淡淡說了句：「臭小子，總算懂事了。」便又轉頭去睡，但一聽說明英帶了人追殺素顏，差一點就成功了，立即鳳顏大怒，揪住皇上的衣領子罵道：「你們男人爭天下，想怎麼殺想怎麼死都不關我們女人的事，憑什麼要讓我們女人跟著受罪？不行，我得給我兒媳婦出氣！我那媳婦可是個寶貝啊，嚇壞了怎麼辦？誰給你生孫子？誰給我生繼承人？我不管，你把那明英給我提出來，我要讓我兒媳親自出氣。殺我的兒媳，也不看看她有多少斤兩！」

皇上被皇后鬧得沒法子了，只好應了。現在皇后不像以前那樣，對他溫柔體貼，而是愛理不理，經常無視他，他去別的宮妃那裡，想引起她的嫉妒，結果，她不管他翻了誰的牌子，都很賢慧地派人給他送補品，還不忘告訴他一聲。「年紀大了，悠著點，好好補補。」

皇上立時就沒有了興致，悻悻然又回了乾清宮。以前看她吃醋是情趣，現在，她不在乎他了，他卻沒有了與別的女人親熱的興致，尤其怕看見皇后眼裡鄙夷的目光。曾經，他在她的眼裡是神一樣的存在，當年的她，那樣深深愛著他，將自己的一切都奉獻給他……

第一百四十三章

護國侯還有幾位尚書大人，見皇后帶了葉成紹的夫人進來，全都愣住，不過，再一想二皇子妃被捆綁在殿中，心中也有些了然，向皇后行禮後，全都垂了頭，目不斜視，不敢多言。

只有中山侯與皇后對視一眼後，立即撇開了眼，神情肅然。

皇后臉上帶著高雅雍容的微笑，向皇上行了一禮。皇上見皇后的神色還算好，忙指了身邊的座位對她道：「皇后這邊坐。」

素顏也向皇上行了大禮，皇上深深地看了她一眼，道：「難為妳了，到皇兒身邊去吧。」素顏聽了，低眉垂目走到葉成紹身邊站好。

一干大臣聽得心頭一凜。皇上竟然已經公開稱葉成紹為皇兒了，看來，葉成紹是皇上的嫡長子，那些不是傳聞，全是事實？

皇后謝了座，卻沒有過去，而是輕移蓮步，向跪在地上的明英走去。

明英頭髮散亂，身上的衣服縐巴巴的，原本美麗的大眼裡全無光澤，但眼裡卻閃著狠戾，充滿悲憤和不甘。看見皇后向她走來，她非但不怕，反而抬起頭，怨毒地看向皇后。

皇后笑得嫵媚，上下左右瞧了瞧明英，笑道：「妳那是什麼眼神，怎麼著本宮也是妳的正經婆婆，就算妳心裡眼裡沒當本宮是皇后，也該以婆母之禮待我吧？怎麼看著像跟本宮有深仇大恨似的呢？」

這話一出，兩位侯爺和幾位尚書大人全都看向了明英，各人眼神複雜。護國侯平素與陳王關係不錯，司徒敏與司徒蘭自小便與明英情同姊妹，此時看了明英這個樣子，心裡也很不是滋味。都到了這個時候，還這麼倔，不知道低頭，她是非要將陳王府全毀了才甘心嗎？

明英冷笑一聲，看著皇后道：「娘娘若真肯當臣妾是兒媳，如今就不應該還笑得出來。您的兒子昨夜才被賊人殺死，怎麼看不出您有半點傷痛呢？到底不是親生的，或者說，他死了，更能稱您的心對吧？」

皇后聽了嬌笑出聲，回頭對皇上道：「喲，皇上，您看老二家的還真是長了張利嘴呢，您說，她這麼會說，是不是舌頭比別人的要長一些呢？不如拔出來給本宮瞧瞧？」

明英聽了，果然嚇得變了臉色。她知道今天必有一死，但求給一個痛快，不想被折磨啊。

皇上聽了皇后的話，目光淡淡地看向一旁的護國侯，護國侯立即明白皇上的意思，大聲喝斥明英道：「大膽！怎麼能對皇后無禮呢?!」又轉了頭，訕笑著對皇后作揖道：「娘娘，她也是太過悲傷，哀痛傷心，所以口無遮攔、胡說八道了，您看在她新寡可憐的分上，且饒了她吧。」

皇后斜睨了護國侯一眼，淡淡地說道：「侯爺倒是很關心本宮這兒媳婦啊。平日裡，你與陳王府的關係也很不錯吧？唉呀，皇上，昨晚刺殺我兒的人裡，有沒有御林軍？這事您得好好查一查，本宮可是好不容易才認回了親生兒子，再有個閃失……」後面的話沒有繼續，不過，看向皇上的眼睛微眯了眯，半點也不掩飾目中的威脅之意。

護國侯聽得滿頭大汗，腿一軟，便跪了下來，大聲道：「回娘娘的話，臣對皇上、對娘娘的忠心，天地可鑑，給臣十個膽子，也不敢使了人去殺葉大人——喔不，皇長子，娘娘明鑑啊！」

皇上知道皇后這是恨護國侯給明英求情，只得好言相勸道：「明英所犯罪行重大，先行審理了之後，再交宗人府一併判決。皇后稍安勿躁，朕一定會給妳一個滿意的答覆的。」

皇后臉色這才好了一些，卻道：「交宗人府？不必了，更不用審了，她可是護國侯親自捉拿回來的，所帶的西山大營兵將也有活口被捉拿，就在此地當場審理算了。而且，她要殺的可不是本宮，是本宮最疼愛的兒媳，滿不滿意得看本宮兒媳的意思。本宮今天來，可是特地為兒媳出氣的，她昨夜被幾十個訓練有素的騎兵追殺，幸虧中山侯與東王世子兩人湊巧趕上救了她，不然，本宮的皇兒不是要痛失愛妻？」

在場的幾位侯爺、尚書聽出皇后已是非常震怒了，更是明白皇后對這位藍家嫁過去的兒媳很是寵愛，一時全都低了頭，大氣都不敢出。皇上早就知道了皇后的意思，但他的心裡還是有些心疼二皇子，也很理解明英的行為，所以有意想要放過明英一馬，畢竟明英也是自己的兒媳婦，雖然做事過激了點，但罪不至死，圈禁起來就算了，不過，皇后這裡怕是過不去啊……

於是，皇上求助似的看向素顏，開了口道：「皇后所言正是，這老二家的也著實做得過分了些，膽大包天，不過，她也著實是因老二的死而成了失心瘋……藍氏，好在妳也沒受傷，不然，她的罪過還真是大了。今天，朕就給皇后面子，由妳來處置明英，妳看，要怎樣才能使妳滿意呢？」

皇上這是自己不敢得罪皇后，把難題拋給素顏了。素顏心中冷笑一聲，垂了頭對皇上一禮道：「回皇上，自然是按國法行事，皇子犯法，與庶民同罪。」

皇上聽了這話鬆了一口氣，對皇后好言道：「藍氏這孩子就是懂事，知禮知法，不愧是咱們的好兒媳啊，那就這麼著吧，按律法來辦吧。」

誰知素顏又道：「皇上，臣媳的話還沒有說完。律法言，殺人償命，欠債還錢，明英郡主昨天可是要將臣媳削成人棍的，如此，臣媳也不多求，只請皇上也將她削成人棍吧。」

皇上聽得臉色一白。沒想到素顏也是如此殘忍，有些生怒地瞪了素顏一眼。

素顏神情淡定自若。她知道，一旦按皇上的意思，將明英送去宗人府，明英最多被關個幾年。陳王府看似倒臺，但畢竟百年望族，陳王又是世襲永替的親王，陳家老祖宗的功績擺在那裡，功抵過，滿門抄斬的可能不大。百足之蟲，死而不僵，只要陳家還有人在，明英就還有可能作怪。對待對自己殘忍之人，沒必要心慈手軟，最重要的是，要殺一儆百，葉成紹成為皇室繼承人的路上還會有許多險阻，若不重刑，只怕還會接二連三有人要刺殺自己。

「這個提議甚合本宮的心意。嗯，兒媳，妳果然當得起皇上的誇獎啊，真是個懂事的孩子。」皇后立即順著皇上的話接口道。

皇上還要再說什麼？皇后拿了他的話堵了他的嘴，一時還真不知再說什麼好了，只好又看向劉大人。劉大人直接裝傻充愣，眼觀鼻、鼻觀心，當自己不存在。

明英整個人頓時都委頓了下來，她絕望地看向素顏，突然就像瘋了一樣站起來向素顏衝過去，低頭想撞素顏，但可惜葉成紹的大袖一掃，就將她甩飛開去。明英被摔得趴在了地上，抬了頭，突然哈哈大笑道：「藍素顏妳不得好死！妳虛情假意、不守婦道，趁葉成紹不在府裡，就勾搭外男，與中山侯世子、東王世子眉來眼去，摟摟抱抱，還差一點害死護國侯家的四小姐，我就是看不慣妳，想妳死！」

素顏知道她臨死前還要挑撥自己和葉成紹的關係，挑撥葉成紹和上官明昊、冷傲晨的關係，更是在毀壞自己的名聲。她轉過頭，靜靜地看向葉成紹，葉成紹卻是安撫地看著她，正要說話時，就聽得「啪」地一聲脆響。

循聲看去，就見明英被打在了地上，正捂著臉，而皇后則正拿了絲帕擦著手，冷冷道：「打妳真怕髒了本宮的手，看來，妳那舌頭是要割下來才好，太長了說話就像放屁一樣。」

殿中大臣和皇上一時都被皇后的言行給震住，不可思議地看著皇后。一國之母啊，母儀天下的皇后竟然動粗不說，還說粗話，這哪裡還是平素優雅高貴的皇后？

皇后美豔的眼波在每個大臣的身上流轉一遍，淡笑道：「怎麼？本宮臉上長東西了？」

大臣們，尤其是護國侯的頭垂得最快。劉大人則道：「回娘娘的話，臣只是覺得您今天比往日丰采更盛。」

皇后聽得微微一笑，對劉大人點了點頭，轉了頭對葉成紹道：「皇兒，劉大人品性高潔，你以後可得多多倚重他才是。」

劉大人聽得眉開眼笑，老而渾濁的眼睛裡精光閃閃。他與葉成紹共事半年多，知道這位新鮮出爐的皇子才華橫溢不說，還一心為公，肯為百姓辦實事，劉大人奸猾多年，不過是為了保住官職，在最大的範圍內為百姓辦事，多年的理想和抱負不得實現，如今，大周終於有明主將要繼位，他是老懷暢快啊！

葉成紹聽了皇后的話，當真向劉大人深施一禮，大聲道：「請老大人多多輔佐。」

一旁的戶部尚書顧大人，始終沒有說一句話。他是素顏的外公，對於昨夜明英派人追殺素顏也很震怒，只是以他的立場，不太好公開回護素顏，不過他也是老於世故，皇后既然公然帶了素顏來乾清宮出氣，自然會盡力維護素顏，也由不得他來多說什麼。

明英見殿中無一個人肯替她說話，也不求饒了，大聲對皇上哭訴道：「皇上，二皇子也是您的親生骨肉，他死得不明不白，才十八歲啊！您就不傷心嗎？不想替他報仇嗎？臣媳死不足惜，只是二皇子大仇未報，死不瞑目啊！」

皇上心中的慟又被明英揪了起來，一個看著長大的兒子，前一天還活蹦亂跳的，今天就成了一具屍體，中年喪子的心情著實難受，但現在於皇上而言，最重要的就是護住葉成紹，這是他早就布好的局，只是有人動手將事情往前推了……他頹然地揮了揮手道：「拖下去，按皇后的意思處置。」

那就是要拔舌了？素顏終究還是覺得殘忍了些，嘆了口氣對皇上道：「求皇上給她一個全屍吧，臣媳方才全是氣話，請皇上和娘娘不要怪罪。」

護國侯和中山侯幾個同時都鬆了一口氣，拔舌砍去四肢，確實是太殘忍了，他們也不希望未來的皇太子妃是個心狠手辣之人。

顧大人聽了也是一臉欣慰，向皇上一禮道：「恭喜皇上，皇子妃賢達大度、德才兼備，實乃皇長子良助，乃是大周之福啊！」

護國侯等大臣聽了立即附和，皇上的臉色也好看了些，大聲道：「就依藍氏所言，賜明英三尺白綾，給她一個全屍。」

明英被拖了下去後，皇上正要宣退眾人，劉大人突然站出來道：「臣有旨上奏。」

皇上聽得一愣，問道：「你還有何事，且速速奏來。」

劉大人上前一拜道：「臣斗膽，請立皇長子為太子。大周皇朝萬年基業，應該後繼有人。皇長子德才相容、品性優良，又深得民心，當立為皇儲。皇儲選立之後，大臣心安、百姓心安，是為朝廷穩固之大事，請皇上三思。」

中山侯聽了，也上前一步奏道：「臣同奏，請皇上立皇長子為太子。」

這種時候顧大人不做第一，不給人話柄，但也絕不落後，也上前附奏。

刑部尚書柳大人看了護國侯一眼，也上前附議，殿中便只剩下護國侯。原本最會見風轉舵的護國侯卻是遲疑了，他臉上露出猶疑不定的神色，時不時地向殿外望去，似是在期待著什麼。

皇上聽得眾大臣的奏議，一時怔住。這有點出乎他的預料，雖然他也知道，大臣們遲早會請奏立葉成紹為皇太子，但沒想到這麼快，畢竟二皇子才死一天，很多懸疑並未解開，而且，葉成紹的身分也才公開，很多大臣都還未接受事實，更多的百姓還不知曉，驟然立一個侯府世子為皇太子，還真算得上是驚世駭俗，何況，這與他的宏圖計劃相衝突，他原不是這麼打算的啊……

皇上的臉色明晦不定，護國侯見了更有了底氣，一抬眸，正好觸到皇上看過來的眼神，他心中一喜，出列道：「皇上，臣有話要說。」

皇上眼中閃過一絲欣賞，揚了聲道：「喔，護國侯也要附議嗎？」

「非也。皇上，皇長子著實才華橫溢、德行絕佳，但如今卻不是立皇太子的最佳時機。二皇子死於非命，案子還沒有徹底了結，雖然已經證明皇長子清白，但皇長子與二皇子之死還有些干係，臣等雖然清楚皇長子的品性，但不代表廣大臣工、廣大百姓都清楚，如此貿然立皇長子為太子，會讓有些人有可乘之機，毀損皇長子的聲譽。故此，臣認為，此事當緩。」不說不立，而是說要緩，沒有立即就反對，也就不算是站在葉成紹的對面，又合了皇上的心意，護國侯果然奸猾得很。

皇上聽了，點頭頷首，正色道：「朕也覺得不太妥當。」

皇后在一旁聽了微瞇了眼睛看向皇上，眼裡露出鄙夷之色，冷笑道：「也是，成紹當不當太子的也無所謂。皇上啊，以臣妾看，放了成紹歸隱吧，也放了臣妾出宮，臣妾跟著成紹夫妻一起去過小日子，享幾天天倫之樂去。要說起來，臣妾真的很想念老家了，這麼些年過去，不知道老家的人還安健否？」

皇上聽得心中一顫，緊張地看著皇后。自己這態度又傷了皇后了，他不是不想立葉成紹為皇太子，只是確實時機不成熟，皇后又何必逼得太緊？

皇后迎上他的目光，眼裡有些淡淡的倦意，更多的是失望，還有些許的冷然。皇上的心驟然縮緊。柔兒她……她對自己的情淡了嗎？她要回北戎去？

眼前又浮現出二十年前，他正值青春年少，一身白身儒袍，玉樹臨風、丰神俊朗，柔兒一身火紅的獵裝，騎在雪白的駿馬上，在廣闊無垠的大草原上奔馳。藍天碧雲下，她光華四射、風華耀日，將他的靈魂都收走了。他的目光一直追隨著她，看她揚鞭策馬，草原上留下一抹亮麗的紅影，更是留下一串串銀鈴般的笑聲。

他傻傻地、呆呆地看著那遠去的、精靈一般的女子，正暗自失落，抬眼間，她又像一個臨世的仙女一樣，策馬來到他的面前，天真而純淨的美眸好奇地看著他。

「你是中原人嗎？」她的漢語說得很流利，聲音清脆柔美，他的心怦怦直跳，饒是當了多年的皇子，仍被她一句簡單的問話弄得面紅耳赤、手足無措，只會呆呆地盯著她，錯不開眼。

她見他半晌也沒回話，神情窘迫，突然就嬌聲笑了起來，揚了鞭在他的馬背上一甩，他的馬兒突然撒蹄狂奔，嚇了他一跳，差點將他從馬上掀了下來，她卻在身後惡作劇地哈哈大笑，但看到他一個縱身，漂亮地立在馬背上，輕輕鬆鬆就制住了馬後，她的眼裡才露出一絲驚異……

那一次，他知道她是北戎的公主，知道她的小名叫柔兒……

「皇上……」

一聲呼喚將皇上從回憶裡喚醒，護國侯正抹著額頭的汗珠對他稟道：「皇后乃一國之母，豈能輕易離宮？皇上春秋正盛，皇后此言著實不妥，皇長子乃國之希望，豈有退隱之說？皇上可千萬不能應允皇后啊。」

皇上收回神思，目光湛湛地看向皇后，眼中流轉著淡淡的柔情，聲音也帶了一絲溫柔。「皇后，妳累了，回宮歇著吧。成紹也是我的兒子，我也對他寄予厚望，立他為皇太子——」

皇上的話還沒完，就聽得外面太監高聲宣道：「稟皇上，靖國侯求見。」

皇上聽得目光一沈。靖國侯怎麼會在此時回京了？雖然他同意了他回京，但不應該會這麼快才是。

揚了手，讓人宣了靖國侯進殿。

素顏這是第一次看到傳說中的靖國侯，只見從殿外走進一個高大魁梧之人，一身銀灰色盔甲，步子沈穩有力，踩得殿中的大理石板叮咚作響，再看那人有張剛毅冷酷的臉龐，深邃的眼眸，渾身散發著一股不怒自威的氣勢，眼神銳利而精光閃爍。

心中暗想，此人肯定不好相與，也不知道他這個時候回來，是要做什麼？

第一百四十四章

靖國侯手托頭盔，威武地向皇上單膝行禮。皇上臉帶笑容。「大將軍遠來辛苦，快快請起。」

靖國侯謝恩後立起身來，深邃的眸子向周圍淡淡巡視了一遍，在葉成紹的身上多停留了一下，眼眸凝深，目光銳利。葉成紹嘴角含著痞賴的微笑，一副吊兒郎當的模樣，渾然不當靖國侯的威勢是一回事，挑了眉道：「北關離京數千里，侯爺著實辛苦了，不會是日行千里吧？這一路，也不知道侯爺累死了幾匹良馬啊。」

這是在說靖國侯不聽宣便提前趕赴京城呢，皇上的旨意下達也沒有幾天，時間按路程計算，靖國侯至少得半個月後才能到達。守邊將士沒有朝廷的命令，不許擅離職守、隨意回京，這是大罪。

靖國侯板著臉，嚴肅回道：「本帥騎死了幾匹良馬、趕多少路，由不得你這黃口小兒來置喙，不過一個侯府世子罷了，憑什麼質問本帥？」

竟然當著皇上的面罵葉成紹？而且，明明葉成紹的身分已經下召證實，這會子他偏要拗了口只當葉成紹是侯府世子，今天這個當口，怕也只有靖國侯一人敢如此了。

靖國侯為大周守衛邊疆數十年，大大小小的戰役參加了上百場，乃大周國之棟樑，確實勞苦功高，也正是因此，他才恃功自傲，眼裡很難挾得進人去，便是皇上見了他，也要禮讓三分，更何況葉成紹不過是才被正名一天的皇子。

皇后聽得大怒，微瞇了眼看向靖國侯，走上前一步道：「陳家的人果然都是熱血得很啊，陳閣老罵本宮的皇兒為豎子，靖國侯一回來，就罵他為黃口小兒，不知道在靖國侯眼裡，生了這黃口小兒的本宮算什麼，皇上又算得了什麼？」皇后自來一身傲骨，若非為了那虛妄的愛情，她如今怕也成為北戎的女皇了，哪裡能受得了一個臣子對自己兒子的喝斥。

靖國侯冷笑一聲，看也不看皇后一眼，目光直射向皇上。「稟聖上，不知大周何時允許婦人進乾清宮了？婦人干政向來是朝廷大忌，臣不與無知婦人言談。」

皇后聽得盛怒，一旁的大臣們也是聽得汗都出來了，中山侯的濃眉緊皺著，手掌握拳，怒目橫視著靖國侯，看那樣子，若非在乾清宮殿裡，有皇上在座，他可能會向靖國侯揮拳頭了。

葉成紹氣得臉都綠了。罵他他無所謂，他打小沒少挨過罵，臉皮都厚了，但是罵皇后，他就受不了了，手一緊，跨步出去就要向靖國侯動手，手臂卻是被素顏拽住，淡笑地勸道：「相公，靖國侯既是看不起婦人，那我這小婦人便來與他理論一番。」

皇上也是被靖國侯的態度弄得很是惱怒。皇后再如何，也是他的女人，自己怎麼待她都可以，但不能被他人輕視，這個靖國侯真以為功高可以震主了嗎？正要大罵靖國侯，卻聽得素顏如此一說，他腦子一轉，知道自家這兒媳婦也不是個好相與的，陳閣老可就是在她面前丟了個大面子，自己罵他，靖國侯只當耳邊風吹過，但若是被一個女子折辱，不知道靖國侯又會如何呢？

他一時興致大起，莫說制止，反而還有些期待地看向素顏。

靖國侯也聽到了素顏的話，冷峻的目光直射向素顏，冷笑道：「這又是哪裡冒出來的無知婦人，竟然也敢立於朝臣議政之地，皇上這宮廷禮法還真要整治整治了。」

「也不知道你是從哪裡冒出來的一棵枯蔥，既然口口聲聲說禮法，怎麼不懂得尊重國母？我看你是禮義廉恥孝無一知曉，還大言不慚與皇上談什麼禮法，真是不知羞恥二字如何寫的。」素顏端莊地站在葉成紹身邊，語速輕緩，神情淡定嚴肅，但說出來的話卻讓在場的眾人聽得目瞪口呆，就是葉成紹也像是不認識她一樣，不可思議地看著自家娘子。

她一向端莊溫婉、沈穩聰慧，但方才那一番言語可是無禮至極，還帶了一絲粗魯，還真讓大家跌破眼鏡啊。

靖國侯果然氣得臉都黑了，大聲吼道：「無知賤婦！妳算是什麼東西，竟然敢當著皇上的面辱罵本帥？本帥殺了妳！」

「我是賤婦？那你是什麼？你是賤婦生的賤種，是賤得不能再賤的老畜生。口口聲聲說婦人無知，我看你是數典忘祖，連你娘都不認識了。不孝無恥的東西，你不是婦人生的嗎？你罵我是賤婦，你娘也是賤婦，你奶奶也是賤婦，你老婆也是賤婦，你全家都是人見人賤的賤人！」素顏罵得興起，只差沒插腰作茶壺狀了。她原就是生長在市井中，常聽這些罵人的話語，只是她性子溫和，並不出粗口，但對靖國侯這種自高自大、不可一世的武將，與他文謅謅地講道理根本就行不通，只能以粗制粗，要說比罵人，靖國侯怕是要再學上幾年才來呢。

一時，全場靜得連一根針掉到地上都能聽得見，皇上、皇后，還有其他的大臣們全都驚詫莫名，不相信剛才的話是從素顏口中出來的，整個大殿之中，只聽得到靖國侯粗重的呼吸聲。他久居高位，從來沒有人敢如此辱罵過他，這是連他家的老祖宗全罵遍了，他一時氣傻了，只知道在那兒喘粗氣，眼睛瞪得比牛眼還大，像要生吞了素顏一般。

偏生素顏還是一副淡定從容的樣子，神情仍是溫婉可人，站姿端莊得讓人挑不出半點毛病，看他的眼裡全是鄙夷。

「嗷——」終於，靖國侯一聲嚎叫，怒髮衝冠，長劍唰地抽了出來。他是唯一一個允許佩劍上朝的大將軍，他那柄不知斬殺了多少敵軍將領的長劍泛著森冷的寒光，直指素顏。

素顏再也不顧什麼淑女形象了，雙腳一跳，就躲到皇上身邊去了，卻是放聲大喊：「靖國侯要刺殺皇上！來人啊，靖國侯謀反啦！」

一時，葉成紹拉住素顏，將她往懷裡一攬，也躲到皇上身後，已經做好了躲避的打算。他空手無刃，先保住老婆的命要緊。不過，他家娘子還真是會躲，只要靖國侯提劍來，劍尖所指的可是皇上啊！

中山侯聽了素顏的話，也是一聲怒喝。「靖國侯，你想要謀反嗎?!」

靖國侯聽了心中一動，生生止住了向前的步子，強壓住怒氣抽回了劍，向皇上一揖道：「臣不敢謀反，臣只是想殺了那婦人。」

「有皇上在，你憑什麼殺我？本夫人可是一品誥命，本夫人就算犯了事情，也要由皇上處置，你算什麼東西，你眼裡還有沒有皇上，還有沒有王法？當真功高震主啊，功高震主。」素顏藏在葉成紹懷裡，露出頭來，對著靖國侯又是一頓罵。

靖國侯氣得臉都綠了，直跺腳，指著素顏道：「賤婦，本帥會讓妳好看的！」卻是不再往前半步了，在離皇上的龍椅五尺遠的地方停了下來。

「你口口聲聲說不與無知婦人言論，怎麼又跟我這小婦人較勁呢？說明你還不如一個婦人，不就是有些蠻力嗎？有本事你跟我家相公單挑，看我家相公怎麼把你打得滿地找牙。」就是這樣，素顏也不肯放過他，仍是躲在皇上身後大聲罵著。

靖國侯再也忍不住了，對皇上一揖道：「皇上，臣受不了這屈辱，臣要與葉成紹決鬥，不然，臣還有何臉面面對邊關數十萬將士？這婦人罵本帥可不只是打本帥的臉，還是打邊關將士的臉，打大周軍隊的臉！」

皇上聽了臉色這才有些凝重起來，正要說話，又聽得素顏在他身後不緊不慢，聲音不大不小地發話。「你也太喜歡給自己臉上貼金了，好像你就是大周軍隊，你一人就是大周的數十萬將士一樣，沒有了你，大周就會軍不成軍，將士也就不肯保家衛國了。你不過是皇上手下的一名將領罷了，你的帥位也是皇上授予的，什麼叫打你的臉就是打數十萬將士的臉？你的意思，數十萬將士只聽你的，連皇上的話也不用聽了？你沒臉，將士就得自殺了不成？」

這話直指了皇上與將帥們的痛腳。皇上最怕的就是將領權力太大，在軍中聲望高過他，不聽他的指令。素顏看似像在罵街，其實是點明了靖國侯的野心和地位，皇上若再縱容靖國侯在軍中的權勢繼續擴大，很可能會危及朝堂，危及皇上的地位，無論哪朝哪代，掌握軍權才能保住皇家的地位。

靖國侯未料到素顏如此牙尖嘴利，他聽得冷汗涔涔，一時後悔剛才進殿後不該如此鋒芒畢露，讓這婦人抓住了話柄，心思連轉，忙再次向皇上單膝跪下，拱手道：「皇上，莫要聽這婦人胡言亂語，臣對皇上的忠心可鑑日月。」

皇上眼中精光閃動，沈了眸子，犀利地看向靖國侯，半天也沒說話。靖國侯頓時感到頭頂一股威嚴的氣勢壓了下來。皇權向來不容觸犯，皇上雖然有時糊塗，但手段從來就沒軟過，自己功勞再大，只要皇上新提一個將領上來替代自己，將自己冷落個幾年，那自己這幾十年積下的威望和成就便會淡去，成為泡影，他再如何自傲也不敢藐視皇上的威嚴，最多也就在皇上面前恃寵一下罷了。

「朕許了你與朕的皇兒單挑，也好證明朕的皇兒不是將軍口中的黃口小兒，不然，將軍一人不尊重朕的皇兒，豈不是連著數十萬將士也不肯尊重他了嗎？將來，朕這萬里江山要交到他的手裡，他若連一個將領也馴服不了，朕如何能放得下心去？」皇上半晌才冷冷地對靖國侯道。

靖國侯感覺背上已經汗濕了衣襟。他來乾清宮時，就是想要阻止皇上立葉成紹為皇太子的，大皇子雖是廢了，但陳家還在，大皇子還有嫡子、庶子，他有後人就能繼位，所以他想好了，一來先給皇上一些壓力，再行後事。沒想到卻碰到一個不按牌理出牌的藍素顏，幾句話就挑得他火氣，將他滿盤的計劃全都毀了，那女子看似在胡說八道，其實句句有陷阱。

不過胡亂幾句罵人的粗話，就挑得皇上對他起了疑心，更是成功激得自己與葉成紹比武。葉成紹的武功他也聽說過，此子從小名聲很不好，但一身功夫出神入化，而他自己最擅長的便是馬上功夫、與敵對陣，卻不擅長與人單打獨鬥。他是一軍統帥，如果他敗在了葉成紹的手下，這事傳到軍中去，那葉成紹的聲名又會在軍中崛起，軍人向來只認強者，誰強就信服誰，藍家婦人果然好算計啊！

怪不得老父在朝中浸淫多年，也被這婦人弄得灰頭土臉，至今不肯上朝面對眾位同僚。靖國侯這會子還真是後悔得緊啊，明明掌了先機，這會子卻是被動得很，不得不與葉成紹一戰了。

皇后聽得笑盈盈的，走了過來，一把扯過素顏道：「妳那罵人的話是哪裡學來的？真不錯，以後也多教娘親，下回再有賤人生的賤種敢罵我，我就插腰給他罵回去。」

素顏聽了格格直笑，手挽著皇后的手臂道：「您可是皇后啊，不用學，以後有這種事只讓臣媳來幫您罵好了，您還是做優雅高貴的皇后好了，這種辱沒形象的事情，還是臣媳來做比較妥當。」

「一派胡言，以後再不許在乾清宮裡罵粗口，太失體統了。」皇上聽不下去了，轉過頭來，貌似嚴厲地喝斥著，又道：「皇后啊，妳要多教教這孩子禮儀規矩，怎麼能縱著她呢？去吧、去吧，回坤寧宮去，罰她抄《女訓》、《女誡》。」

一看殿中的眾大臣都一臉黑線地看著自己，皇上又道：「見笑了、見笑了，這孩子寵壞了，朕訓誡她了，讓皇后捉回宮去好生教導，幾位愛卿看在朕的面上，就不要傳將出去了……呃，那個，對靖國侯的名聲和體面也不好啊。」

鬧這麼大的動靜，就只是抄下《女訓》、《女誡》？看來，皇上根本就是對靖國侯有了意見，所以樂見那藍家女兒把靖國侯弄得顏面掃地，這又是一個信號啊，皇上雖然還沒有正式立葉成紹為太子，但是，也不遠了。

還是護國侯首先反應過來，朗聲道：「臣等只看到了皇家父慈子孝、婆媳和睦，實乃臣之典範啊。」

一旁的中山侯忍不住就翻白眼。這護國侯的臉皮還真不是一般地厚，這種拍馬屁的假話也能說得出口？不過，他也跟著拱手行禮，嘴角也勾起了一抹笑容，但隨即又閃過一絲的苦笑。怪不得自家那原本風流成性的兒子如今變了個人，一心只想著這藍家大姑娘，這丫頭果然不一般啊，真是可惜了，若當初不是少主子看上了……她很可能會成為自家的兒媳呢……

葉成紹乾脆咧開嘴笑。原本以他的性子，當場就要與靖國侯打起來，那樣肯定會落了靖國侯的圈套。靖國侯一上來便故意拿話氣皇后，又氣自己，就是想讓自己當眾與他動手，他再拿了這把柄說事，要說的可就多了去了，可以說他不夠沈穩，當眾打罵朝廷重臣……嗯，當初陳閣老用的那一套定然又會再用一遍，以損毀自己的名聲和威望為目的，更是會逼得自己受罰……莫說，自己還真是得改改脾氣了……

看著殿中臉上一陣紅、一陣白，眼珠子亂轉，不知又在思慮什麼的靖國侯，葉成紹上前，好心地拍了拍靖國侯的肩膀。「大將軍千里奔馳，一定辛苦了吧，今天與你單挑，本皇子怕人說我占便宜，就讓你回家歇息一天後再來吧，省得你輸了後，人家說本皇子欺負了老弱病殘。」

靖國侯氣得倒仰，捂住胸口便道：「毛都沒長齊，也敢小覷本帥？本帥今天就讓你見識見識大周第一勇將的厲害！走，不用等，就在今天，本帥與你決戰！」

葉成紹卻聽得直搖頭，又拍了拍靖國侯的肩膀，語重心長地說道：「老人家，脾氣不要太大，性子也不要太好強，不然容易充血。我娘子說，很容易得高血壓的，喔，你不知道高血壓是什麼病吧，我告訴你啊，一般就是你這種年紀大，脾氣又暴躁的老人容易得，一旦弄不好，就會腦溢血，會偏癱的，知道不？本皇子可是一片好心勸誡於你，你不要不知好歹啊。」說著，甩甩袖，竟是揚長而去。

靖國侯氣得胸口直突突，暗自調轉內力才將一股鬱氣壓了下去，眼鼓如牛鈴。皇上看著就忍不住偷笑，對靖國侯道：「愛卿與成紹的比試就定在明日巳時吧，就在皇家比武場內。到時，讓朝中所有大臣都去觀戰，愛卿可要保重好身體喔。」說著，揮了揮手，讓大臣們退下，他自己卻急急往坤寧宮而去。今天又得罪皇后了，也不知道晚上肯不肯開殿門讓他進去呢。

中山侯在靖國侯面前立住，一雙犀利的黑眸鎖住靖國侯，以旁人難以聽見的聲音對靖國侯道：「本侯也想見識見識侯爺的一身馬上功夫，侯爺若是在殿下手中僥倖不死的話，那本侯再與侯爺單挑。」

靖國侯聽得愣住，不知道自己何時把中山侯也得罪了，莫名其妙地看著中山侯，但中山侯那話也太過氣人了，他怒氣又上升，冷哼一聲道：「便是你們兩人同上，本帥也不放在眼裡。」

一旁的劉大人從靖國侯身邊走過，聽了這話，輕輕一嗤道：「吹牛皮！」

氣得靖國侯差一點就要擼袖子上前打人，卻被護國侯扯住了。護國侯小聲勸道：「侯爺稍安勿躁，他們是在故意激怒你呢，侯爺若要圖大事，就應該忍下這口氣才是，好生準備明日之戰。」

難得有一個人是向著他說話的，靖國侯感激涕零，立即忘了先前護國侯厚臉皮誇讚皇后和素顏那檔子事來，拉住護國侯的手道：「多謝侯爺，侯爺不是與那——」

「唉，一步走錯了啊……喔不，本侯還是很信服大皇子的，只是他被奸人所害，實在是痛惜啊！」護國侯搖了搖頭，唉聲嘆氣，很是失意的樣子。

靖國侯聽得微怔。護國侯與寧伯侯家的關係向來很好，喔，聽說護國侯的嫡長女又被退回娘家去了，雖然面上做得風光，給足了護國侯家面子，但還是不甘的吧？是被那藍姓女子給使了法子休回去的吧，嗯，以護國侯的實力，若是能拉攏，也不失為一大助力，如今皇上對葉成紹可謂寵愛有加，大皇子仍被圈禁著，得先將他救出來才行……

如此一想，靖國侯緩了臉色，對護國侯笑了笑道：「嗯，司徒大人說得很對，大皇子忠厚老實，這一次被奸人所害，本侯回京就是要替他報仇的。所謂的皇長子，多年前就名不正、言不順，突然冒了出來，哼，本侯就不相信老百姓會那麼容易就信服了。」

護國侯聽出一點意思來了，眼珠子一轉，拍了拍靖國侯的背道：「陳大人說得很有理啊，不過有些事情，宜早不宜遲，遲則生變。方才你沒來時，好幾位大人已經向皇上請奏，立他為太子了，你可是大皇子的舅舅，與大皇子一榮俱榮，一損俱損……」

靖國侯聽得眼神越發深沈，大步向殿外走去。

第一百四十五章

素顏被皇后牽著一同回了坤寧宮，一進宮，皇后娘娘就笑得彎不起腰來，一旁的花嬤嬤奇怪地看著皇后和素顏，不知道皇后怎麼突然如此開心。

皇后笑了好一氣，才對花嬤嬤道：「妳是不知道，今兒個素顏這孩子將靖國侯罵了個狗血淋頭，給本宮出了一口惡氣。當年，陳家與太后一起，奪走了本宮的孩兒，讓本宮與紹兒母子分離這麼多年才得以相認，本宮恨不能挖了他們的心肝炸著吃就好。妳是沒看到，靖國侯被素顏罵過後的那張臉，黑得比牛屎還臭啊，看著真是爽啊！」

花嬤嬤聽了也跟著笑了起來，又問：「怎麼就罵起來了？娘娘平素可是文雅得很呢，奴婢可怎麼著都想不到，娘娘罵人時是什麼樣子的。」

皇后聽了又哈哈大笑起來，嬌豔的臉頰上帶出興奮的光暈，整個人都顯得明妍了起來。素顏看了心裡便有些發酸，當年的皇后，只為皇上那點少得可憐的愛情，拋家棄國，孤身一人來到敵國，無人護佑，獨自面對宮裡的風刀霜劍；好不容易生下了葉成紹，有了自己的血脈，本可以慰藉孤獨的心靈，卻被人生生奪走了親生骨肉，從此只能從別人口裡聽說兒子的消息，只能眼睜睜地看著別人慢待她的兒子，保護不到、護衛不全，素顏可以想像，皇后過得有多麼痛苦和可憐……

「母后，以後，我和相公都不會跟您分開的，就算……就算相公不當皇太子，我們也要想法子接您出宮，一起生活，就讓兒媳孝順您，讓您開心，暢快幸福地生活。」素顏拉住皇后的手，真誠地說道。

皇后聽得眼眶微濕，卻戳了戳素顏的腦門，恨鐵不成鋼地罵道：「為什麼不做皇太子？哼，那老婆子當年就是怕我的兒子會接掌大周江山，會讓大周江山納入北戎的版圖，所以對我千防萬防。也不想想，我要有那心機，還會讓她搶走我的兒子嗎？還會讓紹兒待在寧伯侯府，見不得光，被人罵做陰溝裡的老鼠嗎？她以為，誰都與她一樣成日裡只懂得謀算別人。

「這些年，我也看透了，不管我如何退讓，人家還是容不得我，不管紹兒如何淡泊，人家也還是要殺了他才後快。與其一直被人壓制、迫害，不如真的要了那位置，氣死他們。本來就該是紹兒的，為什麼不要？我們只是拿回屬於自己的東西而已。」

皇后的聲音裡飽含滄桑和幽怨。這麼些年，她一直鬱結於心，不得開懷，原本，她只是想要與皇上兩情相悅共白頭的，從來就不想要摻和到政治鬥爭裡去，但後來，她的率真都被宮廷裡的黑暗和陰謀給磨滅了，所剩的，只有怨恨和悔愧了。

素顏不由輕嘆了一聲。雖然，她現在做的一切就是想讓葉成紹登上皇位，但心底深處卻不願意葉成紹當皇帝的。且先不說成為皇帝後，成天要操心國事，葉成紹不會有時間陪伴自己，就是那後宮……大周朝也好，北戎也罷，能容許他只有自己一人嗎？

一想到這個，素顏的心就有些發沈。不過，這都是後事，真到了那一步，也只能看葉成紹的態度了，她的心、她的人全都毫無保留地給了他，如果他不能衝破傳統和世俗的阻礙，那她也只能選擇離開。就算再喜歡那個人，如果他的愛會分成幾份甚至幾十份，她藍素顏也會快刀斬亂麻，當機立斷。

見素顏神思游移，皇后又戳了下她的腦門，問道：「妳那小腦袋瓜子裡又在想些什麼？放心，我的兒子我知道，他眼裡只有妳一個，不會再有別人，妳……會比我幸福的，他一定不會像他父親的。」

素顏聽得微怔，沒想到皇后如此敏銳地察覺了她的心思，不自在地笑了笑，轉了話題。「母后，當年寧伯侯有個妹妹也進宮了嗎？」

皇后一聽這話，臉色就沈了下來，眼中閃過一絲沈痛和不屑，冷笑道：「是啊，妳問這個做什麼？她是老二的親娘。」

果然如此，看來葉成紹的消息還真是很準確，只是不知道皇上對此事知道多少？

素顏正斟酌著如何向皇后解釋二皇子的身世問題，就聽得外頭宮人高聲宣唱。「皇上駕到！」

素顏停了下來，沒有繼續往下說。皇后一聽皇上來了，秀美的長眉就蹙了起來，轉身就往軟榻處走去，半點沒有要去迎接皇上的意思。素顏愣怔了一下，還是恭敬地迎駕，花嬤嬤和其他幾個宮人全都跪地迎接。

皇上其實在坤寧宮外站了好一會兒了，他靜靜地聽著皇后與素顏的對話，心裡五味雜陳。柔兒她……還是對自己有怨啊，成紹被送走，她心痛，自己當時又何嘗不是心痛的？這和葉氏的兒子給皇后養著是兩碼子事，老二畢竟還是在宮裡，又是名正言順的皇子，想看隨時都能看到；而成紹，那等於是送給寧伯侯做兒子了啊，至今他還姓著葉，沒有姓冷呢。嫡皇子送給別人做世子，還被人家自己的兒子和老婆恨著，怪他搶了他們的爵位，兒子過得不好，難道自己心裡就好過嗎？

尤其寧伯侯夫婦當著自己的面保證得比誰都好，背了自己對成紹就不是那麼一回事了，自己還罰不得、罵不得，只能暗中使絆子，讓他們夫妻收斂。後來成紹大了，總拿那種怨恨和不屑的眼神看自己，又自暴自棄，弄得名聲臭滿京城，自己這個做父親的聽了就有臉了？

不過，終究是自己負了柔兒啊，她著實是背井離鄉跟了自己，這二十年，除了堅持這個皇后的位置沒有拿掉她的，幾乎是沒有給她什麼……

皇上的心又有了一絲的愧意，但很快就收藏起來。他是男人，又是一國之君，兒女情長只能當作生活的調味劑，做一個聖明的君主，治理好自己的國家，讓百姓安居樂業，有安寧自在的生活，才是自己的首要職責，更是自己畢生的目標，如果北戎能在自己手上歸順、一統，開疆擴土自是不必說了，名垂千古就是自己的追求，兩國合成一國，北境就再也不會有戰爭，於兩國人民都是有百利而無一害的啊！

只是，柔兒她如何能懂得自己的志向，明白自己的苦心呢？

皇上嘆了一口氣，抬腳走進坤寧宮正殿。皇后果然又歪在她最喜歡待的軟榻上。二十年了，她仍保留了不少北戎的習性，白天喜歡在軟榻上歪著，不肯坐高椅，也不喜歡用簾子，連紗帳都不喜歡用方的，而是喜歡圓帳。

看著跪了一地的眾人，再看歪在軟榻上眼都不肯看過來的皇后，皇上好脾氣地笑了笑，抬手讓素顏幾個起了身，大步向軟榻走去。

「朕就這麼不受皇后待見了嗎？怎麼著妳也得給朕這個萬乘之尊一點面子吧，柔兒，兒媳都在呢，不要任性了，這可不像是個做婆婆的樣子啊。」皇上寵溺的拍了拍朝裡面歪著的皇后，有些無奈地說道。

一旁的花嬤嬤聽了這話，揮了揮手，將宮人們全都帶了下去。帝后說私房話，她們這些宮人還是少聽一些的好，皇上沒面子的事情，當然只能對皇后一人做了。

這下殿裡就只剩皇上、皇后和素顏了，素顏尷尬地站在殿中，走了不是，留也不是。花嬤嬤妳也不用太精了吧，怎麼著也得給皇上沏杯茶來、上點果品什麼的，這樣做也不怕怠慢了皇上嗎……而且有了茶和果品，至少自己可以用吃果品來掩飾尷尬。

皇后輕嗤了一聲，淡淡地對皇上道：「臣妾哪敢不待見皇上啊，臣妾如今是被皇上關起來的鳥兒，在皇上手裡討飯吃呢，皇上一個心情不好，還不給臣妾治個欺君大罪？」

話雖然說得酸，但肯理人就好。皇上臉上就帶了好脾氣的笑，回頭看了眼殿中，見只有素顏一個人在，便道：「快別發小孩子脾氣了，妳看，就只有兒媳婦一個人在呢，妳再不起身，兒媳都不知道要怎麼自處了。」

皇后聽了果然坐了起來，一見素顏很不自在地低頭看坤寧宮裡擺著的一盆盛開的牡丹，不由笑道：「過來，到母后這邊來坐坐，皇上也不是外人，妳不用太拘著了。」

皇上聽了也道：「是啊，估計成紹一會子也會來的，妳坐下說話吧。」

素顏這才覺得自在了些，但皇后接下來的話又讓她想找個地方躲了就好。

「皇上如今的脾氣可是越發好了，不只是對臣妾優容，便是對那些口出狂言，辱罵皇室成員，不敬本宮之人都寬厚得很，您不會是真怕了他吧，想來陳家素來大膽妄為，也是皇上您縱容的結果嘍？」

皇上一聽皇后又繞回到乾清宮裡發生的事情上頭去，頭就有些生疼。靖國侯著實越發囂張無忌了，持兵自重，方才在乾清宮時幾次冒犯皇后，辱罵葉成紹，他也很惱火啊，但現在不是對付陳家的時候，靖國侯手裡的兵權只能慢慢地解，得讓成紹自己強起來，在軍隊裡有自己的力量，才能對靖國侯動手。

「妳何必與他那個粗人一般見識？便是朕申斥他一番，打他一頓，也起不得什麼作用，他皮厚肉糙的，妳就不要為這些小事計較了，他也是因為老大成了那個樣子，心中鬱悶所致呢。」說著，皇上的臉上帶了一絲疲倦，似乎一下子老了幾歲一樣，眼裡泛起一層濕意，柔聲又道：「柔兒，妳只顧自己心裡不開心，便拿我出氣，可妳也替我想想，老大成了廢物，老二他……他又死於非命，我到底是個父親，老年喪子之痛，就像刀在我心頭絞一樣啊……」

皇后聽得微怔。她著實沒有想過皇上的心情，只當他是個萬能的強者，是個鐵石心腸之人，倒是忽略了他也有脆弱的時候，也會像個普通父親一樣心痛，只是，這一切又怪得了誰來？如果不是他不肯認成紹，當初就直接封了成紹皇太子的位置，哪裡還會出現如今這種兄弟鬩牆的局面？一切都是他自己的錯，活該！

「哼，老二我也養了快二十年，可他是個白眼狼，成紹是他的哥哥，他分明就知道，竟然還派人去伏擊他，想殺了成紹好自己即位，這種人，死不足惜。」皇后淡淡地看了皇上一眼，無情地說道。

皇上聽得震怒。不管是二皇子殺了成紹，還是成紹殺了二皇子，他心裡都不好受，他都放下皇帝尊嚴來與皇后說軟話了，她還是在拿刀戳他的心窩……

皇上猛然自軟榻上站了起來，怒道：「妳也知道妳養了他近二十年？他死了，妳半點也不傷心，他起碼也叫了妳近二十年母后吧，妳怎麼就變成如今這樣心胸狹隘了呢？」

皇后聽得大怒，冷笑道：「我心胸狹隘？哼，我是不是要讓他殺了我的兒子，然後親手捧他坐上龍椅，那才是賢達寬厚？哼，我沒那麼偉大，我更做不到！那一晚，若非我派人去接應成紹，今天在這裡哭的就是我了！」皇后的話半點都不客氣，迎著皇上的目光，半點也不肯退讓。

皇上聽得更加生氣，眼神也變得凌厲起來，揚了手，似乎要打皇后，皇后冷笑著將胸膛一挺，輕蔑地看著皇上，眼裡透著一股決然。皇上的手到底還是沒有放下來，聲音也軟了。

「柔兒，妳且容我傷心一陣子吧，我也是個父親啊。」

素顏聽得出，皇上是真為二皇子的死傷心，這是人之常情，皇上也是人，看著皇上似乎蒼老頹廢下來的面容，素顏微嘆了口氣。「皇上，也許，二皇子他……他並沒有死。」

皇上正沈浸在自己的悲傷中，聽了素顏的話，一時沒有回過神來。皇后卻是聽清楚了，抬眼微怔著看向素顏，眼裡閃過一絲驚訝，卻不是意外。

皇上卻是醒過神來，怒火更旺了。「朕親眼所見，都死透了，那孩子他……他一身都快腐爛了，成紹……成紹他明明可以救他的，寧伯侯那老賊定是帶了解藥在身上的，他只是腿上受傷，若是施救及時，又怎麼可能會死？最多也是廢一條腿罷了。他若廢了腿，照樣也成不了成紹的對手，怎麼就變得這麼狠心了呢？」

素顏聽了心中一股怒火湧上心頭。這就是皇上，一個父親，為了自己的利益連親生骨肉都遺棄的父親！一個以雙重標準來考量兩個兒子的父親，如果那個中毒的是葉成紹，二皇子會留他一條命嗎？

「皇上說得可笑，相公為什麼要替二皇子解毒？為什麼要留他一條命？您是九五之尊，說句大逆不道的話，如果您明知道有個人處心積慮地要殺您，您會只傷他的身體，留下他的命，給他機會再來殺自己嗎？我想，您也沒有如此偉大吧。再或者，如果當時是我相公受傷，二皇子會放過他嗎？何況，根本就是二皇子先殺相公在先，二皇子的死，分明就是咎由自取。」

皇上被素顏的話問得目瞪口呆，也氣得臉都青了。這藍氏的態度越來越囂張跋扈了，竟然敢以質問的語氣對自己說話，看來，這一個一個根本就不放自己在眼裡了？一時惱羞成怒，大喝道：「來人，藍氏冒犯天顏，掌嘴二十！」

一時，進來兩個太監，就要去拽素顏。

皇后聽得皇上竟然拿素顏出氣，猛地站了起來，一下攔在了素顏身前，怒視著皇上道：「今天誰敢打本宮的兒媳婦一下，本宮就打這宮裡出去，再也不回來！冷鴻均，不要讓我瞧不起你，身為一國之君，只敢揀軟柿子捏，欺負個小輩女子，你算什麼皇帝？」

皇后竟然當眾叫了自己的名字，皇上有片刻的愣怔，一時心思又恍惚了起來，想起與皇后第一次見面時的樣子。

「我叫蕭依柔，你叫什麼？」

「冷鴻均？嗯，很好聽的名字，我記住你了。」

那時，皇后看他的眼裡全是仰慕和欣賞，可現在呢，她說她會瞧不起他了……

第一百四十六章

兩個行刑的太監愣在原地不知如何是好。皇上下了令，要打人，可是皇后那架勢像是要跟皇上拚命……這人是打還是不打啊？

素顏瞪了這兩個太監一眼，小聲道：「沒眼力的，你們真敢打本夫人一下，就等著皇長子來收拾你們吧！」

素顏的聲音說得小，剛好只讓那兩個太監聽到。兩人也是在宮裡頭混了多年的，皇后的態度已經很明顯了，再加上那個混世魔王，而且是很可能當上皇太子的那個……他們很果斷地鬆了手，但也不敢退出去，畢竟皇上的命令還沒有收回呢，誰敢抗旨啊？

「柔兒，妳就非要如此逼我嗎？」皇上的眼神逐漸清明，也變得凌厲起來。今天他一再受氣，不發洩出去就堵得慌，皇后說二皇子死得活該，藍氏也敢那樣說，那是在用刀子捅自己的心啊。

「父皇，母后又逼你什麼了？」這時，葉成紹懶洋洋的聲音從外面傳進來，一見兩個行刑太監站在素顏身邊，看那架勢像是要拖自家娘子出去動手的樣子，隨手就是一左一右各一巴掌甩了過去，兩名太監頓時被他打得趴下。

皇上見了更怒，正要說話，葉成紹先開了口，對那兩個太監罵道：「皇上說氣話，你們也聽？沒眼色的東西，還不快滾，等著爺剁了你們的手腳嗎？」

兩名太監一聽這話，灰溜溜地爬起來就跑了。

皇上震怒，指著葉成紹道：「你……你敢違旨？」

「違個屁旨啊！你沒事就拿我娘子出氣，我沒找你麻煩就不錯了。算了，看在你剛死了個假兒子的分上，不與你計較。」葉成紹懶懶地瞪了皇上一眼，過去扶住素顏，上上下下細細檢查了一遍，看她著實沒有受傷，也沒哪裡不舒服，這才牽了她的手，拖了個繡凳給素顏坐了。

「什麼……什麼假兒子？」皇上這會子聽清楚了，先前素顏就丟了那麼一句話，他被自己的話給繞進去了，沒仔細著，現下葉成紹也這麼說，一時沒想轉彎來，有些發愣，倒是忘了要追究葉成紹對他的不敬了。

「你也不想想，寧伯侯為什麼會對老二那麼好？當年，老二生下的時候，你可是守在旁邊的？劉全海那老賊，他既是老大的眼線，也是寧伯侯的暗樁，寧伯侯那樣精明的人，真的會讓皇家輕輕鬆鬆地控制住他嗎？別讓我也瞧不起你，自家兒子被人調換了都不知道。」葉成紹一來就見皇上要打自家娘子，立時就來了火，對皇上哪裡還會有好言好語。

皇上卻是被他的話震驚得無以復加。死的那個不是自己的兒子？那自己的兒子呢？寧伯侯家的那個身中劇毒，一直病體纏身的那個……難道……

「你……你說的都是真的？寧伯侯膽子真有如此大，他怎麼敢……怎麼敢……」

「為什麼不敢？你能把兒子給他養，他不塞個兒子給你養划得來嗎？再說了，你是不要兒子，他是想給兒子騙一個江山坐坐，何樂而不為？也不想一想，他真的會聽你的，在親生兒子身上下毒，生生折磨親生兒子十八年嗎？」葉成紹毫不猶豫地打擊著皇上，說話間，看向了皇后。

皇后眼中有絲黯然，稍稍偏過眼去。

皇上越聽越緊張。「你……可有證據？皇家血脈，豈能混淆，你不是騙我的吧？」

「狗屁皇家血脈，我還是你的嫡皇子呢，你當初將我送人的時候怎麼不覺得不能混淆皇家血脈了？你去查一查就會知道，二皇子腰間的一塊胎記，其實是假的，紹揚身上的才是真的。」葉成紹冷冷地對皇上說道。

二皇子身上的胎記皇上是無法查驗了，但皇后是養了二皇子十幾年的人，她難道也沒發現？或者，她也是幫凶之一？皇上驟然轉過頭來，眼神如刀一般的射向皇后。

皇后直視著皇上的目光，冷笑道：「不要用這種好像你被人出賣的眼光看我。我並沒有參與過，最多是冷眼旁觀而已。對我來說，寧伯侯把兒子交到我手裡，也是交了把柄在我手裡，至少，他會看在自己兒子的分上，不會對紹兒下狠手，他不得不對紹兒好，不得不阻止侯夫人的報復。不然，我的紹兒能不能完好的長大都還是個問題呢。」

皇后的話，讓皇上又信了幾分，神情複雜地頹坐了下來，好半晌，他又起了身，匆匆的對葉成紹道：「走，去寧伯侯府，我要去看看那個孩子。」

「看他？你要去認他嗎？認了以後對他怎麼說？孩子，你身上的毒是我讓你的養父下的，讓你被折磨了近二十年，對不起？紹揚是個單純又乾淨的人，不要再用皇家的齷齪去污染他、打擾他了，讓他快樂自在地過完後半生吧。寧伯侯臨死的時候給了我解藥，他的毒，怕是又要發作了，我跟娘子這就回去給他解毒。」

葉成紹無情地對皇上說道。對紹揚，他也是有著愧疚的，如果不是自己，或許紹揚會是一個快樂的皇子，會生活得很好。以前，只以為他是自己名義上的弟弟，後來才知道，他才是自己的親兄弟，宮裡的那個是假的，所以對二皇子，他半點也沒有留情。

皇上聽得癡了，心中猛然絞痛了起來。紹揚的毒是他逼著寧伯侯下的，他也怕成紹在寧伯侯府裡不安全，怕寧伯侯懷有異心，一心只想扶二皇子上位，他那時就是打一個巴掌，再給個甜棗，既給寧伯侯希望，又讓寧伯侯不得不聽從於他，二皇子是他給寧伯侯的希望，而紹揚就是他挾持寧伯侯的手段，自以為天衣無縫，卻被人鑽了空子，差點就鑄成大錯。若二皇子那一日伏殺葉成紹成功，冷家的天下不就真的要改姓葉了嗎？

皇上忍不住就打了個冷顫，暗道僥倖，二皇子果然是死得活該，想著自己的兒子雖然身體不好，至少沒死，他的心又雀躍了起來，完全忘了是自己害得兒子身分尷尬、生不如死，一時心情大好，仍是急急地拉住葉成紹的手道：「去看看紹揚，我要去看看他，他還好嗎？」

葉成紹煩躁地甩開皇上的手道：「你要看他，就偷偷看好了，不要妄想認回他，除非你皇家的臉面徹底不要了。」

皇上也是被兒子還活著的消息喜得忘了形，被葉成紹這樣一說，也冷靜了下來。自己著實不能去認他了啊，哪有兩個兒子都養在寧伯侯家的道理，葉成紹的身分還好解釋一些，但二皇子呢？難道真要告訴世人，皇家的血脈被人更換了？那以後後宮還不得亂了套，生個女兒就去找個兒子來換？

「而且，你也不要再對寧伯侯府治罪了，畢竟是我和紹揚面對了十幾年的親人，有罪的只是寧伯侯一人，他已經死了，而且是在殺死親生兒子和被親生兒子所殺的雙重痛苦之中死去的，他也算是死有餘辜了。」葉成紹又道。

皇上聽了，眼裡露出一絲愧意和痛苦，緩緩向外走去。皇后看著他蕭索的背影，孤零零地走著，步子也變得蹣跚起來，完全沒有以往龍行虎步的生氣了，覺得皇上可恨的同時，也有些可憐。

皇上這會子的心情無法用任何詞語來形容，只覺得腳下像灌了鉛，沈重得每抬一下腳都要費好大的力氣，手腳都有些發麻、僵冷，兒子未死的喜悅很快就被濃重的愧意給覆滅了。

坤寧宮裡，皇后嘆了一口氣，眼神也有些恍惚，葉成紹對她道：「母后，妳不用想這麼多，那不是妳的錯。」

「當初，我也想要告訴他真相來著，但是，告訴了又如何？他無論如何也不肯讓我抱回你，我心裡是有恨的啊，只是苦了那孩子了。」皇后喃喃說道。

「寧伯侯是他的親舅舅，但他還是親手下毒，更是冷漠地看著他痛苦了十多年，算了，母后，您也是無能為力的。」素顏看到皇后眼裡的自責，有些不忍，安慰她道，又轉了話題。「母后，我那廠子裡的生意如今是越做越大了，您要是有法子，幫我把貨銷到北戎去吧，到時候，我還可以賺更多的錢呢。」

皇后聽了果然眼睛一亮，笑著對葉成紹道：「你這老婆可是鑽錢眼裡去了，你不在家的這些日子，她成天裡就想著賺錢，現在可是個小富婆了。如今宮裡的那些宮女妃嬪們，只用玉顏齋的東西，別的胭脂鋪裡的都看不上眼了呢！」

葉成紹聽了好生得意，眨著大眼對皇后道：「是吧，兒子的眼光很好吧，給您找了個多能幹的兒媳回來了呀。」

皇后看不得他那欠抽的笑臉，瞋了他一眼道：「是，你本事，不過，你們現在最重要的就是快點給我生個小孫子來才是正經呢。」一時又拉起素顏的手道：「先前是成紹沒有回來，我逼不得妳，這會子成紹可是回來了，妳可得努力才是。」

素顏被皇后說得臉一紅，垂了眸子不好意思看皇后。葉成紹卻是聽得哈哈大笑，對皇后道：「嗯，母后，兒子會和娘子一起努力的，為了怕母后等得急，兒子就不偷懶了，這就帶了娘子回家努力去。」

葉成紹帶著素顏從宮裡出來，沒有直接回別院，而是去了寧伯侯府。如今侯爺死了，罪名也下來了，但是，皇上並沒有如何處置寧伯侯府，這會子侯府已經亂成了一團。

葉家二叔和三叔卻是沒有回府。葉成紹和素顏進門時，府裡正亂得很，大房的婆子和僕役們正和二房、三房的鬧著，二房、三房的人手裡不是抬著家什，就是拿著細軟，看那樣子，像是要搬家似的。

那一邊，晚榮正和一個婆子在吵，好像那婆子手裡正拿著一個青花大瓶，晚榮抱著就不肯鬆手，那婆子就罵：「小蹄子，妳犯傻啊！侯府遲早是要被抄了的，這個時候還忠心給誰看？快快鬆手，得罪了二夫人，妳以後連後路都沒有了，我看妳還不如趁早改投了二房好了，二房再如何，也不是首惡啊！」

晚榮聽了就「呸」了一聲，罵道：「忘恩負義的小人，還是親兄弟呢，這些年白吃白喝大房的，一有事就樹倒猢猻散，人家還沒有來抄家，你們就先抄起來了？真不是個東西！」

只見二嬸子突然從暗處走了出來，聽了晚榮這話，上前就是一巴掌打了過去。「賤婢！以為妳如今還是大嫂面前的紅人呢？大嫂自個兒都快沒命了，妳還猖狂個什麼勁兒，敢罵我？我打得妳認清誰才是妳的主子！」

晚榮身後，文嫻氣得臉都白了，看著二嬸子道：「二嬸子，妳別忘了，妳也是寧伯侯府的人，這些年，幾房在一起並沒有分過家。父親死了，母親和我們逃不過去，你們就能逃過去了？妳這樣做，也不怕天打雷劈嗎？」

晚榮被打得臉上立即紅腫了起來，白皙的臉上起了五個手指印，不由啐了二嬸子一口道：「二夫人也好意思說，你們成日裡還不是在大房裡蹭吃蹭喝，吃穿嚼用全是大房給的，這些年裡，侯夫人可是少了你們半粒飯、半根紗？做人不能太沒良心了吧？再說，這些東西都是侯夫人房裡的，幾時又是二房的了？」

先前那婆子聽了就道：「死丫頭死心眼，侯府遲早都要被抄，與其充公，不如讓二房得了，以後還可以接濟大房呢！」

二夫人聽了也道：「就是。」又對文嫻道：「文嫻，妳還是好生去勸妳娘吧，快去求求妳大嫂也是好的，看能不能免些罪過。這些東西，二嬸子就幫你們先收了，將來你們真要過不下去了，也好到二嬸子家裡來生活。」

這話也不過是說得好聽罷了，文嫻想起死去的父親，又傷心又難過又氣憤，失聲痛哭起來。

二嬸子得意地看了文嫻一眼，對那婆子道：「搬，快搬，完了大家都有賞！」

一時，那些婆子們就更來勁了，這時，文英手裡拿著一根不知在哪裡找來的燒火棍，突然就衝了出來，對著那些婆子們手裡的瓷器、罐子、箱籠就一頓亂砸，邊砸邊道：「不是說會抄家嗎？好，我全砸了，誰也得不到！」

頓時，那些精緻的官瓷、漂亮的玉器全都被文英砸了個稀爛。二夫人看著臉都黑了，罵道：「死丫頭，妳瘋了嗎？」

文英唇邊噙了一絲冷笑，舉起燒火棍就向二夫人當頭砸去，罵道：「我沒瘋，我只是在打養不熟的家狗，打那些不認親情、忘恩負義之人！」

二嬸子的手下一見，蜂擁而上，要去打文英。

素顏實在看不下去了，跟著葉成紹快步往府裡走，葉成紹飛身上前，將圍住文英的婆子一個甩袖就全打走了。

晚榮一見素顏回來，先是愣了一下，隨即就跪在了素顏面前。「大少奶奶，您可回來了，夫人正傷心著，侯爺的遺體還擺在靈堂裡，二房和三房卻是鬧起分家了，府裡再這麼下去，非散了不可。」

素顏聽了不由多看了晚榮一眼，平素只覺得她還算機靈穩重，卻沒想到她會如此忠心和大義，便讓青竹扶了她起來，問道：「夫人在哪裡？她不管嗎？」

「夫人從別院裡回來後，就一直把門關了在房裡哭，大小姐和三小姐也管不住。」晚榮哭著說道。

侯夫人是為二皇子哭吧，現在痛苦的不只是皇上一個人，侯夫人才是最可憐的那個。素顏嘆了口氣，對那些正在抬東西的人喝道：「放手，誰再抬東西，讓人打斷他的腿！」

那些人一看素顏和葉成紹回來，聽得她一喝，嚇得就鬆了手，都跪了下來。大少奶奶可是今非昔比，可能是皇太子妃呢，這府裡人的生和死，怕是都捏在大少奶奶和大少爺手裡頭。

二夫人的臉也白了起來，上來就要給素顏行大禮，素顏手一攔，身子閃開了。

二夫人也就沒有拜下去，卻道：「見過夫人，給夫人請安了。」

看著二嬸子堆著一臉討好的笑，素顏好生心寒，壓住心裡的厭惡說道：「嬸子這是做什麼？我是晚輩，您不用行大禮的，這些人，怎麼都在搬東西？是要分家了嗎？」以前說要分家，就像是要殺了二嬸子一樣，這會子侯爺死了，大房出了事，二房和三房就想要避開了？

二嬸子臉上黯了一黯，隨即一臉的憤慨。「侯爺犯下重罪，如今伏法，也是罪有應得。那個……我家老爺可是從來沒有參與過侯爺的事情，夫人啊，您可一定要向皇上稟明，我家老爺可是清清白白的，不可能會做那刺殺皇室成員的事情。」

葉成紹聽不下去了，冷漠地看了二嬸子一眼，對素顏道：「讓他們分家吧，我們去看紹揚，到時候，看誰會後悔就是。」說著，拉住素顏的手就走。

文嫻聽了這話有些詫異，止了哭，求助地看向素顏，而文英則是丟了燒火棍子，冷冷地看著二夫人一夥。

二嬸子一看葉成紹的臉黑了，話又說得很不客氣，頓時嚇得腿肚子打顫，撲過來就跪在葉成紹面前。「殿下、殿下，你是最清楚的，你二叔……喔，我家老爺最是膽小怕事，你小時候，二嬸子……臣婦也沒少疼過你，求你看著多年親戚的情分上，幫幫我們這一大家子吧！你弟弟妹妹們都還小，還沒成親呢，若是……」

葉成紹不耐地對二嬸子吼道：「誰要將你們如何了？皇上可是下旨來了？外頭還沒把你們如何，你們就先自己亂起來了。侯爺再如何不好，再犯下重罪，也是二叔的親哥哥，他死了，你們不說難過傷心，倒是先分起財產，先躲了禍事再說，你們還真是讓人寒心啊！」

二嬸子被葉成紹說得臉上一陣紅、一陣白。她也聽說了，是葉成紹殺了侯爺的，二皇子可是葉成紹的親弟弟，葉成紹會殺侯爺也是說得過去的，她滿以為葉成紹是恨死侯爺，恨死整個侯府的，所以才會在葉成紹面前說了一些話，也是表明心跡和立場的意思，卻沒想到讓葉成紹大罵了一頓，好像她完全弄反意思了。

「分家就分家吧，相公，不如我們今天就幫他們把家給分了算了，那些只能共富貴、不能共患難，趁亂打劫的人，離開了更好。」

素顏也是被二房和三房的行為寒了心。侯夫人還要繼續生活，文嫻和文英幾個並沒有做錯什麼事，雖然在侯府生活得並不久，但對侯府也有了些感情，素顏想快刀斬亂麻，幫侯夫人理清眼前的家事。

文嫻一聽，也點了頭道：「是的，讓他們分走。大嫂，妳是管過家的，知道哪些是大房的，哪裡是他們的，只能讓他們撤走自己的東西，其餘的一個也不許多，按冊子上的來，少一樣，就扣他們一樣東西。」

文嫻是聽出素顏和葉成紹的意思來了，如今也只有素顏能理得清這個家事，而且，侯夫人也勸過她，告訴她侯爺並不是死在葉成紹手裡的。如今能救侯府的，也只有葉成紹了，所以她很聰明，還像以前一樣叫著素顏大嫂，並沒有生分，只盼著能用以前的親情繼續維繫與素顏、葉成紹之間的感情，得到他們的護佑。

素顏便讓楊得志拿了帳本來，將所有屬於二房和三房的東西全都理了出來，讓楊得志帶人看著，只許二房和三房搬他們自己的東西。

葉成紹對文英道：「大妹妹，如今妳在府裡是最大的，我和妳嫂子不在家的時候，妳就要把這個家管起來。妳先把母親屋裡的東西全都收回來再說。」

文英聽得一怔，抬眸驚異地看著葉成紹，有些不相信自己的耳朵。她向來就是府裡被邊緣化的那個，不管是侯爺還是侯夫人，家裡當家的主子沒幾個是把她看在眼裡，她的婚事、她的心事都沒有人關心，就算是學中饋理事也好，哪怕是學女紅、禮儀規矩，也沒有人關心過她是否學得好、是否拿得出手，以致年已十六了，仍沒有說親，連個提親的人也沒上過門。如今侯爺死了，她更是絕望，更覺得前途茫茫。

這會子葉成紹竟然說她是府裡最大的，要她管家，一種被重視、被信任的情緒立即湧上了心頭，文英的眼眶忍不住就濕了，點了頭，鄭重地回道：「好的，大哥，我一定會把家給管起來的。」

素顏便將她拉到身邊來道：「這兩天妳就跟著我，看我如何做的。以後，這個家就交給妳了，弟弟妹妹們大了，妳要做好表率，不要讓他們沒了分寸。」

文嫻聽得微怔，轉過頭來看向素顏。她心裡還是不太相信葉成紹夫婦會真心對他們，還肯當他們是兄妹，畢竟按侯夫人的話，侯爺也是下暗手害葉成紹的人之一，葉成紹應該對侯府有恨才對。

素顏看出文嫻心裡有膈應，也不說破，拉過她的手道：「妳大哥這會子要去看妳二哥，他拿了救紹揚的藥來了，咱們一起去看紹揚好不好？」

文英聽了也很高興，拉了素顏的手也一道要過去，兄妹幾人一起邊說邊聊，親親熱熱地走了。

第一百四十七章

葉成紹帶了素顏和文嫻、文英幾個一同來了紹揚的院子。院子裡靜悄悄的，紹揚屋裡的門緊閉著，以往開著門、吊簾子的穿堂也是關得死死的，連一個丫頭小廝都不見，整個小院子裡顯得蕭條冷清。

素顏心裡突然就有一股不好的預兆，看了葉成紹一眼，葉成紹也與她對視一眼，臉一沈，大步走了過去，一推門，門竟然是朝裡扣著的。

文英和文嫻也跟著緊張起來，顫著聲問：「二哥應該沒有出去吧？怎麼丫鬟婆子們都不見了蹤影呢？」

素顏冷聲道：「大妹妹，一會子妳去看名冊，凡這院子裡的，一個不留，全都發賣了。主子家裡突然遭難，家還沒倒，他們倒先不安分了，這樣的奴才留著也沒用。」

文英聽了點頭道：「嗯，我聽大嫂的，若是二哥哥出了什麼事情，那些跟著的一個也落不到好去。」

葉成紹推了幾下門，又敲了幾下，沒聽見屋裡半點聲響，他一腳踹開了門。眼前的景象讓他的心猛然揪了起來，只見紹揚一身縞素，安靜地躺在地上，嘴角流出一股黑血，原本清秀的俊臉因為痛苦而抽縮成一團，肌膚蒼白如紙，眼睛合著，無聲無息……

「紹揚……」葉成紹從心底發出一聲悲呼，大步走過去抱起紹揚，目眥盡裂地看著他。素顏也急急走了進去，看葉成紹抱著紹揚傷心欲絕，她忙將手探向紹揚的鼻息，仍有氣息，雖然若有似無，但表示紹揚還是活著的。「相公，快給二弟清毒，你不是有解藥嗎？先餵他吃了。」

葉成紹聽了，這才緩過一些勁，哆嗦著自懷裡拿出那瓶解藥，倒出幾粒藥丸來一股腦兒就往紹揚的嘴裡塞，再用內力幫他渡了進去。

現在誰也不知道紹揚中的是什麼毒，只要是於解毒有用的，就都先試著，一時半會兒的也找不來太醫，只能死馬當活馬醫了。怪不得，府裡大亂，會不見紹揚的人影，原來他被人毒害在此。可憐的紹揚，一生命運多舛，到了這個時候，還有人要害他。

葉成紹的掌心撫在紹揚的胸口，運氣幫他消化解藥。文嫻和文英兩個用手死死捂住自己的嘴，儘量不讓自己哭出聲來。

半個時辰的煎熬過去，紹揚終於一聲輕咳，醒了過來。葉成紹忙將他抱起，大步走向裡屋，將他平放在床上，蓋好被子。

紹揚虛弱地睜開眼來，一眼便看到葉成紹，乾淨的眸子驟然亮了起來，激動地向葉成紹伸出手。

「二弟！」

葉成紹突然感覺到鼻子有些發酸，毫不猶豫地伸了手去握住紹揚的。

「大哥。」兄弟倆幾乎同時喚道。

素顏和文英、文嫻幾個都好生詫異。按照皇室的說法是，葉成紹為了救二皇子而殺死了侯爺，那紹揚與葉成紹應該是殺父大仇，紹揚應該很恨葉成紹才對。就算是為著侯府，要有求於葉成紹，也不該像現在這樣如此激動，像是遇見了久別的親人一般，難道紹揚知道了自己的身世？素顏的心突了一下，向四周察看起來。

「你好些了嗎？是不是還有哪裡生痛，告訴大哥，大哥這就抱你去太醫院，讓太醫給你醫治。」葉成紹一手緊握著紹揚的手，另一隻手輕輕拂去紹揚額前的一綹髮，柔聲問道。

素顏第一次見到葉成紹如此溫和地對待紹揚，這時仔細看兩人，都是眉目如畫，只是葉成紹的鼻梁更高一些，下巴略顯倔強，眉眼間有股慵懶恣意的神采，而紹揚則顯得乾淨溫潤，眉眼透著儒雅之氣，看著舒服而清爽。果然是親兄弟嗎？

「好奇怪，是大哥救了我嗎？以前身體裡感覺滯澀難受的一股氣好像也消失了，現在就是沒什麼力氣，卻是哪裡都舒坦了。」紹揚微笑著看著葉成紹，清俊的眸子裡帶著一股親近和一絲受寵若驚。

葉成紹聽得大喜，轉頭來激動地對素顏道：「娘子、娘子，妳來看看，給二弟探探脈。」

素顏看他高興得像個孩子一樣，滿眼都是希冀，突然鼻子一酸，依言上前去探了紹揚的脈。果然如紹揚自己所說，他身體內的一股滯氣如今都不見了，血行暢通無阻，脈息強勁，只是長年被毒物所侵，體質不太好罷了。她也為紹揚高興了起來，大聲道：「恭喜你，二弟，你體內的毒全消了，以後只要多加鍛鍊，你的身體就會康健起來。」

紹揚聽得眼睛熠熠生輝，激動不已。「真的嗎？真的全好了嗎？那我以後也能像大哥一樣騎馬射箭，也能學功夫了嗎？」

葉成紹沒想到向來文靜儒雅的紹揚會想要騎馬射箭學功夫，一時怔住，轉而又傷心和心疼起來，聲音都哽咽了，一拍紹揚肩膀道：「當然可以，大哥教你。以後，你也跟著大哥一起去打獵、上戰場，我的紹揚也是一個頂天立地的男子漢呢。」

「嗯，今年冬天，我就要跟大哥一同去打獵。」紹揚像個孩子一樣興奮，俊雅而蒼白的臉上泛起兩朵紅暈來，讓他顯得更加俊美溫潤。

文嫻和文英也是大喜，上前來喚了聲。「二哥……」

文嫻更是伏在了紹揚的懷裡，哭道：「二哥，你嚇死我了，我以為你也會不要我了……」說著，嗚嗚哭了起來。

紹揚憐惜地撫著文嫻的頭，柔聲道：「都是大姑娘了，還喜歡哭鼻子，這個樣子，可怎麼出去做人家的兒媳婦？」

文嫻被紹揚說得小臉羞澀，嗔道：「二哥怎麼也變壞了，也打趣我，不理你了。」心中卻是酸澀不已。兒媳婦？如今侯府的家勢一落千丈，她這個侯爵嫡女的身分是半點也不值錢了，京中的好人家，誰敢要她做媳婦？

還有那個人，以前就沒正眼看過她，以後怕是更不會再看她一眼了。他的眼裡，好像永遠都只有一個人，他看自己時，只有淡然，淡然得好像根本沒有看到自己這個人……

文英靜靜站在一旁看著。紹揚看誰都是溫和的，只是看到她時，眼眸便沈了下去，眉頭幾不可見地輕蹙了蹙。文英心裡一顫，突然就想起好久不見成良了，二哥突然又被人毒倒，難道……她的心猛地就揪緊了起來，感覺自己站在這裡就像一根雜草，一根紹揚心裡的刺，她甚至不敢再留下去，怕一會子大哥若是問起誰害了二哥，得到的答案真的就是自己的料想。

果然，葉成紹下一句就開始問：「二弟，你怎麼突然又中毒了？你屋裡的人呢？都去了哪裡？」

紹揚聽了，果然就抬了眼看向文英。文英有種無地自容之感，突然就轉身向外頭衝去。葉成紹一見這情形，心裡立即有了絲了然。先前成良敢大著膽子害文嫻，更有可能會害紹揚，只是如今侯爺已死，爵位還有沒有都是兩說，成良在這個當口還要毒害紹揚做什麼？

紹揚的手還緊緊握著他的，似乎比先前更用力了，好像怕他離開似的，葉成紹看他欲言又止的樣子，轉過頭對素顏和文嫻道：「妳們兩個先去看看母親吧，我跟二弟有話要說。」

素顏知道葉成紹這不是要避開自己，而是要避開文嫻，便拉了文嫻一起出來了。

文嫻出來後，卻不肯離開，而是靜靜站在紹揚的院子裡，目光淒然地環顧著四周，好半晌才道：「大嫂，我們去看劉姨娘吧。」

素顏聽得一怔。她也有很久沒有看到劉姨娘了，文英方才的表現很是奇怪，難道文英知道紹揚的毒是誰下的？難道又和劉姨娘或成良有關？

「好吧，走，一起去看看劉姨娘吧。」府裡出了如此大的事情，劉姨娘表現得太安靜，也太奇怪了。

抬腳正要走，卻見葉成紹扶著紹揚出來了，見素顏還在，怔了怔道：「娘子，讓青竹喚了紅菊來，妳不要在府裡亂走，我和紹揚去辦些事。」

是怕自己有危險吧，素顏越發肯定紹揚的毒與成良有關。

青竹聽了葉成紹的話，便發訊號給紅菊了。

紹揚身子太弱，走得慢，葉成紹走向他前面，身子一矮道：「上來，哥哥揹你。」

紹揚的臉一紅，眼睛卻是極亮，爬上了葉成紹的背。兄弟倆邊走邊說著什麼，很快就向前走去。素顏和文嫻對視一眼，文嫻眼裡全是驚訝，更多的是高興，先前的淒然之色淡了很多，拉著素顏的手掌緊了緊，說道：「我們也跟著去看看吧，大嫂。」

素顏也正有此意，兩人幾乎是小跑一般地跟在葉成紹身後。葉成紹果然是去劉姨娘的院子了。素顏因為別院裡的事多，一直沒有回侯府，也不知道她現在怎麼樣了。

劉姨娘的院子裡也是冷冷清清的，先前回來的文英也不知道去了哪裡。葉成紹揹著紹揚毫不猶豫的就進了劉姨娘的屋，卻見劉姨娘也是一身雪白的素衣，好整以暇地坐在正堂裡，清遠如仙一般的容顏上全是倦怠，見葉成紹氣勢洶洶地進來，也不驚訝，只是冷冷地看著葉成紹。

「成良在哪裡？讓他出來。」葉成紹揹著紹揚站在正堂，不肯將他放下來。

「我也不知道他去哪裡了，你有什麼事，就衝我來好了。」劉姨娘沈穩地坐在椅子上，神色鎮定得很，並沒有見半點慌張。

「妳最好把他交出來，不然，別怪我心狠手辣。」葉成紹的聲音冰寒刺骨，眼裡全是憤怒。

劉姨娘聽得淡然一笑，優雅地站了起來，眼神悠長地看著葉成紹和他背後的紹揚。「你們兄弟兩個是來找成良報仇的嗎？為什麼？因為成良給紹揚又下了毒嗎？哼，我只恨成良的毒下得太慢，沒有能夠將紹揚給毒死，不能讓你傷心，不能讓宮裡的那個人難過，真是太遺憾了。」

素顏在後面聽了劉姨娘的話，不由大驚。原來劉姨娘也是知道二皇子的身世，知道紹揚的身世了嗎？不然，她不會說這樣的話。

葉成紹聽得大怒，將紹揚往地上一放，看了趕過來的紅菊一眼。「護住二公子。」自己便隨手抽了長劍出來，直指劉姨娘。劉姨娘冷冷地看著他道：「怎麼？就忍不住了？就要殺我了嗎？你這狼心狗肺的東西，養不親的白眼狼，你爹娘不要你，侯爺當你如親子一般待著，你竟然親手弒父，真是禽獸不如！」

葉成紹聽得眼睛都瞇了起來，劍花一挑，便向劉姨娘刺去。「原來妳是想給他報仇嗎？

他不是我殺的，但我沒必要跟妳解釋，妳既然對他如此情深意重，那便到地下去見他好了。」

原本以為這一劍出去定然刺中劉姨娘，卻見劉姨娘的身子驟然飄起，很靈巧地躲過了葉成紹這一擊。葉成紹見了，眼裡的譏笑更重了。「他果然沒有廢了妳的武功，當初那一幕不過是在我面前演戲吧？」

「我與侯爺青梅竹馬、兩情相悅，他怎麼可能會傷害我？如今他已經歸土了，我又如何會獨活？我守在這裡，就是等你來尋我，納命來吧，不殺你這畜生，我死不瞑目！」

說著，手中抖出一柄軟劍來，招招凌厲地攻向葉成紹。

素顏看得大急，忙拉了臉色蒼白的文嫻往外走。她們兩個手無縛雞之力，在這裡只會礙了葉成紹的事。紅菊卻待在屋裡不肯出來，緊張地看著葉成紹與劉姨娘過招，越看越心驚。劉姨娘的武功似乎還在葉成紹之上，招式精巧而刁鑽，不過瞬間，他們已過了好幾招了，葉成紹好幾次都是險而又險地躲過了劉姨娘的軟劍。紅菊在一旁伺機而動，一旦少主有危險，她就要出手。

青竹也是緊張得很，把紹揚也一併拉了出來，對素顏道：「大少奶奶好生站著，我去看看爺。」說著，就進了屋。

素顏的心也是緊揪著，生怕葉成紹打不過劉姨娘，忙對青竹道：「妳別管我，去幫相公吧。」

果然屋裡紅菊已經動手了，與葉成紹一同攻向劉姨娘。劉姨娘一人獨戰兩個人，雖然有些吃力，但暫時還沒有落敗，再一見青竹進來，嘴角就浮出一絲冷笑，手中的軟劍攻勢越發凌厲了。

葉成紹越戰越心驚。劉姨娘的武功似乎又比以前高出了更多，看來，她以前是掩藏實力的，那一夜，伏擊自己的人裡如果有她在，自己很可能就沒命了。

青竹也看得心驚。屋裡的地方太小，有三個人在打鬥，她就插不了手了，只能拿了暗器在一旁伺機動手。

屋外，素顏緊張地看著屋裡，突然，身邊文嫻的身子往前一栽，直直倒了下去，緊接著，她的脖子一緊，有人在身後制住了她，聽到一個還處於變聲期的男子的聲音。「不要動，再動我殺死妳。讓葉成紹出來。」

文嫻從地上爬了起來，一轉頭，看見素顏被成良挾持，大喝道：「成良，放開大嫂，你要做什麼?!」

「妳滾開！不仁不孝的東西，妳沒資格對我說話。父親屍骨未寒，妳竟然就與仇人待在一起，認賊為親，真是不知羞恥！」成良赤紅著眼睛對文嫻罵道。

「你想害死侯府所有的人嗎？放開大嫂，不關大嫂的事情，就算你要報仇，也去找大哥，你捉住大嫂，算什麼英雄好漢？」

文嫻撲過來想要拽成良的手，成良一腳向她的腰間踢去，將她遠遠踢開，又大聲道：

「葉成紹，再不住手，我就殺了你老婆！」

屋裡，葉成紹聽得肝膽欲裂，怒目瞪向青竹。青竹這會子後悔死了，這可是在侯府啊，她怎麼知道成良會如此陰毒，藏在暗處伺機動手。

劉姨娘聽了成良的話也是慌了神，對成良道：「良兒，你怎麼又回來了？快走啊，你這個傻孩子！」

「娘，您走吧，我替爹爹報仇了再走。」成良像瘋了一樣，用手肘挽著素顏的脖子，手中還拿了把刀子抵在素顏的腰間，又吼道：「葉成紹，你要嘛自殺，要嘛就看著你老婆被我捅死！」

葉成紹果然就停下手來，緊張地大聲道：「你放開我娘子，我聽你的就是，快放開她！」

劉姨娘見了，乘機就要用劍架在葉成紹的頸間，紅菊心頭一急，毫不猶豫地揮動紅綾纏向她的軟劍，同時一柄寒光凜冽的小刀射向劉姨娘，劉姨娘不得不後退了一步，回手自救。

素顏心頭冷笑。成良果然陰險毒辣，最可恨的是他小小年紀，計謀很深，利用葉成紹以為劉姨娘武功被廢，他殺紹揚失敗後定然會遠遠逃走的大意想法，潛伏在這院子裡，伺機制住自己來要脅葉成紹。這計劃果然周詳，還真是能克制住葉成紹，不過，她又怎麼能讓自己成為葉成紹的拖累，甚至讓人拿她威脅他呢？成良好像漏算了一件事情啊……

廣袖中，素顏的手輕輕轉動著手中的一個普通鐲子，扣動機關，一根淬了麻藥的銀針立即拈於兩指之間，正要悄無聲息地刺向成良時，就聽得文英在後頭喊了一聲——

「成良！」

她立即頓了手。

成良聽得一怔，不覺回頭看她，說著：「大姊，妳怎麼——」話音未落，頭上突遭猛擊，他兩眼一黑，素顏的銀針也同時刺向了成良，成良身子頓時就軟了下去，素顏有驚無險地逃過了一劫。

葉成紹顧不得劉姨娘，飛身就躍了出來，一把將素顏抱在懷裡，聲音都啞了。「娘子，妳還好吧？傻子，妳跟著來做什麼啊，嚇死我了。」

屋裡，劉姨娘見竟然是文英將成良打暈，氣得美目圓睜，罵道：「妳個小畜生，他可是妳的嫡親弟弟啊！」

文英的手還在顫抖，一根燒火棍自她手中滑落，眼中愧疚地看著地上的成良，半晌沒有說話。

青竹和紅菊齊上，向劉姨娘攻去，劉姨娘心裡牽掛著成良，手中招式就有些亂了，青竹和紅菊兩人都拿有暗器，久攻不下之後，就拿暗器餵劉姨娘。終於劉姨娘一個不慎，被青竹的錢鏢射中手臂，身子頓時一僵，人也直直地倒了下去。

第一百四十八章

外面，葉成紹細細的撿查了一遍素顏的身體，看她神色自然得很，才放了心。一看躺在地上的成良，一腳向他踹去，拿了劍就要刺向成良，文英閃身便擋在成良前面，哭道：「大哥，他不懂事，姨娘把他教成了這個憤世嫉俗的性子，你放過他吧，求你了，求你了大哥……」

葉成紹實在是太恨成良了，小小年紀心狠手辣，先是下毒殺害紹揚，又要殺自己，這樣的人再留在世上只會是禍害，只是剛才若不是文英，自己也許會被劉姨娘制住，他恨成良，卻不恨文英，也為文英的大義所感動，便軟了聲道：「大妹妹，妳走開，他太過狠毒，留下他以後還是會害人。」

文英哭得淚流滿面，抱住葉成紹的腿，仰著淚臉求道：「不會的、不會的，我會好好教他的，大哥，你放過他吧！」

葉成紹被文英哭得心碎，無奈地對文英道：「大妹，他的性子已經定了，改不了的。他恨我，也恨紹揚，侯爺死後，我打算著還是撐起這個家，給妳們一個好的前途，可是，妳看他，竟然一再下黑手，這樣的人，妳能教得好嗎？」

紅菊自屋裡走了出來，看了眼文英，又看了眼地上的成良道：「也不是不可以呢。只要讓他忘了過去，傻上個兩年，再好生教著，說不定就能改了性子呢。」說著，手裡拿出一個瓶子來輕輕轉動著，笑得嫵媚。

文英聽得大喜，對葉成紹道：「是啊，要是能讓成良忘記過去，我再好生教他，他一定會變好的！大哥，求你了，放過他這一回吧，你是我大哥，我不忍心你受傷害，可他也是我的弟弟，我更捨不得讓他死啊……」

素顏被文英說得鼻子發酸，無奈地搖了搖頭。雖然剛才就算文英不打量成良，她也會自救，但文英肯打量自己的親弟弟來救她，這讓她既意外又感動。

她不由看向紅菊。「妳若真有那種不傷身體，又能讓成良失去記憶的藥，那就試試吧。」

看在文英的面上，放過成良這一回吧，只要他以後不再作惡就好了。」

葉成紹也實在是禁不得文英的苦求，點頭同意了，紅菊笑咪咪地拿了藥往成良嘴裡灌。

一邊的文英就看得緊張，顫著聲問：「真的只會讓他失去記憶嗎？不會傷了命吧？」

紅菊邊灌邊道：「我樓裡的姑娘，進了樓裡來後，好些個都是尋死覓活的，這藥一下去就老實了，醒了後，再調教起來就容易得多了。」

一旁的文嫻聽了立即後退了好幾步。沒想到素顏身邊的下人竟然是出自樓子裡的，感覺心裡膈應得慌，她自小接受的禮教使得她看不起紅菊這樣的人，更覺得與她們沾邊都是有損閨譽的事情。

成良被灌了藥後，沒什麼反應。青竹悄悄地走進屋裡，拿白綾將劉姨娘捆了個紮實，文英看著張口又要求，卻見劉姨娘對她搖了搖頭，道：「不許求，我不要妳救，妳以後就看好妳弟弟，每年記得給我和妳爹爹燒些紙錢就是。」

文英大慟，撲了過去跪伏在劉姨娘面前。「娘，女兒不能看您和弟弟一錯再錯……爹爹做的事情，您又知道多少？這麼些年來，您忍辱負重，甘願給爹爹做小，爹爹又何曾真的為您著想過？一個名分就壓得您抬不起頭來，在這侯府裡頭，咱們不過是比下人的身分高那麼一點，您付出那麼多，爹爹哪裡真當我們是親人待過？他死是咎由自取，您犯不著為他送命！」

劉姨娘聽了，痛苦地閉上了眼，好半晌才睜開，整個人也似乎失了力氣，委頓下來，卻道：「當年，娘雖然有一身功夫，卻被人制住，動不得半點氣力，逃也不能逃，若不是他，娘就成了教坊裡的官妓……他雖然沒給我一個正室的身分，但我還是感激他的，沒有他，娘這輩子可能過得更加悽慘。這一生，只為了他，娘才苟活。他待娘還是有情的，如今他死了，娘活著也沒什麼意思。」

說著，轉過頭看向葉成紹道：「我只求死後，能與侯爺葬在一起，生同衾，死同穴。我想，他是願意與我合葬，而不希望與侯夫人的。他的情，在我這裡，我一直在他心裡，我知道的。」劉姨娘說這話時，美麗的眸子裡流動著脈脈柔情，眼波裡全是溫柔，還有一份自信，那是屬於她的自信，她有傾城傾國的美貌，又才華橫溢、武功卓絕，如果不是命運捉弄，她一定能成為侯爺的正妻，與侯爺夫妻琴瑟和鳴、攜手到老。

葉成紹討厭了劉姨娘很多年，但這個時候，他竟然難以拒絕她這個請求。其實，劉姨娘也是個可憐人吧，不管她如何的心如蛇蠍，她對侯爺的那份感情是真摯的，原本她可以裝柔弱，待在府裡，自己既然會撐起侯府，也就會給她一份安逸的日子，但她不肯，不願意窩囊地活著，她要為侯爺報仇，然後再為侯爺殉情，這份感情足以感動他。

「好吧，我依了妳就是。」葉成紹淡淡地說道。

「娘、娘，不要啊！娘，我們求大哥，大嫂心軟，她一定會放過您的！」文英突然大哭起來，撲過去扶住劉姨娘。劉姨娘的嘴角流著黑色的血液，胸前素色的錦衣已經黑了一大片，臉上卻帶著釋然的微笑，眼神慈愛地看著文英，艱難地說道：「娘很自私，娘受不了沒有妳爹爹的日子……先前娘對他們動手時，也忽略了妳，妳是對的，是應該阻止成良，至少，你們還有命在……娘對不起妳，娘走了……」

文英哭得心都碎了，不停用衣袖擦著劉姨娘嘴角的黑血，哀痛不已。

劉姨娘面帶微笑，緩緩閉上了眼睛。可憐的文英哭得暈了過去。

葉成紹命人將劉姨娘抬到侯爺的靈堂裡，又讓人抬了文英回屋休息。青竹一直小心翼翼地跟在素顏身後，努力減少著自己的存在。

稍晚，葉成紹走進屋裡，素顏果然睡得很沈，平素明亮的眸子輕輕合著，長長的眼睫在眼瞼處留下一線陰影。他一隻手為自己解著盤扣，另一隻手將素顏放在被子外的手收進被子裡，以最快的速度將外衣脫了，輕輕掀開被子鑽了進去，自後面擁住素顏的腰身。

幽幽的蘭香絲絲鑽入他的鼻間，葉成紹忍不住輕嗅著，唇輕輕吻著素顏如瀑般散落在枕畔的秀髮。他伸了手去，在她髮間滑動，又調皮地拈了一綹髮絲，在素顏的耳朵上輕輕掃動。果然素顏不堪他的騷擾，伸手摸了下自己的耳朵，翻了個身，一條腿便搭在了葉成紹的身上，隨即，她的手臂也自然地伸了出來，攬住了葉成紹的腰。這種姿勢正好將葉成紹抱在了懷裡，她還不忘上下摸了摸，小臉也貼上來蹭了蹭。

溫香軟玉，又是最愛的那個人，如此近乎挑逗的行動，葉成紹感覺全身的血液都在飛速運行，眉頭卻是微蹙了起來。娘子這分明就是把他當作抱枕啊，半年都沒有親近過了，他怎麼能讓她再偷懶繼續睡？

看著抱著自己，睡得一臉安詳的素顏，他惡作劇地吮了吮素顏的耳垂，指腹在素顏的臉上緩緩摩挲著，描繪著她的眉眼，小巧而挺俏的鼻子，還有……讓他覬覦又想念多時的紅唇。

素顏終於不堪其擾，輕嗯了一聲，模模糊糊睜開了眼，一見是葉成紹，唇邊漾開一個溫柔的笑。「歇一會子吧，晚上，侯爺的喪事就得開始辦了，不管皇上會如何處置侯府，你這個養子還是要盡心守孝，把侯爺送上山的。」

葉成紹聽了也微微一笑，大手就順著素顏的衣襟慢慢往裡伸，由腰間向上攀爬。「嗯，歇會子。不過，娘子，我們還有一件大事沒做，做完這件事後，再睡也不遲啊。」

素顏其實也很是想念他。這種事情，對男人來說是食髓知味，對女子來說，又何嘗不是？在愛人的懷抱裡，被他寵著、愛著，那是作為女人的幸福。

兩個年輕的身體，火一般的熱情纏綿，足足折騰了半個時辰後才結束，素顏累得連動一動手指頭的力氣都沒有了，再一次陷入了黑甜的夢鄉。

直至睡到申時才醒來，葉成紹精神奕奕，看著身邊仍睡著的素顏，嘴角勾起一抹魅人的笑容。想起方才兩個人的激情，那時的她熱情奔放，將他的神魂攪得顛三倒四，以為她會求饒的，可是這個磨人的小妖精哪裡肯嘴軟，硬是強拚到底，還是他自己捨不得她太累了……

只有睡著後，她才這麼乖巧溫順，像隻貼心的貓兒，他忍不住又俯下頭親吻著素顏睡得紅撲撲的臉頰。

「唔，相公，什麼時辰了？」府裡頭還有好多事，而且，葉成紹還要與靖國侯比武呢。素顏懶懶地伸了個懶腰，卻發現手腳都不太自由，一抬眼，某人又壓在了她的身上，她立即怒了，美目嗔視，自以為很凶，但嬌豔的俏臉再配上水波蕩漾的眸子，分明就更顯出幾分誘人。「你個大色狼，怎麼還沒吃飽呢？」暈了，連聲音都是沙啞中帶點迷濛，迷濛中透著性感。她可以明顯地看出，葉成紹的眼神又黯沈了幾分，嚇得兩手用力一推，身子一下就滾出了他的懷抱，坐起身來抓了衣服就穿。

葉成紹半躺在被子裡低低笑了起來，不過逗逗她而已，就真的被嚇到了，早知道她其實也有膽小的時候，應該早這樣嚇她的。

素顏頓時惱羞成怒，伸手就揪住了他的耳朵。「不許笑！」

葉成紹很老實地捂著耳朵，任她將自己從被子裡拎起，臉上露出委屈又怯怯的神情，眼裡的笑意卻是半點也不減。「不笑了、不笑了，不敢笑了。」嘴角卻是扯著的，分明是忍笑忍得很厲害的樣子。

素顏無奈地放開他，心裡卻是甜蜜的。醒來第一眼能看到他的感覺真好，很安心、很踏實。

她又自動偎進了他的懷裡，悶悶地道：「相公，以後每天早上醒來，都讓我看到你好不好？」

葉成紹聽得一震，心立即就歡喜雀躍了起來。沒有比這句話更深情的了，這是一輩子的誓約嗎？人生最大的幸福，莫過於天天早上起來就能看到心愛的人安靜睡在自己身邊吧？卻又覺得有些心酸，真是離開得太久了，一向不太願意對他說如此深情話的娘子也說出這樣的話來。這種話在別的男人聽起來也許很霸道，很專制，好像要獨占他似的，但葉成紹心無旁騖，眼裡心裡只有她一個，巴不得時時刻刻黏著老婆就好，所以，他聽在耳裡就只有歡喜和心疼了。

「嗯，妳也讓我天天起來時，都能看到好不好？」葉成紹毫不猶豫地答應了。他感覺這個要求是自己求之不得的事情，卻不知道素顏的心裡也是翻江倒海，激動不已。

第一百四十九章

到了與靖國侯比武的時辰，葉成紹也不急，慢悠悠地等素顏處理好家事，才將素顏送上了馬車，自己騎了馬，昂首挺胸地往宮裡頭去了。

靖國侯早就等在了乾清宮裡，一身戎裝，威風凜凜，正在與皇上說話。

就見皇上正懶懶揮了揮手道：「如今不是說這個的時候，一會子那小子要進宮了，你還是想著怎麼打贏他吧，不要在比武場上又讓他羞辱了你一頓，那就是更失體面的事情。」

皇上話音剛落，就聽得葉成紹朗聲道：「羞辱這老東西，那是不費吹灰之力的事情，父皇，兒臣第一次發現你好有先見之明。」

話音一落，葉成紹一身天青色圓領箭紅直裰，頭戴紫金冠，腰間只繫了個碧玉環吊珮，看著簡單清爽，偏又清逸俊朗。這一身太過素淨隨意，哪裡像是要與人比武決鬥的樣子，與靖國侯一身戎裝，銀盔銀甲如臨大敵的樣子比起來，真是隨便得多了。

光這身裝扮便有輕視靖國侯的意思，再加上他先前那一句話，更讓靖國侯那張被邊關風霜吹得黑皮糙肉的臉變得有如魚肚皮色，看著一搖三晃、吊兒郎當，渾不將他當回事的葉成紹進來，靖國侯的虎目瞪得眼角都要裂開了。

乾清宮內，三品以上的大臣便都列隊站在兩旁，看了這情形，眼裡都露出一絲譏諷的笑意。

葉成紹搖晃著走近靖國侯，笑嘻嘻地看著他，突然兩指一伸，出手如電一般伸向靖國侯的雙眼。這一招來得太突然，靖國侯未料到他會當著皇上的面偷襲，嚇得頭急劇後仰，穿著沈重盔甲的笨重身軀連連倒退了好幾步才算站穩，頭盔都被他甩歪了，形容好不狼狽。

葉成紹卻是出手便收，兩根修長的手指在靖國侯面前晃了兩晃，哈哈大笑起來。他不過是做了個手勢嚇嚇靖國侯罷了，沒料到果然成功，笑得好不暢快。

身後的中山侯也跟著哈哈大笑，對葉成紹道：「殿下怎麼還是喜歡開玩笑，看把侯爺嚇的。」

兩旁的大臣們看了，有的也跟著笑了出來，有的與靖國侯交好，是靖國侯一派的則是忍著笑，不敢出聲。

靖國侯被葉成紹嚇出一身冷汗，狠狠地將頭盔扳正，這才發現葉成紹果然只是開玩笑，立時臉脹成了豬肝色，再聽中山侯一說，氣得胸前的護心鏡都一鼓一鼓的，可見胸膛起伏有多大。

滿朝文武大臣都看著靖國侯，有的心中暗想，都說靖國侯武功卓絕，用兵如神，怎麼連殿下的一個小動作都能將他嚇得失了神，不會是沽名釣譽，弄得假名聲吧？

皇上坐在龍椅上忍笑忍得辛苦，看靖國侯實在是下不了臺，佯裝生氣道：「紹兒，侯爺沙場老將，怎麼經得起這樣胡鬧，太不像話了！」

皇上那句「沙場老將」卻是讓靖國侯更加羞惱。沙場老將連個玩鬧動作都能被嚇到，還真是丟死人了，若是有屬下看到，他就只能找個地洞鑽進去了。

葉成紹聽了皇上十足暗諷的話，笑著向靖國侯拱了拱手。「唉呀，本皇子不知侯爺如此草木皆兵，無狀了、無狀了啊！」

靖國侯狠狠地瞪了他一眼，到底是久經官場之人，很快就平靜下來，臉上的羞色盡斂，冷笑道：「殿下放心，本侯不與頑劣的小子一般見識。」

葉成紹聽他罵自己是頑劣小子，也不生氣，瀟灑地向皇上一揖道：「皇上，請賜杯酒給侯爺壓壓驚吧，莫這會子嚇得失了色，再去比試，人家會說兒臣欺他。」

靖國侯聽得大怒，一揮手道：「要比便比，何必囉囉嗦嗦？我們比武場上見真招。老夫這些年來力抗北戎，大周第一猛將的名聲可不是吹來的。」

葉成紹聽了挑了眉道：「好啊，比武場上見真招。不過，皇上，這比試沒個彩頭很沒意思啊。」

皇上聽他話裡另有深意，凝了眼問道：「喔，你要什麼彩頭？」

葉成紹轉過頭，挑釁地看著靖國侯道：「這個彩頭其實也沒什麼的，只是不知道老侯爺敢不敢應下。」

靖國侯聽他一副已經將自己看成手下敗將的語氣，氣得頭一昂，大聲道：「不管是什麼彩頭，本侯都敢應，只希望到時候皇上不要偏私才好。」

皇上聽了沈了臉道：「靖國侯，朕就算要偏私，還有眾大臣在，難道朕是那說話不算數之人嗎？」

靖國侯聽了這話，忙低了頭認罪。「皇上息怒，臣無狀，只是殿下乃是皇長子，臣下手就未免有顧忌，勝了也不敢要彩頭，所以……」

言下之意乃是說，葉成紹是皇子，如果他不小心傷了葉成紹，皇上就不能怪罪於他，而且，那個彩頭也一併要給他。

皇上聽得生怒。靖國侯這兩年來，越發咄咄逼人了，連自己也敢要脅了。眼中精光一凝，直射向靖國侯道：「朕說過只是比武，點到為止，難道靖國侯對朕的紹兒起了殺心不成？」

靖國侯聽得臉一白，單膝跪地道：「皇上，戰場上刀劍無眼，臣在邊關哪一戰不是生死搏殺，以命相拚，這下手就難免會重一些，但臣會盡力克制，絕不會傷了皇長子性命。」

言下之意便是能饒了葉成紹一命，卻不能保證不傷他。皇上還待要說，葉成紹向前一步行了一禮道：「父皇，侯爺說得沒錯，刀劍無眼，兒臣上了比武場後，比得興起時，也難免控制不住力道。既然是比武，就難免有損傷，所以，這場比試，只不傷性命，其他自是不論了，侯爺若是傷了兒臣，父皇您千萬不要怪罪於他。」

皇上聽了，沈了臉道：「不行，此次比試，最多只能傷些皮肉，不能傷筋動骨。你是朕的皇兒，傷了你，朕心疼；靖國侯是朕的重臣，傷了他，朕難過，所以，點到為止。而且，比試的彩頭會公正獎出，現在你說說，你要什麼彩頭。」

「兒臣的彩頭可不是什麼金銀寶貝。兒臣喜歡玩鬧，此次勝者，可以當著滿朝文武百官的面，打敗者四十記耳光，當作懲罰。」葉成紹見皇上還算是真的擔心他，便不再堅持了，有些遺憾地將自己想好的條件說了出來。

「好，就依了皇兒你。靖國侯，你可同意？」

靖國侯輕蔑地看了眼葉成紹，朗聲道：「臣願意，不過到時候，臣的手掌皮粗肉厚，打起人來，殿下那張白臉怕是經受不住啊！」說完，哈哈大笑，好似將方才所受的鬱氣全在這一笑裡消散了似的。

這是罵葉成紹是小白臉呢！朝中不少人偷偷笑出聲來，葉成紹卻是渾然不知覺，還很自戀地摸了摸自己的臉龐，又看了看靖國侯的臉，點了頭道：「莫說也是的，一會子打侯爺的臉時，本皇子得去把手包了起來，侯爺的那張臉也是太厚了些，可別傷了我的手了。」

他說得一本正經，像是再普通不過了。朝臣中一開始沒有人聽出他話裡的意思，隨即哄堂大笑起來，被罵臉皮厚的靖國侯氣得一跺腳，率先衝出了殿。

皇上笑著讓人擺駕，心裡暗罵，成紹這小子跟藍氏待得久了，罵人都不帶髒字，卻能氣死人了。

卻說素顏，進了宮後，就直接去了坤寧宮。皇后正在宮裡頭等著她，見她一來，便起身迎了出來。「怎麼才來？」

「家裡一攤子事，又有人在鬧，不過都解決了。」素顏有些擔心地說道：「母后，我感覺這次的事情好像不簡單，靖國侯似乎太自信了，像是一定能贏了相公似的。」

皇后聽了果然怔住，美豔的眸子裡露出一絲厲色來。「妳是說，陳家會在比武時動手腳？」

「嗯，兒媳也不確定，但這種事情，還是防患於未然的好。如今最重要的是馬，靖國侯可是馬上的將軍，他的馬術定然是很好的，兒媳倒是對相公武功很放心，就是怕……有人在馬的身上動手腳，到時候……刀劍無眼，便是不傷筋動骨，輸了對相公的顏面也不好。這場比賽，皇上能輕易應允，也是想樹立相公在軍中的聲望吧，所以，只能勝，不能敗。」素顏斟酌著說道。

皇后聽了美眸一轉，波光流轉間，豔光四射，看得素顏都怔了眼，心中又想，皇后如今都是這樣的美豔傾城，那年輕時要驚豔多少男子啊……

「素顏，妳跟我來。」皇后沒注意到素顏的失神，拉了素顏的手就往內殿裡去。

在內殿裡，皇后扭開一個書格的暗鈕，走了進去。那裡竟然是另外的一間屋子，不大，卻是連著一個通道，通道的門是關著的，看著黑幽幽的，素顏看得一陣心跳，感覺只在電影裡才看到暗道密室之類的東西，突然親眼所見，便有點小小的刺激和興奮。以前總覺得皇后是個苦情的人，對皇上很是癡情，在宮裡雖然也有些手腕，但最終還是個悲劇性的人物，沒料到，皇后也有自己的秘密呢。

皇后看素顏怔住，拉住她的手小聲道：「這是母后手裡的力量，將來也會交到妳手上去的，來，跟我進來。」

素顏聽了，乖乖地跟著皇后進去了。暗道很長，素顏和皇后走了很久才到了頭，皇后輕輕打開暗道盡頭的門，素顏感覺眼前一亮，睜眼看去，聞到一股清幽的菊花香。皇后帶著她走出了暗道門，素顏這才發現，自己竟然是在一座假山石後，那暗門是一塊石頭，從外面看過去，古樸粗糙，沒有半點雕琢的痕跡，根本看不出來是一個暗門。素顏好生奇怪，不知道這個暗道是怎麼在皇上和太后的眼皮子底下修成的。

皇后看出素顏的疑惑，笑道：「當初我進宮時，不肯住進坤寧宮，因為那裡曾經死過一個皇后，我覺得晦氣，但太后非要我住進去，說皇后就只能住坤寧宮，皇上那時也寵我，沒法子，就說按著我的意思來整修。那時候，中山侯才是御林軍的統領……」

皇后說到這裡時，眼睛亮亮的，似是在回憶當年的情形，臉上也帶了一絲甜甜的笑意，素顏不知道她是想起了當年的皇上才笑，還是想起了中山侯，總之，這樣的皇后更讓人挪不開眼，純淨美好又溫柔多情。

兩人自假山後走了出來。御花園裡很冷清，只有幾個年老的宮女在修剪花木，她們看到皇后帶了素顏來，忙低頭蹲身行禮，並不多看，皇后淡淡道：「本宮帶皇子妃來散散心，妳們且退下去。」

皇后在坤寧宮裡見到素顏時，就將左右的宮人都屏退了，這會子也沒帶人跟出來，那些個雜役們聽了皇后的話，都退了出去，但有一個人卻是走得慢些。那宮人看著四十多歲的樣子，長得極瘦，還不時地咳，像是身體很不好的樣子，一條腿似乎還有些跛。

她似乎是踩到什麼東西硌著腳了，蹲下了身子，皇后走近她道：「容凌，去幫本宮做一件事。不管靖國侯的馬是宮裡的，還是他從靖國侯府帶來的，本宮都要讓他的馬在半個時辰後發病，最好是腳軟的那種。」

那名叫容凌的宮女聽了也沒回頭，只是沈聲道：「屬下遵命，公主請放心。」

「記得給少主換匹馬，也是不管他要騎哪一匹，換一匹妳信得過的馬去。」皇后又補了一句。

容凌聽了就起身，蹣跚著向前繼續走著，那步子卻是飛快，眨眼工夫，就消失在了月洞門兒後。

皇后帶著素顏又回了坤寧宮。從內殿出來時，花嬤嬤等在正殿裡，見她們一同出來，忙拿了皇后的披風來。「娘娘，您若是要去看皇長子的比武，這會子怕就要去了，聽說，皇長子在乾清宮裡又跟靖國侯吵了起來。」

不吵才不正常呢，這是葉成紹的風格。皇后娘娘聽了就笑起來，對素顏道：「紹兒如今可是比妳還會罵人了，只怕今天靖國侯又沒討到便宜去。只是吵了嗎？」後面的一句話是問花嬤嬤的。

「奴婢聽小順子說，還有彩頭，說是贏了的人，要打敗者四十記耳光。」花嬤嬤對皇后道。

第一百五十章

比武場裡，皇上帶著一行人浩浩蕩蕩地進來了。武場很大，兩邊擺上了兵器架子，各種兵器羅列其中，光線下，寒光閃閃，護國侯正指揮著御林軍清理場邊，將無關之人全都清理出去。

皇上坐在觀看臺上，看了葉成紹和靖國侯一眼，道：「今天的比試點到為止，不許有大的損傷，否則，嚴懲不貸。」

葉成紹和靖國侯聽了都齊聲應諾。群臣們心中也明白，這兩個人在皇上心中的地位都很重要，尤其是葉成紹，他現在可是大周朝唯一的成年皇子，大皇子被禁，二皇子死了，皇上肯定不願意讓葉成紹再受傷。靖國侯的威名在外，被他傷了，那可不是斷手就是斷腳的事情，皇上會擔心也是正常的。

皇上話音落下後，壽王站了出來，宣佈比試的規矩。

「分三場，三局兩勝制，第一局是比試射箭，第二局是兵器，第三局是拳腳功夫。現在，請二位挑馬。」

靖國侯府的人早就牽了馬等在場子裡了，聽了這話，便牽了馬上前去。靖國侯的馬是一匹棕色的汗血寶馬，高大威猛，毛色純亮油滑，一看便知是上過戰場的。

而葉成紹也是帶了自家的馬來了，墨書牽著馬，也如同靖國侯家的馬伕一樣向場中走去，但沒走幾步，那馬兒突然就揚起前蹄，高聲嘶鳴起來，把牽馬的墨書嚇了一跳，好不容易才揪住韁繩，上前安撫那馬兒，卻發現那馬兒的左前蹄子根本就著不得地，一著地就彈了起來，口中發出悲鳴聲。

葉成紹一見便沈了臉，大步走了過來，拍了拍馬脖子，讓馬安靜下來，俯下身看去，只見馬兒左前蹄的掌外沁出一絲血跡。

墨書嚇得立即跪在了地上，結結巴巴道：「爺，方才還是好好的，怎麼就……」

葉成紹沒理他，細細地察看著馬蹄，壽王和東王還有中山侯也走了過來，一起看著那馬兒。葉成紹很快就在馬蹄子上找到了一根細如髮絲的銀針，插在馬蹄掌邊上，馬兒一落腳就被刺得生痛，所以才會揚蹄。

東王的臉色就很不好看起來，看了墨書一眼。墨書大汗淋漓。他剛才只是離開了一小會兒，去尿了一下，怎麼就……

他是自小就跟著葉成紹的，服侍多年了，葉成紹知道他的心性，絕對不可能是墨書弄的，便對東王道：「王叔，無事的，換一匹馬就好。」

東王點了點頭，卻是抬了眼，看向正站在皇上旁邊的護國侯，沒有說話。中山侯也是看了護國侯一眼，拍了拍葉成紹的肩道：「臣幫你選一匹好馬去？」

正說著，那邊，素顏坐在皇后的輦子上一同來了，看見這邊的情形，與皇后對視一眼，心想，果然馬兒出了問題，看來，是有人是想讓葉成紹騎不成自己的馬……幸虧她們早有防備，不然……

葉成紹聽了中山侯的話，卻是一挑眉道：「不用了世伯，讓御馬園裡的人幫我挑一匹就好了。」於是丟開自己的馬兒，向看臺走去，對皇上道：「父皇，兒臣沒馬。」

皇上早看到了葉成紹的馬兒像是出了問題，眼睛微瞇了瞇，對葉成紹道：「無事，你自去御馬園挑一匹好馬來，至於你的馬的事情，容後再查。」

葉成紹聽了點頭應了，沒多久，就有兩個皇家馬伕牽了兩匹獅子驄來，也是上好的良馬，任葉成紹挑。葉成紹拍了拍其中一匹，正要說就選這一匹了，卻聽得有人道：「殿下，用奴才的這匹吧，這可是今年從東臨來的良馬啊，您騎上牠，肯定馬到成功。」

葉成紹循聲看了過去，卻見是個滿臉皺紋的老頭子，穿著宮廷馬廄裡的衣服，頭髮花白，兩眼卻是極亮，見葉成紹看他，他臉上的笑容更虔誠恭敬了，但眼神與葉成紹對視著，並不如其他宮人一樣，低眉垂目，像是很盼望葉成紹用他的馬一樣。

但他的馬兒看起來卻是普通得很，看著雖然也是名馬，卻是矮了很多，也不夠壯實，毛色卻是很亮，比起先前兩人牽過來的獅子驄來遜色了很多，更是比不上靖國侯的那匹汗血寶馬。

葉成紹劍眉揚了揚，眼神如刀一般看向那老馬伕，那老馬伕在他的威壓下卻靜立不動，眼神仍是靜靜地看著葉成紹。良久，那邊靖國侯在催了。

「殿下莫非怕了比試嗎？不過一匹馬而已，用得著費這許多功夫？不會是想退場吧？」

屬於他那一幫的人也跟著小聲議論起來，有人就道：「怕是一會子比不過侯爺了，就怪到沒有馬兒身上去吧。他那馬不是自家人管著的嗎？怎麼會傷了？哼，乘機想避過侯爺的長項，只想比拳腳功夫嗎？」

「哼，拳腳功夫老夫就比不過毛頭小子了嗎？老夫正當壯年，在邊關可是一拳打死過一頭瘋馬呢。」靖國侯不屑地說道。

東王聽了就怒了。「這是什麼話呢，虧靖國侯還是久經沙場的大將，你難道不知道一匹好馬對將士的重要？那可是關乎性命的事情。」

靖國侯聽了冷哼一聲，卻是並沒有反駁東王，只是不耐道：「時辰不早了，本侯還有其他事做，殿下遲遲不肯選馬，是在用心理戰術磨本侯的性子嗎？」

皇后和素顏坐步輦裡並沒有下來，紗帳圍著，兩人心裡都有些急，但皇后很能沈得住氣，看葉成紹遲遲沒有挑馬，並沒有說話。

葉成紹終於還是牽了那老馬伕手裡的那匹馬，縱身跨了上去，腳一夾，踢著馬腹往前走。奇怪的是，那馬兒腳步輕快，強健有力，竟然比起他自己的那匹馬還要強上很多。

先頭那兩個牽著獅子驄的兩個馬伕對視了一眼，正要將馬牽下去，葉成紹卻道：「你們留下，一會子爺的這匹小馬要是騎著不順，再換你們的。」

那兩人聽了目光微閃，向看臺望了一眼後，眼裡露出了絲焦慮。

步輦裡，皇后娘娘臉上綻開一朵豔麗的笑容，素顏也鬆了一口氣，心裡卻還是擔著心，將身子挨向皇后。

皇后笑道：「放心，紹兒會贏的。」

葉成紹騎著那匹看起來灰不溜丟的矮馬，縱馬跑入賽場裡。靖國侯見了，嘴角邊勾起一抹譏笑，目光微閃，回頭掃了一眼那邊牽馬的幾個人，大聲道：「殿下選了半天，就選出這樣一匹矬馬來嗎？」

葉成紹不屑地看著他，懶懶地說道：「馬矬人不矬就行了，本皇子又無須靠馬來壯勢，廢話少說，開始吧。」說著，調轉馬去，奔向射擊場。

那話裡的意思就是靖國侯人太矬，要靠駿馬壯勢了。靖國侯黑著臉，也縱馬跟了去。

刑部尚書柳大人是射擊比賽的裁判，他讓人拿了弓來，問道：「殿下、侯爺，你們可以選弓了。」

靖國侯縱下馬，看著排成一排的軍士手裡拿著的鐵弓，問道：「最大的弓是多大的？」

「回侯爺的話，是兩百石的。」最邊上一名軍士大聲回道。

「拿來給本侯！」靖國侯豪邁地對那軍士道。

那名軍士把弓給他，靖國侯單手去拿那弓，手一沈，稍滯了一下，但還是舉重若輕地拿了起來，提弓上馬，面色如常，看臺邊上就發出一陣喝彩。

「侯爺果然有力拔千斤之能啊！竟然用兩百石的弓箭，那一箭射出去，怕是連鐵甲也能射穿吧？」

「那是，誰若中了侯爺一箭，就算胸前有護心鏡，心臟怕也會震碎吧？大周第一勇士的聲名可不是浪得來的。」

皇上聽著那些大臣誇讚著靖國侯，看著靖國侯臉色那一抹得意而譏諷的笑容，心中立即升起一絲厭惡，冷冷地掃了那些官員一眼。

靖國侯聽了別人的誇讚，傲慢地看了葉成紹一眼，騎馬走向場中，兩指一勾，鐵臂張開，將那兩百石的鐵弓拉成滿月，頓時，觀眾席上又響起了一片喝彩，有人大聲叫道：「好！侯爺威武！」

皇上的臉上也露出一絲的震驚。兩百石的弓能拉成滿月形，靖國侯光臂力就很驚人了，紹兒在臂力上怕是很難勝得過靖國侯呢。

步輦上，皇后的心也揪著。靖國侯的聲名在北戎就很高，北戎不少將領是敗在靖國侯手下的，他確實有些本事，不然，皇上也不會一直將北境放心地讓他守衛了。

靖國侯兩指鬆開，放了個空箭，那弓弦發出一聲嗡鳴，震得一旁的軍士耳朵嗡嗡作響，可見那弓的拉力有多大。

剛一開始，靖國侯就先在選弓上氣勢壓人，大家不由都看向葉成紹，不知道這位以武出名的皇長子會選一個什麼樣的弓箭來壓倒靖國侯，一時心裡便有了期待。

只見葉成紹從那矮馬上縱身而下，看了那些弓箭一眼，走到前面的輕弓前，很隨意地拉起一張五十石的弓提了提，笑嘻嘻地道：「本皇子就用這張弓吧。」

看臺上，眾大臣頓時譁然。這比賽還沒開始呢，皇長子就在弓箭上輸了一籌，一會子射擊上就算是打了個平手，也要算輸的。

皇上的臉立即就黑了。葉成紹的臂力有幾何他自然還是清楚的，這小子拉個一百五十石的弓箭是絕對不在話下的，今天可是比武啊，人家用兩百石的弓箭，他卻只拿個五十石，那不是出醜嗎？

靖國侯眼裡的鄙夷就更甚了，卻是裝出一副大度的樣子，哈哈大笑道：「倒也不出本侯所料，殿下久居京城，養尊處優，平日做得多的也不過是鬥雞遛狗，身手綿軟也是正常的，能拿五十石的弓也算是年輕人中的佼佼者了。」

言下之意便是葉成紹是個花花公子，虧空了身子，身綿腳軟沒力氣呢。

葉成紹也不氣，只是問刑部尚書柳大人道：「大人，此次比試可是以靶數多少定輸贏？」

柳大人道：「自然是的，主要是比箭法精準度。」

「那本皇子要求最強的比試法，擊飛錢吧。」葉成紹聽了又笑道。

射擊比賽，擊飛錢算是最高級別的箭法比試了，看臺上的眾人一聽葉成紹這話，立即眼睛都亮了起來。要知道，射箭如果就比射靶，可是看著枯燥，如果是擊飛錢，看那一枚枚銅錢拋入空中，由射擊者射中錢眼，看著才精彩好看呢。

立即就有人大聲叫好。「好，今天的比賽有看頭了！」

柳大人也道：「擊飛錢乃是最高的箭術比試，殿下既然挑戰最難的，下官自然不敢不從。」一眼睛含了笑看向靖國侯。這可是比賽的現矩，比試方之一要挑選最難度的比試，另一方必須應下，不應便是認輸。

靖國侯聽了眼光一沈，瞪了葉成紹一眼。這小子太陰了，竟然要比射錢，自己拿著兩百石的弓箭去射錢？光拉開那弓箭就要費好些力氣，一場下來，還不得累死去？怪不得他要選張輕便的弓箭了。可是剛才自己已經選了兩百石的弓箭，再去換的話，便是承認自己力不從心，面子上就怎麼也拉不下來，只好沈著臉，沒有說話，也死撐著，沒說要換弓。

葉成紹斜了眼看著他，好心道：「侯爺一把年紀了，就不要再逞能了，還是換張弓吧，一會子射起飛錢來，可別扭著筋骨了才是。」

靖國侯不聽這話還好，一聽更不能要換弓了，陰著臉，小聲道：「黃口小兒，莫要太猖狂，本侯一會子就要讓你輸得心服口服。」他就不信，葉成紹的箭法真的就能百步穿楊，空中射擊飛落的飛錢，銅錢眼又小，再有本事，又能射得中幾個？

不管如何，自己的弓箭比他重了好幾倍，這裡就勝了一籌了。

葉成紹聳了聳肩道：「老東西，你要逞強，一會兒可別說我欺負了你。」說著，騎了馬在場上跑了一圈，朗聲道：「靖國侯氣勢蓋世，要以兩百石的弓箭挑戰擊飛錢，大家為靖國侯的勇猛鼓掌叫好吧！」

看臺上的眾大臣先是半晌也沒回過神來。兩百石的弓箭比試射飛錢，靖國侯傻了吧？此時，臺上響起了清脆掌聲，大臣們回神，看向那擊掌聲，竟然是皇上，只見他滿臉笑容，一副與有榮焉的樣子，大臣們只好也跟著鼓掌起來。一時，看臺那邊掌聲雷動。

皇后的嘴角卻是勾起了抹懶懶的笑來，完全放鬆了心情，向步輦後靠著，對素顏道：「這小子越來越壞了，素顏啊，妳以後得小心著先，別被他欺負了去。」

素顏掩嘴一笑道：「母后大可放心，兒媳可沒靖國侯那麼蠢呢。」

皇后聽得哈哈大笑，繼續抬眼看場中的比試。

為了區分兩人射錢的多少，靖國侯與葉成紹的箭頭上描了不同的顏色，靖國侯的為黑色，葉成紹的為紅色。

柳大人安排了兩名臂力不錯的軍士拋錢。葉成紹張弓搭箭，姿態矯健優雅，一把錢拋向了空中，然後又如花雨一般地灑落，他漫不經心地舉箭即射，手指頭上搭著四根羽箭，只見箭矢激飛，空中傳來了陣叮叮作響之聲，人們只覺得那箭矢快如閃電，又連發而至，看得目不暇給。

幾個呼吸的時間，那飛錢紛紛落地，軍士去撿地上的箭矢，一數之下，第一把二十枚飛錢，葉成紹竟然以眨眼的工夫射中了六枚。

軍士報數，觀眾席上又是一片譁然。空中擊錢，一次能射中三枚者算是稀奇，一次能射中六枚，那可真是神乎其技了，大家的眼睛都瞪得溜圓，有點不敢相信自己的眼耳，但事實便是如此，容不得半點作假。

好半晌，又是皇上第一次擊掌，觀眾席上響起了雷鳴般的掌聲。

中山侯更是大聲叫好起來。「殿下威武！」

「大周有此文武雙全的皇子，真乃大周之幸，百姓之幸啊！」大周以武治國，本來就是尚武，人們對武力強勁之人最是佩服。

靖國侯臉黑如鍋底，聽著場上對葉成紹的歡呼聲，一時連舉弓射箭的勇氣都沒有了，但柳大人卻是個實在人，等葉成紹的比試完成後，便對靖國侯道：「侯爺準備好了，一、二、三，開始！」

軍士再一次將二十枚銅錢拋向了空中，靖國侯慌忙拉弓搭箭，可是那弓拉了半晌才能拉得開，大力量級的弓，用小羽箭便有些發飄，而且容易震斷箭桿，所以，靖國侯好不容易一箭射出時，那箭桿子竟然剛一飛出便斷了。好在他果然還是久經沙場的，心理和應變能力都不差，手上也搭著三根箭矢，那根斷掉後，第二弓就沒提得那麼滿，又一箭發了出去，擊中了一枚，但他終是浪費了太多時間，想再射第三箭時，飛錢已經紛紛落地了。

他不由懊惱地將手中的鐵弓一丟，黑著臉道：「我輸了。」

柳大人卻不管他認不認輸，仍按章程辦事，特地讓軍士去驗證，面無表情地聽著軍士報數，只聽那軍士高聲道：「靖國侯射中飛錢一枚。」

臺上的眾大臣一陣唏噓聲，有的輕輕搖頭，有的嘆息，也有的不平道：「用兩百石的弓箭，能射中一枚飛錢，也是奇人了，如若給侯爺換一把輕弓，誰輸誰贏還不一定呢。」

東王聽了卻淡淡地說道：「也是輸，首先就輸在心機上，上場便考慮不周，一心只想壓倒皇長子，輸了心胸與氣度，自是輸了先機。這一場，殿下完勝。」

一旁的壽王也點了頭道：「確實如此，堂堂十萬將士統帥，為了意氣而爭，本就不可取，又一再想以氣勢壓人，呵呵，陳家果然是家風如此啊。」

他們兩人看似在悄聲私語，但聲音卻一點也不小，邊上的大臣們聽得清清楚楚，暗道，這兩位親王怎麼都站到皇長子一邊了？以前這兩位可都是不理朝中之事，保持中立的啊？

隨後柳大人大聲宣佈。「射擊比賽，皇長子完勝。」

靖國侯黑沈著臉縱刀奔向練武場。他要在馬上用兵器來向大家證明，他的第一猛將的名聲不是虛來的，而且，刀劍無眼，只有在刀劍上，才是最好傷葉成紹的機會。剛才那口鬱氣堵得他心中直發悶，像是團棉花一樣，堵得連氣都透不出來，不出這口惡氣，他怎麼受得了？

他急，葉成紹卻半點也不急，他又風騷地騎著他的小矮馬在看臺前跑了一圈，聽到有人在賀喜，他還不停拱手致謝，大聲笑道：「多謝大家，多謝，不過小把戲，不值一提、不值一提啊！大家一定要為侯爺多加油，大家友誼第一，比賽第二啊！」後面那句是平時聽素顏說過的，他也搬過來用，臉上笑得春光燦爛，好不欠抽。

靖國侯黑著臉聽他說什麼小把戲，氣得臉就更黑了，忍了又忍，偏葉成紹就是不來，仍在那兒風騷地跟人囉嗦，一股衝勁便往頭上湧去，握著長槍的手都開始發麻了，卻又偏生罵不得，還發不得脾氣，不然，人家更會說他沒有風度和氣度。

第一百五十一章

約莫過了一刻鐘，葉成紹才逐一與眾位大人寒暄完，騎著馬慢悠悠地過來了，見靖國侯手中一桿長槍威風凜凜地橫著，他撇撇嘴，故作怕怕的樣子，對柳大人道：「就開始了嗎？如何算勝？」

柳大人正要回答，靖國侯卻是搶先道：「擊落馬下為勝。」他今天是存了心要給葉成紹好看，如果只是中了幾下槍，傷些皮肉，實在是不能出盡他心頭的惡氣。

葉成紹看了一眼他身上的盔甲，再看看自己一身常服，對柳大人道：「我這算不算是虧了些呢？」

柳大人道：「也是。殿下要不要也穿一身盔甲來？」

葉成紹卻是搖了頭道：「算了，本皇子才懶得穿那麼重的累贅呢，本皇子將來若是領兵，絕對是運籌帷幄，只統領好自己率下之將便成，用得著本皇子自己上戰場嗎？」

這無疑又是在鄙視靖國侯。一個好的元帥，重要的不是個人之勇，而是領兵之能，便是一個文官上了戰場，只要兵法運用得當，也能勝過千軍萬馬。

柳大人聽了眼裡就露出了笑意，看了靖國侯一眼道：「侯爺，殿下這身衣服便比您勝了一籌，這就與方才的弓是一樣的，您可是認了？」

靖國侯沈著臉惱怒的將頭上的頭盔一丟，接著就當場脫下身上的盔甲，也扔在了地上，大聲道：「柳大人，如此可算公平了？」

柳大人面不改色道：「公平，兩位請入場。」

葉成紹微笑地看著靖國侯將盔甲全都脫掉，眼裡閃過一絲得意，抽出自己的長劍，挺劍而上，靖國侯的長槍也是用力一抖，氣勢雄渾地殺將上來。葉成紹根本就不與他正面交手，騎馬往邊上一側，躲過靖國侯剛猛的一擊，卻是斜裡向靖國侯的腰間輕輕削去。靖國侯反應也奇快，長槍揮動如靈蛇吐信，回身用槍桿擋住葉成紹的一擊，又再一次直攻葉成紹的面門，招招勁力勇猛，下手又狠又重，葉成紹仍是輕飄飄地讓了開去，像是被他的攻擊打得不敢對抗，只能退讓。

靖國侯的眼睛一瞇，出手更快了。他的馬兒也是奇駿，動作靈活，與他配合得非常融洽，而且靖國侯的馬也高，身子也高大，遠遠看著兩個正在比試的兩個人，靖國侯就像是個大人在懲罰小孩子一樣，不停追著葉成紹打，葉成紹卻只能躲閃，樣子很是狼狽。

素顏不懂武，看著就急，一顆心揪得老高，手心冒起汗來，皇后在一旁卻是看得津津有味，一看素顏這麼緊張，戳了下她的腦門道：「妳自家的相公也不相信嗎？放心吧，紹兒有分寸的，他絕對又會給靖國侯好看。」

果然，沒多久，就聽得呲一聲響，似是有衣服割裂的聲音，再看場中，葉成紹訝聲道：「唉呀，不好，刺中侯爺了，只傷了皮吧？」

再看場中，兩人的情形還是那樣，看著像是葉成紹在挨打躲閃，但冷不防地就聽得一聲呲響，又聽葉成紹在哇哇亂叫。「唉啊，又刺中了呀？侯爺，你脖子受傷了，不小心，純是不小心啊，幸虧我力道用得小，不然，割破了侯爺的血肉那就不好了。」

自己卻是一身青衣，乾淨得很，不見半點血絲，而且身子也不停搖晃著，一會子躬身伏在馬背上，一會子又自馬上跳了起來，一次次險而又險地躲過靖國侯的擊殺。

靖國侯連連被葉成紹刺中了好幾下，都只是割破皮而已，對於常在戰場上廝殺的人來說，根本不算什麼，但葉成紹那叫聲卻讓他氣惱得很，讓他顏面盡失，偏偏那小子滑溜得很，自己幾番殺手下去，他卻是半點也沒受傷，總是堪堪躲了過去，於是下手就更急更重了，招式也越發狠辣起來。

葉成紹冷哼一聲，仍在躲避著靖國侯的進攻，但是，他手中的劍舞成了一片漂亮的劍屏，靖國侯的攻擊根本就近不到他的身。

看臺上的人這才看出一些門道來，殿下先前那樣子怕是在玩耍呢，這時才算是用了全力，認真對敵了，一時心裡越發驚訝起來。皇長子的武功可謂是深不可測啊！

但很快，他們又瞪大了眼睛，只見靖國侯一槍刺中了葉成紹的左胸，鮮血飛濺，大家的心都跟著揪了起來，靖國侯一臉的猙獰，那槍用力往前進了一寸，人們的心立即發涼起來。左胸可是心臟所在啊，再進一步，皇長子便會性命堪憂。葉成紹也是一臉痛苦，但他隻手握住了靖國侯的槍桿子，止住了槍勢，正運勁與靖國侯僵持著。

素顏驚得叫出聲來，手死死揪著自己的衣裙，眼圈都紅了，起了身就要下輦。

皇后卻是及時地拉住她道：「妳去做什麼？妳打得贏靖國侯嗎？」

素顏只覺一陣心痛如絞，回了頭道：「打不贏也要打，不是說不能傷人嗎？母后，靖國侯他……分明就是想要殺了相公啊！」

皇后的眼裡也是浮起了淚水，卻堅定地對素顏道：「紹兒不見得就敗了，妳且等等。」

葉成紹坐在馬上，眼睛卻是看向了看臺，皇上這時已經緊張地站了起來，大聲道：「住手！」人也提了下襬，急急向這邊奔了過來。葉成紹的嘴角勾起一抹溫暖的笑意，鄙視地看向靖國侯，身子往後一仰，那刺進胸前一寸的槍硬生生被他抽了出來，他順勢一送，靖國侯差一點自馬上摔了下去。

葉成紹揮劍逼近，突然暴起一陣劍舞，只見寒光閃爍、血花飛濺，空氣中頓時瀰漫著一股血腥的味道，還有皮肉落地時的聲響。柳大人舉起衣袖，不住後退，還是被濺了一身血跡，官袍上還黏上了幾塊血肉。而場中，靖國侯一聲又一聲地悶哼著，終於，他的悶哼變成了慘叫。

皇上奔過來時，那陣劍舞才算停下了，皇上顧不得去看靖國侯，就問葉成紹：「紹兒、紹兒，你可受傷了？」聲音急切而擔憂。

葉成紹笑著收了劍，穩穩坐於馬上，對皇上道：「一點子小傷，父皇不必擔憂。」

這時，才聽得柳大人一陣抽氣聲，顫了聲道：「侯爺？」似是不太確定，他看到的那個血人還是不是靖國侯。

皇上這才看了過去，一看之下，也有點目不忍睹。此時的靖國侯，除了頭臉，渾身血跡斑斑，身上的衣袍被割成了一片一片掛著，皮肉也和衣服一樣，被一小塊一小塊地割去了，像是一個破布人偶一樣。他痛得悶聲哼叫，見皇上來了，強忍住一身的痛，虎目圓睜地看著皇上，卻是坐得穩穩的，並沒有落馬。

這時，很多大臣奔了過來，有些文官受不得這種血腥味，頓時嘔吐了起來，武官則是目瞪口呆。堂堂靖國侯，大周第一猛將，竟然被人凌遲了……

「皇上，比武前便說過，不能傷人，殿下下手太毒了吧！」陳閣老顫著聲道，他先前一直坐在看臺上，面無表情地看著，並沒有說過半句話，這時看著自己兒子成了血人，心痛得像刀割了自己一樣。

皇上也有些不知如何回答了，瞋了葉成紹一眼道：「紹兒，你怎麼下此重手，靖國侯乃是國之重臣，傷了他，於朝廷可是大損失啊！」

葉成紹聽了睜大眼睛，委屈的說道：「冤枉啊，父皇，比試前可是說過的，只要沒傷筋動骨，就不算大傷。各位大人可以明鑑，侯爺不過是傷了些皮肉而已，雖然傷處多了些，但絕對沒有一個傷口有深至半寸的，倒是本皇子啊，差一點死於侯爺槍下，胸前這傷口可是有寸許呢。」

他這樣一說，武將們就認真去察看靖國侯的傷勢，越看越心驚。靖國侯渾身上下幾十處傷口，確實每一處傷口不過釐許深，而且傷口深淺一致、大小相同，真不知道葉成紹一招之下如何掌握得如此精準，那劍招幾乎快若閃電了，好在他並未存了殺機，不然，靖國侯死上一百次都有了。

靖國侯又羞又痛又惱，身上被傷了不知道多少皮肉，痛不欲生，但他也算剛強，就先前被割肉時，叫上了兩聲，現在硬是沒有再大聲叫喚了。

皇上聽了葉成紹的話，對陳閣老道：「你也看到了，紹兒並沒有重傷侯爺，倒是紹兒的傷口差一點致命，此局算是誰贏，由大家說吧，朕不置評了。」

畢竟開始是說，只要沒有下馬，便不算輸，那時靖國侯就是存著想多傷葉成紹的心思，一般小傷，對方是不會下馬認輸的，皇上又說點到為止，不許重傷，所以，他想將葉成紹多拖在馬上一些時間，儘量多傷葉成紹，沒想到如今竟是他自己傷成了血人，偏生他也還能坐穩馬，沒有落下去。

柳大人也不知道如何判決了。靖國侯這樣子還能比試嗎？他不由看向靖國侯，靖國侯一咬牙，恨自己剛才那一槍猶豫了，沒有盡全力，不然，那小畜生就應該被自己刺死了。

他突然做了個令眾人不解的動作，手中長槍一挺，咬牙吼道：「本侯未輸，再來！」

這是不要命了嗎？好多大臣都搖頭嘆息。靖國侯也太拚命了，不就是個口舌之爭嘛，輸了就輸了吧，還要弄成這樣了？

有幾個大臣正要開口相勸，就聽得「噗」的一聲，一陣臭氣熏天，靖國侯的馬兒突然拉了一大泡屎，臭得眾大臣紛紛掩袖捂鼻，有不少人退開了丈許，離靖國侯遠著一點。

靖國侯的可是戰馬，向來訓練有素，像這種戰場之上突然拉屎的事情是從來不做的，這也像是要在靖國侯的傷臉上再撒些鹽，讓他的顏面再也不存似的，接著又拉了一大泡臭屎，而且，腳步也開始發軟，搖搖晃晃起來。

靖國侯原本就憋得通紅的臉，被自己這頭畜牲弄得更紅了，正要跳下馬，那馬兒卻是後腿一軟，生生將他掀了下去，正好就滾落在了那堆馬糞上，頓時濺起馬糞好幾堆。陳閣老退避不及，首當其衝，被馬糞沾了一大塊，臭氣難聞。

葉成紹見了哈哈大笑，半點面子也不給陳家父子。「侯爺落馬，侯爺輸了！唉呀，你早些認輸就是了，何必非要鬧到這個時候，往馬糞裡跳呢？就算是輸不起，想不通想死，這點子馬糞也嗆不死你呀？」

靖國侯此時也顧不得氣了，渾身的傷口一沾上馬糞便是火燒火辣的痛，他終是忍不住大聲嚎叫了起來。陳閣老被葉成紹氣得胸中氣血翻湧，身子搖搖欲墜，站不穩了，一邊的陳家人忙上前去扶住他，陳閣老指著靖國侯一聲痛呼：「我的兒啊！痛煞老父了！」

一旁的柳大人終於也看不過去了，對陳家人道：「去扶侯爺起來淨身，快快去請太醫醫治吧。」

皇上強忍著笑，板著臉道：「柳大人，此局應該是靖國侯輸了吧？」

柳大人忙對皇上躬身道：「確實是殿下贏了，皇上可是要問先前訂下的彩頭？」

皇上正是這個意思，也不管陳閣老有多麼痛苦，對陳閣老道：「比武前，靖國侯言明，贏者要當眾打輸者四十記耳光，靖國侯雖然身受輕傷，但也要履行賭約。」

皇上這是在落井下石啊，自己最得意的兒子已經傷成這樣了，皇上還要讓他接受四十記耳光，這不是要了兒子的命嗎？陳閣老的臉色沈如水，卻不敢怒目對著皇上，只能啞著嗓子哀求道：「皇上，您看侯爺他……已經成了這個樣子，能不能網開一面……」想了想又道：「侯爺這馬出了問題，上好的汗血寶馬，怎麼可能會突然拉肚子？這裡有古怪，還請皇上明察。」

皇上還沒有開口，一旁的葉成紹很大度地一揮手道：「能、能，本皇子也不是那心狠之人，既然侯爺此時不能接受懲罰，那本皇子今天就放他一馬，不施行那四十記耳光了，老大人還是先讓侯爺回去洗乾淨的好，這樣也太臭了些，可真是有辱陳家的家風和體面啊，陳家人都跟著臭不可聞了。至於馬兒？查查好啊，這馬可是您陳家人自己牽來的，既不是皇宮裡的，也不是我寧伯侯府送的，至於為什麼出了問題，這可是要問您陳家人自己了啊！」

陳閣老忽略了葉成紹後面的嘲笑，很意外葉成紹會好心放過靖國侯，但葉成紹的話卻是沒錯，那馬兒是陳家的馬伕牽來的，眾大臣都是親眼所見到，就算是有人真動了手腳，也查不到葉成紹身上去，只能自己認栽了。

一旁的陳家人也知道現在的風向看似不對，陳家已經落了下風，若是靖國侯再一敗落，陳家這棵大樹也不知道還靠得住不，便有些心思靈巧的，就向葉成紹連聲道謝。「殿下果然心胸寬闊，有容人雅量，多謝殿下高抬貴手了。」

「是啊，殿下真的有聖賢之風，寬容大量又才高功絕，實乃我等學習之楷模啊！」

葉成紹聽得得意洋洋，不住謙虛，一時又跟大家寒暄了好一氣。陳家下人抬了靖國侯走了，陳閣老跟在後面，葉成紹卻是朗聲道：「閣老千萬記得要讓侯爺好生休養，一個月後，侯爺若是能上朝，本皇子再討要今日之彩頭，到時候，老大人可千萬記得，不能再拖欠了，本皇子可是讓你們賒帳了一個月呢。」

立時，群臣僵住，面面相覷，陳家人更是臉色一陣青一陣白。還以為這位爺真轉了性子，肯放過靖國侯了，原來，是要再一次折辱靖國侯。

陳閣老大怒，倒不如今日一併罰了靖國侯，也好過一個月後還要來受葉成紹的折辱！張口想要將靖國侯喚回來，無奈人已經被抬走了，又心疼兒子身上的傷，只覺得一口氣堵到了嗓子眼，終於沒有壓得住，自唇角湧出來一口鮮血。

皇上嘆了口氣，看了陳閣老一眼，便不再管陳家人，過來拉過葉成紹道：「你那傷口不要緊嗎？臭小子，還在這裡嘰歪，快去止血上藥，也免得你母后擔心。」

葉成紹這才回頭，看向步輦。步輦中，影影綽綽，正是皇后與素顏，雖然看不清面容，但他也知道，那兩個他最在意的女人正在擔心著自己。

他回頭對皇上微微一笑，挑了眉看著皇上。「方才我若真的被他刺死了，父皇可是會後悔應了他與我比武？」

皇上聽得臉一沈道：「不會後悔，但是，朕會將陳家滿門抄斬，就算大周沒有了陳家會滅亡，為父也在所不惜！」說罷，一轉身，向比武場外走去。

葉成紹怔怔地站在原地，看著皇上略顯蹣跚的腳步和孤獨的背影，心頭有些微澀。他是故意讓靖國侯傷到的，就是想看看，這個生了自己的父親是否疼愛自己。這會子，不管他方才的話是真是假，至少，他還是有些在乎自己的。

「走吧，殿下，娘娘還在擔心著您呢。」中山侯推了推葉成紹。剛才也算是險象環生了，皇后看得只怕也是驚心動魄吧，葉成紹是她的唯一，方才肯定又很傷心了。

「不急，不急。」葉成紹搖搖頭道，卻還是抬了腳，向步輦而去。

素顏早就忍不住了，見他過來，便自步輦中下來，提了裙就向他衝過來，劈頭蓋臉地就罵。「你是故意的吧？肯定是的，明明你早就能打敗他，我……我真是被你氣死了……」話還沒罵完，聲音卻是哽咽了，扯著葉成紹的衣服就撕。

葉成紹一隻手攬住素顏的纖腰，笑著任她施為。「只是小傷，沒什麼要緊的，娘子不用擔心。」

「皮肉都翻起來了，還說是小傷……呀，好深，很疼吧？你是笨蛋啊，再進去一點，就要傷及心臟了，你……你……回家再說，哼！」邊罵，眼淚卻撲簌簌地往下掉，長長的眼睫上掛著淚珠，手裡已經拿著一瓶藥了，正撕開了葉成紹的胸襟，在傷口上撒藥粉。

葉成紹卻慌了，忙拿了帕子幫她拭淚。「娘子，真的不痛，不深的，我有分寸的，怎麼可能讓那老賊傷得過深？娘子，我說過要陪妳到白頭的，怎麼可能……」

「誰要你陪我到白頭了？你這樣子再來個幾次，人都被你嚇死了，你是想著再找個人陪你白頭吧！」素顏故意鬧彆扭。她就是氣他，不拿自己的身體當回事，當時的情形，嚇得她的一顆心都快要跳出來了，雖是虛驚一場，但那種情形再來一次，她真的會受不了的，必須一次罵醒他，不然以後他再那樣，一個不小心，真出了事怎麼辦？

「怎麼會？我不是那意思，就是想要嚇嚇……呃，娘子，妳誤會了，我以後再也不會嚇妳了，以後，這種事情，娘子還是不要出來看的好……喔，不是，我保證以後再也不讓自己受傷了。」

葉成紹不住地保證道，一句話沒說得好，素顏的手就要去擰他的耳朵，邊上還站著中山侯呢，不遠處還有不少大臣沒走，正饒有興趣地伸長了耳朵聽著，他可是堂堂皇子啊，娘子能不能不擰耳朵，很沒面子的……

那邊，大臣們也是看得面面相覷。誰不知道這位皇長子個性最是暴戾，又桀驁不馴，對皇上都沒有幾聲好言好語的，手段又辣，嘴巴也從不饒人，怎麼……怎麼會是個怕老婆的？一時，好幾個大臣就掩嘴偷笑了起來。葉成紹苦著臉，看著素顏，看著她淚眼婆娑的，更不好說她什麼了，只能輕聲哄道：「娘子，哎喲，好痛，傷口好痛啊……」

素顏聽得他喊痛，這才止了哭，抽抽噎噎地說道：「很痛嗎？那你快去母后那裡休息吧！」

葉成紹聽了，拉著她的手道：「一起去、一起去。」又轉過頭，看了中山侯一眼，中山侯對他點了點頭，向一開始牽著馬過來的兩個馬伕走去。

那兩匹獅子驄好像也出了問題，這會子腿肚子也有些站立不穩的樣子。

兩名馬伕一直站在原地不敢走，神色焦急難受，看到葉成紹將堂堂靖國侯殺成了個血人時，只覺得心驚肉跳，想著葉成紹上賽場時對他們說的話，想死的心都有了，這會子一見中山侯向他們走過來，兩人撲通一聲跪倒在地，磕頭求饒道：「侯爺，您饒了我們吧，我們也是受人指使的呀！」

中山侯沒料到自己還沒開始發問，這兩個人就自首了，嘴角不由勾起一抹笑意。「是嗎？那說說，你們都做了些什麼啊？」

其中一人便道：「侯爺，這兩匹馬兒……兩匹馬是下了藥的。」

果然如此。先前若非有人故意牽了那一匹矮馬來，葉成紹只怕也會在馬上出事。今天只是比試了兩場，而第二場兵器作戰，若非葉成紹用了巧勁，靖國侯不一定會輸。中山侯立時就沈了臉，問道：「說，是誰讓你們給馬下毒，又是誰讓你們將馬牽過來的？」

那兩人聽了相互看了一眼，正要說話時，護國侯過來了。

那兩名馬伕跪在地上，身子像篩糠一樣，直哆嗦著。護國侯來了後，他們便更加害怕了。

護國侯瞧了一眼，說了幾句場面話後，轉身走了。中山侯再低頭看那兩個馬伕，問道：

「接著說，誰指使你們幹的？是誰讓你們給皇長子的馬下藥的？」

那兩人聽了卻是互視一眼後，垂了頭道：「無人指使，是小的們做事不小心，給馬餵了巴豆，才使得馬兒生了病。小的該死，請侯爺饒了小的一命吧！」

竟然頃刻間就改了語氣。中山侯微瞇了眼瞪著那兩個人，那兩人頭都不敢抬，中山侯不說話，他們便更覺得害怕，但牙齒卻是咬得死死的，就是不再開口。

中山侯突然微微一笑道：「既然只是不小心做錯了，那就按宮裡的規矩罰你們吧。去，一人領二十板子，這事就算揭過了。」

只是二十板子？兩人半晌都不相信，以為自己聽錯了。中山侯抬了腳，轉身走了，這兩人還跪在地上，好半天，他們才傻傻地站了起來，牽了兩匹馬往回走。

第一百五十二章

這時，皇后仍坐在步輦上，並沒有立即回坤寧宮。

葉成紹總算是哄好了素顏，小夫妻手牽著手向皇后辭別，皇后有點心不在焉，素顏就回頭看了一眼正往這邊走來的中山侯，站在步輦邊上，並沒有走。

「母后，先前兒媳跟您說的事，您可要放在心上啊，兒媳這就回去擴大生產、做些好香來，等太后壽宴時，兒媳好向各國來使推銷。」

皇后聽了便直搖頭，對葉成紹道：「紹兒，你怎麼娶了個財迷媳婦呀，滿腦子都是發家致富，好像咱們家虧待了她，沒給她穿好、吃好一樣，紹兒，你不會窮得還要老婆賺錢養家吧？」

葉成紹聽了得意一笑，雙眉飛揚地對皇后道：「會賺錢不好嗎？有了錢，腰桿子就直。娘子說，錢才是最實在的東西，當官也好，做生意也罷，還不是為了個求財？母后以後若是想離開宮裡，兒子媳婦也能讓母后衣食無憂不是？」

一說離開宮裡的話，皇后那雙美豔的眸子驟然亮了，但隨即又黯淡下來，喃喃道：「離開宮裡？談何容易啊，若真那麼容易離開，母后多年以前就帶著你離開了。如今，真的是好想家呀，想念家鄉蔚藍的天空，一望無際，遼闊的大草原，成群的牛羊，美麗的雪蓮……還有，香甜的馬奶酒……」皇后的眼睛漸漸濕潤，眼神寧遠悠長，良久，她長嘆了口氣，黯然神傷地垂了眸子。

「妳要是真心想回去，又怎麼回不成呢？只是，妳捨得下這裡的一切嗎？」中山侯的聲音慢悠悠地在步輦邊響起，皇后聽得微怔，含淚的臉上卻是綻開一朵略顯滄桑的笑。「我是捨不得啊，不過，如果我真的要走，侯爺還會如從前一樣嗎？」

中山侯聽得一怔，抬起頭來看向皇后，黑沈的眸子裡如點亮了一盞夜明燈一樣，燦然耀目，整個人彷彿綻放光華，激動地問道：「妳真的想回去嗎？真的捨得？」

皇后見了，眼睛一黯道：「便是我捨得，也不會再讓你如以前一樣了，你……有了溫暖的家……」

中山侯聽得眼神一黯，那剛點亮的夜明燈像是又驟然熄滅了，眼睛移開，看向遠處，臉上卻是帶了絲苦笑。「是啊，臣如今有個很溫暖的家，不過，如今娘娘真要回去的話，臣再護送娘娘一回，並不是做不到的。她……是個很通情理的人。」

那個「她」是指中山侯夫人嗎？素顏在一旁聽得心情黯然。中山侯夫人那樣溫柔善良的一個人，難道一直就沒有得到過侯爺的愛嗎？不是太過悲哀了嗎？

她不知道曾經皇后是如何認識皇上又嫁給皇上的，也更不知道侯爺是如何認識皇后的，但她希望，中山侯能夠好好待中山侯夫人。從中山侯的話裡聽得出，他很敬重中山侯夫人，但感情怕是放在皇后身上，所以，素顏的心為中山侯夫人心疼著，也為中山侯難過著。

也許，皇后太過耀目燦爛，這樣的女子，只要是個男子見過了都會永生難忘吧？皇后的光輝足能掩蓋任何女子的光芒，侯夫人在這樣的女子的比對下，會失了光澤也是有的……但素顏相信，皇后之於侯爺，也許只是少年時的一個夢，當夢真醒了的時候，也許侯爺就會發現侯夫人的美好，明白在他的心裡，究竟愛著的是誰。

一時，越想越遠，素顏竟然有點癡了。

中山侯與皇后又說了些什麼，素顏一句也沒聽進去，只是突然悠悠說道：「與其捕捉那抓不住，又得不到的影子，還是珍惜眼前人啊……」

步輦前頓時安靜下來，皇后和中山侯都沒有說話，臉色有些尷尬，又像是若有所思地低了頭。異樣的沈靜讓素顏回過神來，剛才這話無疑是戳穿了中山侯與皇后之間的隱秘，中山侯與皇后都有些不自在，她自己頓時也不自在了起來。

良久，葉成紹拍了拍素顏的肩膀道：「走吧，回府去，娘子。」

素顏垂著頭，像逃一樣地離開了皇后。皇后起駕回了坤寧宮，而中山侯卻縱身往馬廄方向而去。

他悄悄潛入馬廄，躲在馬廄裡的一個暗處，耐心地等待著，果然不久之後，那兩個馬伕鬼鬼祟祟地自屋裡出來，每人的肩上還挎著一個包袱，悄悄向馬廄外溜去。

中山侯悄無聲息地跟了上去，出了宮，到了通往德勝門處的一個通道時，小巷子裡寂靜無聲，也沒有什麼行人經過，兩名馬伕似乎更慌了，腳步也加快了些，但高牆上還是跳下一個黑衣人來，揮刀就向這兩名馬伕砍去。

中山侯嘴角勾起一抹冷嘲。果然還是會殺人滅口的。兩名馬伕以為逃走就可以活命了，真是好笑。心中在想，手也沒停，迎劍便將那黑衣人攔住，不過幾招，便將那黑衣人擒住了。兩個馬伕死裡逃生，躲在角落裡瑟瑟發抖，待看清救他們的人時，既驚又怕，撲通一聲跪倒在中山侯的面前。「侯爺，救救小的吧，小的什麼都說！」

果然，這兩名馬伕是陳家指使的，當時，他們原是要坦白的，護國侯的出現讓他們不敢再說了。最近護國侯與陳家人走得近，兩名馬伕也是害怕說了會被殺，所以，儘管受了二十板子，還是拖著受傷的身子，急著逃出宮去，卻不知，還沒出德勝門，就被人追殺了。

中山侯冷笑著將這三個人帶進了宮，向乾清宮而去。

葉成紹和素顏回了寧伯侯府。一回到府裡，素顏就將葉成紹往屋裡趕。早就通知墨書去請太醫了，太醫沒來之前，素顏推了葉成紹往床上躺著。

「沒見過你這樣的，太不拿自己的身子當一回事了，被捅個大窟窿就不痛嗎？那血那肉可都是你自個兒的呀。」她邊幫葉成紹脫衣服，一邊就不停地碎碎唸，手上卻是輕了又輕，生怕弄疼了他。

葉成紹乖乖躺在床上，任她施為，眼睛靜靜看著素顏，嘴角不自覺就勾起一抹幸福而寵溺的笑。

難得看到娘子也有這樣婆媽的樣子，大而明亮的雙眼裡滿是心疼和關切，一雙素手熟練地忙碌著，幫他脫完衣服後，又起身去打水。紫綢跟了進來，她也將紫綢推了出去。「妳去忙妳的吧，爺身子受了傷，見不得風，一會子太醫來了，妳再請進來。」

葉成紹躺在床上笑容更深了。在一起生活了這麼久，他算是知道了自家小娘子的霸道，任何女子也不能看到他光身子的樣子，哪怕是她最貼身、最信任的紫綢也不行……

「傷口要用鹽水清洗乾淨，不然會發炎的。」素顏將一盆泡著鹽水和陳茶葉的水端了過來，將錦帕放在鹽水裡洗了又擰乾，輕輕幫葉成紹清洗著傷口。肌膚上的觸感很燙，他微微顫動了一下，胸前的手就頓住了。「疼嗎？那我再輕一點。」

葉成紹沒有回答，卻是抬了手握住她的，果然原本嬌嫩的兩隻小手通紅的，心中就不捨了起來。「娘子，水太燙了，等涼些了再洗吧！」

「不行，開水才能消毒，你忍一忍，很快就洗乾淨了。」素顏截口道，拿著帕子的手繼續幫他清洗。

「可是娘子……」

他竟然奪了她的帕子，歪起身子，自行去洗帕子。

但手還沒有伸下去，就挨了一下。「胡鬧什麼？看看，傷口又迸開了。」素顏惱火地搶過帕子，罵道：「怎麼病了還這麼不省心呢？別再亂動了，放心、放心，你老婆我沒這麼嬌貴的。」說著，將他按倒在床上，瞪他一眼。「不許再亂動了。」又開始細心地將傷口污血洗淨了。

「這陣子，最少要在床上躺三天，三天內不許用勁，唉，沒有麻藥，有麻藥的話，得給你縫幾針才行。」素顏又是一陣碎碎唸，拿了塊乾淨的帕子鋪在葉成紹的胸前，再輕輕拉上被子，幫他蓋上。

「那娘子，我能吃什麼？只是個很小的傷口啊……」葉成紹含笑看著素顏，聽著她念叨著，故意委屈問道。

「燉些烏雞之類的補補就好了，我會交代嬤嬤，讓她換著口味給你做的。」素顏像是哄孩子一樣哄著他，將他的被子掖了掖，半靠在床邊等太醫。

「可是，不用三天不起床吧，骨頭都會睡疼的。」他從來就是個坐不住的人，更別提什麼躺上一天的事了，這會子要讓他躺三天，那也太難為他了。

「不行，你這傷口在胸前，動動胳膊就會扯動傷口，沒縫針，傷口會裂開。」素顏斬釘截鐵地回答。

「縫針？娘子，妳要把我當布偶縫？」葉成紹睜大了眼睛，滿是訝異地看著素顏。都聽她說兩回了，從沒聽說過，人的傷口也能像布一樣地縫的。

「是呀，沒麻藥，不然真會幫你縫的，不過，真要是縫了……等皮肉長好後，就會有一條像蜈蚣一樣的疤。」那就有損美感了。

「男人留個疤有什麼關係嘛……呃，娘子……妳那是什麼眼神……」葉成紹不屑地說著，抬眼看自家娘子，卻見她兩眼放光，那樣的眼神，怎麼看怎麼像一隻看到甜美點心的小狐狸。

「啊，沒什麼，太醫怎麼還沒來呢？」素顏被他戳破心事，不好意思地自他的俊臉上移開了眼，舔了舔稍顯乾燥的唇，轉了話題。

卻不知，她這個動作深具誘惑，葉成紹看著她那頰生雙嫣的俏臉，早就移不開眼了，她再來這麼一下，身子就感覺一陣躁熱，沙啞著嗓子道：「呃，娘子，我這裡癢，幫我抓。」

素顏一聽忙問：「哪裡？哪裡癢？」人就俯身，伸手去揭他的被子，驟然間，脖子被他勾住，唇上一軟，就被他含住了。

他的吻，溫柔而細緻，很有耐心，不像以往那麼急切，而是像在品味一道難得的美味一樣，先是用舌輕輕將她的唇線勾勒了一圈，再慢慢伸進她微微張開的唇，毫不費力地進入她的領地，細細地品嚐著她的甜美。

素顏突然被他吻住，不由惱火。這傢伙還真是精蟲上腦呢，身上有傷也敢亂動，剛想要掙扎，又怕弄痛了他的傷口，更不敢壓著他，只好手撐在他的頭兩邊，承受著他帶來的溫柔。先前還有些抵觸，到後來，就被他吻得心魂不守，神魂像是飛到了雲端裡，跟著他的吻而沈沈浮浮的，除了手肘還下意識地撐著，全身都綿軟了。

兩人直吻到天昏地暗，葉成紹的手又不老實地往她身子裡探，她都沒反應過來，外面便傳來紫綢的聲音。「大少奶奶，太醫來了。」

素顏才慌忙從葉成紹身上直起身來，小臉脹得通紅，人還在大口大口地喘氣，慌忙整理被弄亂的頭髮和衣服，一抬眼，便看到始作俑者正像偷腥成功的貓，得意地看著她笑，她含羞帶嗔地瞪了葉成紹一眼，可惜，眼如秋水、波光含情，哪有半點威懾力，看得某人的眼睛又幽深了幾許，她忙避不及地站起身來，決定離這男人遠點。

太醫進來後，檢查了葉成紹的傷口，對素顏的處理很是滿意。「殿下這傷口不出半月就會癒合，皇子妃處理得很好，下官只需開些生肌活血的藥就行了。只是，殿下還是得禁口，牛肉和一些魚類就不要吃了，嗯……最好還是不要……不要亂用力，會扯開傷口。」老太醫說到後面的話時，睃了素顏一眼。

素顏這會子的臉還有些紅呢，兩頰像是染了霞光一樣，被太醫這樣一說，臉就更紅了。這太醫的眼睛也太毒了些，就這麼著，也能看得出他們先前在做什麼嗎？

葉成紹也是看著素顏，笑得意味深長。

第一百五十三章

葉成紹在府裡老實地躺了兩天，第三天，死都不肯躺著了，跟素顏說好話。「娘子，我保證不亂動，我只是起來走走，再躺下去，會發霉的。」

素顏這才依了他，不過，只許他在院裡走走，不許他出府。葉成紹回了京後，也沒怎麼陪素顏，這幾天和她待在一起，覺得渾身骨頭都酥軟了，哪兒也不想去，什麼也不想想，只想與她待在一起，過這種難得安寧又自在的小日子，因此，應得比什麼都快。

「嗯，絕不出府，更不亂走，娘子放心吧！」

侯夫人屋裡，紹揚正端著一碗粥在餵侯夫人，文嫻百無聊賴地坐在床邊。

「娘，多吃點，早些把身子養好了，妹妹的婚事還得靠您操心呢。」紹揚又挑了一杓送到侯夫人的唇邊，侯夫人張嘴吃了，眼睛裡就含了淚水。

這幾天，紹揚一直陪侍在她的床邊，為她端茶送水，貼心得像個女孩子，倒是比文嫻更細心溫和一些，原本因為二皇子的死訊而備受打擊的心，也在紹揚的細心呵護下好了很多。

她慈愛又複雜地看著紹揚。這個孩子，她心疼了他十幾年，每天為他揪著心，從來沒想過他會不是自己親生的。驟然得知親生的兒子死去時，她恨過，恨過侯爺，也恨過這個占了她兒子的名分十幾年的孩子，可現在，看著紹揚溫和的眼睛，侯夫人怎麼也恨不起來了。

這原本就不是紹揚的錯，紹揚和她自己一樣，也是受害者，他這十幾年過的是什麼日子，自己最清楚，原就是個可憐的人，自己再恨他，就太沒道理了。她一時有些貪戀紹揚對她的孝順，喜歡母子之間的感覺，突然擔心了起來。如今紹揚得知自己並非是他的生母，還會如現在一樣的孝順她嗎？

一碗粥吃完後，紹揚唇邊露出一抹微笑。「真好，娘今天將一碗全吃了，明兒再燉些可口的粥品來。嗯，嫂嫂說，要加些寧心靜氣的藥材進去，娘吃了才會睡得安穩。」紹揚拿了帕子，幫侯夫人拭著嘴角的殘汁。

侯夫人聽了，也忍不住就帶了笑。「你不是要唸書嗎？怎麼有這麼些時間陪娘？明年春闈可是快了呢。」

「不急，兒子有把握的，如今兒子的身子是徹底好了，大哥說，只須多加強鍛鍊就行。身子好了，哪一年考也是一樣的，不在乎這一年吧。」紹揚笑著說道，眼裡卻閃過一抹痛色。

侯夫人聽了正要說話，就聽外面晚榮說道：「夫人，二小姐來了，說是要進來看望夫人。」

侯夫人聽得微怔。侯爺死了，二房在她無力時像強盜一樣又搶又偷，她當時沈浸在自己的痛苦裡，並沒有理會，但不代表她不知道，她只是心冷了，由得二房去鬧，沒有管。

後來又聽說素顏作主，由文英執行，將二房趕出了家門，三房也分了出去，侯夫人就像是卸了一千斤包袱一樣，心頭都鬆了好多，覺得這是素顏在為她清理門戶，不管以後侯府會變成什麼樣子，至少，不用再受二房和三房的氣了。

但二房是哭哭鬧鬧，氣呼呼地走的，怎麼這會子文靜又來看她了？文靜有這麼好心嗎？紹揚將碗收好，對侯夫人道：「娘若是不想見二妹妹，那兒子去打發她好了。」

侯夫人聽了就點了頭。她對二房還真是沒什麼感情了，白吃白喝了幾十年，臨到了頭，踩大房一腳的就是親兄弟，這讓人如何不寒心？

「你憑什麼打發我？你是我們葉家的人嗎？」誰知，文靜不等紹揚出去，就推開晚榮衝了進來，對著紹揚似笑非笑地說道。

侯夫人和紹揚二人聽得同時一怔，都看向文靜。她是如何會知道這些的？紹揚的身世，應該沒幾個人知道才是啊！

「都看著我做什麼？大伯在時，對紹揚可是不聞不問的，倒是對成良更好，為什麼？按說紹揚也是嫡子呢，我以前可是不知道，現在才明白，原來伯娘的親兒子一生下來就死了，伯娘又難產，暈了過去，紹揚就是伯父撿來的孩子，我說得對吧？」文靜冷笑著揚起下巴，挑釁的眼睛裡便是刻薄的怨懟。

侯夫人聽得惱火，緊張地去看紹揚的臉色，忙道：「紹揚，你別聽她小孩子胡說八道，你就是娘的親兒子。」

怪不得文靜突然會回來，原來就是故意來報復和打擊大房來了。文嫻氣惱地站了起來，指著文靜道：「出去，我們大房不歡迎妳。」文嫻雖然對文靜的話很震驚，但這當口，不是去追究二哥的身世，而是不能讓文靜得了逞才是，大房才被大姊打理得走上正軌，文靜就來鬧，她是看不得大房安生呢。

「怎麼？怕我講出實話嗎？當年，可是我娘親眼看見伯父抱了個孩子出去，再把紹揚抱回來的，哼，我娘說，抱出去的那個孩子身上沒有胎記，紹揚的身上才有。」

文靜理都不理文嫻的話，只是冷笑著對侯夫人道。她想在侯夫人和紹揚臉上看到痛苦，看到悲傷，這樣，才能彌補她被侯府趕出去的痛苦，原本她是侯府的二小姐，雖是二房的，但侯府的名頭在，原本，那個人都肯跟她和顏悅色地說話了，原本，也許婚事很可能會成了的……但一切都被大房給毀了，沒有了侯府的名頭，中山侯又怎麼會看得中她一個小小四品官員的女兒？

所以，她恨，她就是不想讓大房好過，二房過不好，誰也別想過好！

可是，她失望了，屋裡，除了文嫻很痛苦很生氣外，侯夫人只是訝異了下，便沈了臉，在她眼裡並沒有太多的震驚和悲傷，很平靜，而紹揚的臉上幾乎還帶著乾淨的笑，看都沒有多看她一眼，卻是蹲到了侯夫人的床前，眼裡帶著孺慕之色，拉了侯夫人的手道：「娘，我是您的兒子，以前是，現在是，將來也是。不管別人說什麼，從小到大，娘對兒子的疼愛，兒子一直都知道，娘，您不會不要兒子吧？」

侯夫人碎了的心又被黏合起來，她的淚噴湧而出，嘴角卻是帶著笑，哽了聲道：「怎麼會不要？娘養了十幾年的兒子，從尺長帶大的兒子，怎麼捨得不要？」

紹揚的眼裡和長長的睫毛上，一滴晶瑩的淚珠掛著，顫顫的，卻沒有掉下來。他張開雙臂，將侯夫人擁進懷裡，哽了聲音道：「娘，雖然兒子的肩膀還不夠厚實，但娘一定要信我，兒子一定會擔起這個家來，不會讓您和妹妹受苦的。」

文嫻在一旁也哭了起來，撲進紹揚和侯夫人的懷裡，哭道：「娘……哥哥……」母子三人哭成一團，情形卻是溫馨而感人，文靜愣愣地看著，沒想到自己的一番話似乎讓大房比以前更加和睦了，不由更氣了起來，正要說話時，文英自外面走進來，冷冷地對她道：「原來二妹的孝道就是這樣盡的嗎？來人，請二妹出去，以後不相干的人，再也不許進寧伯侯府。」

文靜聽得大怒，指著文英的鼻子罵道：「妳娘就是賤貨！妳別以為大嫂現在護著妳，妳就得意忘形了，看見了沒，那才是一家人，妳和妳那個傻弟弟遲早會被他們趕出去！」

「啪」一聲，清脆的巴掌在屋裡響起，那邊哭作一團的母子三人轉過頭來，看著被打得怔住的文靜，和一旁怒目而視的文英。

「妳敢再罵我娘親一句，我就撕爛妳的嘴！」文英像頭發怒的小母豹子，凶狠地看著文靜說道。

文靜終於回過神來，衝上去就要打文英，紹揚快步走了過去，一把扯住文靜的手道：

「要鬧回二房去鬧，妳敢再罵一聲大妹妹，妳信不信我讓人扔妳出去？」

文靜從來沒見過紹揚發火，他的聲音仍不夠嚴厲，但是眼裡就蘊藏著一股令她望而生畏的威勢。她跺了跺腳，哭著衝了出去。

葉成紹和素顏聽得紫雲說了這事後，葉成紹又在侯府多派了些人手，守住大門，以後再也不許二房的人進來了，而且要加快三房與大房之間的圍牆建設，早些與這兩房人隔開了才是。

素顏這兩天在屋裡，除了陪著葉成紹外，就研究製香的新方子。別院裡的廠子還是由素麗管著呢，把侯府的事辦好了，等太后千秋過了之後，她就要一心一意地做生意了。

這幾天，紫綢上街一回來，臉就是綠的，素顏逼問之下，她才道：「……好多百姓都說爺是北戎人，不能讓爺當皇子什麼的，又說大少奶奶不檢點……呃，總之，說什麼的都有。」

素顏聽得眉頭皺起。看來，陳家人真的在破釜沈舟了，他們非要魚死網破嗎？冷靜下來，素顏又問：「還有什麼消息？」

「坊間裡都在說，大皇子是被爺害的，那些死了之後擺在大皇子府前的人全是爺送去的，而且，人也是爺害的，就是為了奪取皇太子之位。如今好多不明真相的清流、太學府裡的學生都在為大皇子說話，說大皇子厚道賢良，皇上應該立大皇子為太子才是，不能讓大周被北戎人給占去了。」紫綢聽了又道。

這時，葉成紹就自屋裡慢悠悠地走了出來，看了一眼氣得臉都紅了的紫綢道：「妳這丫頭氣什麼？放心，這些個不利於我的消息，過幾天就會沒有了的，這種事情，沒臉的又不是我一個人，有人比我更不喜歡聽到這些話呢。」

素顏一聽也是，淡然地笑道：「可不是嘛？想必過兩天，京城裡又有熱鬧看了。宮裡的那兩位，比咱們更急呢，咱們不急，坐著看熱鬧好了，這種事情，我們越是氣，越是想澄清事實，便會越陷越深，沈默才是最好的辦法。」

這一天，素顏剛起來，陳嬤嬤便焦急地站在外面說道：「大少奶奶，不得了了，外面又有人鬧了，連臭雞蛋也砸進來了！」

葉成紹聽得臉都綠了。皇上究竟想要做什麼，竟然任由事態繼續發展、惡化，半點手段也不用？很多消息原都是隱秘的，如他打太后的事情，大皇子出事那一天，皇上收掌自傷之事，這些別說是老百姓，便是朝臣也是不知道的，當初除了護國侯與太后，就再也沒有人知道，怎麼傳出去的？如果說是護國侯的話，那護國侯不是在找死嗎？

看著正在梳頭髮的素顏，葉成紹黑著臉道：「娘子，我要去宮裡一趟，問問那個人看看，他究竟想做什麼？這個破太子之位，他不想要給我就明說，弄這麼些個彎彎繞繞出來做什麼？」

紫綢給素顏插上了一根紫金步搖後，素顏對著鏡子左右瞧了瞧自己。嗯，氣色很好，肌膚白裡透紅，她嫣然一笑，對葉成紹道：「相公何必生氣？那些人不就是想逼你與皇上鬧嘛？更是巴不得你自動放棄做皇太子，你可不要中了他們的計才是。」

葉成紹聽得微怔。道理是明白的，但是，人非聖賢啊，他雖從小便聽慣了人家對他的貶損，但聽不得別人對素顏、對皇后的污辱啊，這樣還能忍下去，他還算男人嗎？

看著素顏淡定從容的樣子，他一陣心酸，再看素顏穿了一身素淡的衣裙，走了過去，對素顏道：「娘子，咱們換喜慶些的衣服，一會子上大街晃蕩去，看誰敢真對咱們怎麼樣？誰敢砸爺，爺立馬就讓他死得好看。」

「好，咱們上街去，看誰敢砸咱們，咱們就讓他們死得好看。」素顏揚起了眉，站起身來，真的到裡面去換了件紫色的衣裙，還給他也拿了一套同色的衣服換上。

紫綢在一旁看著，眼睛亮晶晶的。爺丰神俊朗、俊顏如玉，大少奶奶清麗婉約、氣質清雅，真是一雙璧人啊，這樣的一對人兒，為什麼那些人非要往他們頭上扣屎盆子，見不得他們好過呢？

叫上青竹、墨書、紅菊，讓侯府的護衛開路，葉成紹和素顏高調地走出寧伯侯府的大門。

大門外果然圍了一群人，見素顏和葉成紹出來，大家眼前一亮，人群中有人就在說：「好一對玉人啊，郎才女貌，他們真的會是那樣的人嗎？」

「可不是，看那位夫人的眼神正得很，相貌又清麗，哪裡像是那種陰險之人？」

「人不可貌相，難道小偷會在臉上刻個賊字嗎？你們可不要被他們的外表給迷惑了。」也有人立即出言反對。

「是啊，有的人就是長得人模人樣的，做出來的事情卻是髒得很呢！咱們要不要砸他們兩個？」

「名聲這麼臭了還敢出現，真該砸。」

「也許是人家心中無愧呢？要知道，眾口鑠金，流言能殺人的，他們卻一點愧疚之意也沒有，或許那些傳言是假的呢。」

「也是，看到府裡頭的護衛沒有，他們這樣高調地出來，真要砸了，只怕咱們下一刻就被抓了，又不是自家的事情，犯得著得罪皇子嗎？看看熱鬧就得了。」又有人勸說道。

寧伯侯府的馬車裝潢富麗精緻，停在侯府前面，葉成紹溫柔地牽著素顏的手走向馬車，素顏淡定地面對著一眾看熱鬧的人群，微微一笑，朗聲道：「我夫妻二人要進宮去面聖，諸位高鄰都是來給我們送行的嗎？」

素顏的語氣親和，笑容親切，她可是皇子妃，又是才高八斗的一品誥命，面對這些升斗小民時，神情裡沒有半點倨傲，讓人感覺如春風般和暖，圍在門口的人不自覺便散開一些，讓出一條路來，素顏這才鑽進馬車裡去，葉成紹默不作聲地跟著她上了馬車。

那車走出好遠後，一些人拿起手中的石塊看了看，喃喃道：「要向那樣玉一般的人兒砸石頭，可真是罪過啊……那夫人看著明明就很好啊！」

也許圍在寧伯侯府的人群裡，並沒有那些幕後之手操縱，只是純看熱鬧的百姓吧，素顏和葉成紹輕易就出了寧伯侯府所在的那條大街。

馬車這時向東城駛去，素顏想在進宮前，瞧瞧自家的那個鋪子亂成什麼樣子了？

第一百五十四章

一路上，寧伯侯府的標記並沒有撤下，總有人圍在路邊謾罵，說的話不堪入耳，有的人竟然罵他們夫妻是姦夫淫婦，葉成紹幾番怒火直冒，要衝下馬車去打人，都被素顏制住了。「狗咬你一口，你也要咬回去嗎？不過是些無知的、被人利用的百姓罷了，只要還沒有人去敲登聞鼓，那些流言就當耳邊風吧。」

馬車到了玉顏齋門前停下，素顏掀了窗子向外看去，果然玉顏齋門前被堵得死死的，很多穿著僕人衣服的人在鬧著要退貨什麼的，更有人撿了石塊往店裡砸。素顏沈下臉來，對葉成紹道：「相公，我要去店裡。」

葉成紹有些猶豫。「就怕那些人會砸著妳，傷了可不好。」

「不怕，這種事情總是要面對的，我辛辛苦苦創下來的事業，可不想就這麼被人弄垮了。」素顏堅定地走下馬車，葉成紹忙擋在她身前，護著她向店門前走去。

就聽得有人在喊：「快看，那個賤女人來了，這就是她開的店，連妹夫也搶的不要臉的女人！」

「是啊，聽說成親前就與中山侯世子勾勾搭搭，有了寧伯侯世子後，甩了中山侯世子，成親後又勾搭上了。」又有一個人躲在人群裡說道。

葉成紹的臉就黑如鍋底，手上的青筋都暴起了，緊握著素顏的手，極力控制。

青竹可受不得這個氣，眼尖地盯住了那個人，突然縱身飛起，凌空踩著眾人的頭，甩出白綾，將那人像縛雞仔似地綁了出來。許多人的頭被她踩得一愣，而沒被踩頭的人，只覺得天上突然出現了一個飛仙似的人。

轉眼間，青竹穩穩落地，將那人扔在了地上，人群頓時譁然，那被綁之人驚魂未定地破口大罵：「大家快來看啊，皇長子縱奴行凶了！我一沒犯法，二沒做錯事，憑什麼綁了我呀?!」

一下子，圍著的人群便開始湧動了起來。「哼，是皇親就了不起了嗎？皇子就可以無法無天了嗎？為什麼要綁人？咱們去砸爛他們的馬車！」

說著，就有人砸了塊石頭過來，葉成紹大袖一揮，便將石頭揮了回去，又砸中了那個人，那個人立即發出一聲慘叫。他的頭被砸了一個大洞，正流著血，鮮血刺激下，很多不明真相的人便大叫起來。「殺人了、殺人了，皇子殺人了！」

場面頓時更亂了，很多人便拿起石頭來砸素顏所在的車，紅菊長綾飛舞，死死地護著素顏，墨書的功夫也不弱，一直幫著素顏攔著，街對面的人也聽到了聲響，跟著圍了過來，人群擁擠著，不少人還被推倒、被人踩了，眼看越發失控，葉成紹捂住素顏的耳朵，突然向天一聲長嘯，一聲獅子吼功夫震天動地，好多人都不禁捂住了耳朵，不敢再亂動，有些人是直接被他震住了，人們呆怔著，沒一個人敢再向馬車扔東西。

葉成紹乘機縱身躍上馬車，站在馬車頂上，朗聲道：「不要再鬧了！有話可以親自問我。百姓們，我葉成紹與你們有仇嗎？」

一些百姓聽得面面相覷。是啊，與他有仇嗎？沒有吧！人們不過是不明真相，有的是純屬湊熱鬧，而那些作壞的，又被葉成紹幾手功夫給震住，那個頭被砸開之人便是前車之鑑，他們想要為主子辦差，但小命也是很重要的，所以場面一時鎮住了，人們只是圍著馬車，並沒有再往馬車前擠。

有些人就回道：「無仇，但你行為惡劣、品行不端，毆打太后、殘害手足，實乃奸詐之惡人，還是北戎奸人之後，人人得而誅之！」

「那可就奇怪了，本皇子既然毆打了太后，又殘害了手足，為何皇上沒有處罰於我？為何我還活得好好的？還是你們認為當今聖上也是個不忠不孝之人？是個昏庸無道的昏君？」葉成紹不屑地回道。

「我等不敢妄論皇上，但一定是你手段太過奸猾，欺瞞了皇上。」又有人罵道。

「將那人給本皇子提上來。」葉成紹也不回答，只對紅菊說道。

紅菊聽了，將紅綾給高高揚起，竟然便將那個被她綁住之人拋向了馬車頂，葉成紹一伸手，將那人抓住，隨手一扯，將那人的外衣扯脫，露出裡面的青色小襖。

「大家可以看看，他穿的是什麼？僕人衣服對嗎？方才，就是他在說，我家娘子搶了妹妹的夫婿，大家再看看這是什麼？錢府的腰牌。」說著，葉成紹將從那人身上搜出的腰牌扔給了墨書，墨書拿了給圍在近前的人看。

果然是錢府的僕人，但有人便說：「就算是錢府的人又如何？他們不過是說出了事實而已。」

「是，你們可知道錢家是皇商？錢家在淮安可是開著石料場的，你們知道錢家做了什麼嗎？去年為何兩淮會遭大難，明明用石料修了河堤，為何還是被沖垮？就是因為錢家與官員勾結，以次充好，以碎石代替大石，送料又不足，今年本皇子治河時，便揪出了這個奸商並查辦了，他們就懷恨在心，故意中傷我家娘子，這些事情如果你們不信，可以去刑部打聽，可以問兩淮的百姓。」葉成紹大聲說道。

有人便道：「官官相護，誰信你呀？也許錢家根本就沒有做過這些事情，你們不過是報復錢家大少奶奶，因為錢家大少奶奶與你夫人有過節呢！」

百姓們並沒有因為葉成紹的話而平靜，反而議論得更厲害起來。「你們夫妻品行不端已是事實，如若你們只是普通人也罷了，但你是皇子，會是大周將來的皇儲，大周可不要這樣的人做皇上！」人群裡，有些學子模樣的人便大聲說道。

「是的，男盜女娼，令世人不齒，我們要讓皇上廢了這個皇子，削他為庶民才是，不然大周的國格何在？禮義孝道何存？」

「是的，別想用一、兩個人就欺騙我們，我們沒這麼容易相信的，這裡有大膽的嗎，有敢於為國進言的嗎？同小生一起去敲登聞鼓去，為大皇子伸冤，為二皇子報仇，讓皇上廢了這個人品下賤之人！」

「有，算我一個，我去！」

場面又亂了起來，有的人開始往午門方向走。葉成紹皺了眉，看向不遠處，眼裡有些憂色。

不遠處，突然響起了一陣鑼鼓聲，人群頓時被吸引住了，紛紛轉頭看去，只見一條條橫幅上寫著：「感謝青天葉大人」。

也有人在喊著口號。「感謝葉夫人，葉夫人為兩淮百姓治時疫，葉夫人是觀音下凡。」

「是啊，沒有葉夫人的方子，我們沒有被水淹死，也病死了，她是菩薩心腸啊，這樣的好人也要被罵，你們喪盡天良啊！」

「誰說葉大人品行不端了？葉大人是愛護百姓的好官，葉大人救了我們兩淮的百姓，今年要是沒有葉大人，我們怕是早成了孤魂野鬼了。」

人們終於看到，不遠處，正有一大群人往這邊而來，他們敲鑼打鼓，手持橫幅，穿著樸素，有的破衣爛衫，他們之中有老人、有婦人、有小孩子，一看便是從災區過來的人，而且有的還是拖家帶口的。

「就是，葉大人是青天啊！今年，若不是葉大人，淮河又得遭災了，京城裡又會有很多流民，我們擁護葉大人，你們誰在說葉大人的不是，兩淮百姓誓死捍衛大人的聲名！」

治河之事，全京城都知道，那時候，為了選治河大臣，在壽王府是經過了一場比試的，當時，陳閣老還因為藐視葉成紹，說他是廢物，而與葉成紹打賭輸了，不得不站在紫禁城樓上，當眾向葉成紹道過歉的。此事過去並不久遠，大家記憶猶新。

先前跟著鬧的百姓也開始明白了起來。「是啊，兩淮可是治了多年，年年治、年年災，朝廷費了不少銀子，老百姓也遭了不少罪啊，不是葉大人，只怕今年又有流民鬧京城了，咱們京裡人的日子也不好過啊！」

「是呢，聽說，出時疫時，葉大人不顧生命危險，天天與疫民在一起，用葉夫人的方子救了好幾千病人呢！」

「真的啊，他們明明就是好人啊，堂堂皇子皇妃，肯為百姓做到這一步，很難能可貴啊。」

「那我們還鬧什麼啊？散了吧，敲什麼登聞鼓啊，敲個屁呀！你們見過大皇子真做過什麼實事嗎？」

「就是，那幾個慘死的丫頭明明就是從大皇子府裡抬出來的，要不是葉大人，大家怕都是被蒙在鼓裡頭呢，那些人也是白白冤死了。」

這時，另一邊有個俊朗的公子，騎著一匹駿馬過來。他身後還跟著好幾位官員，那前面的公子大聲道：「我就是中山侯世子上官明昊，兩淮治河，我也參與了，我與葉大人並肩作戰，沒日沒夜地奮鬥，與他情同手足，你們不信，可以問這些來自兩淮的百姓，他們因為要感謝葉大人，早就從淮河徒步過來的，正好趕上你們在誣衊陷害葉大人，他們的話，你們總該聽吧！」

有些人便暗想，要真是葉大人搶了這位中山侯世子的老婆，他又怎麼會與葉大人情同手足呢？他既然是對葉夫人有情，應該是巴不得葉大人出事才對，又怎麼會為他說話呢？看來，流言真的不能相信啊。

這時，又出來了位相貌更為清俊的男子，他一身貴氣裝扮，騎在馬上，如天神降世一般。他也是打馬上前道：「我乃東王世子冷傲晨，我與葉兄也是莫逆之交，傳言中說的多有不堪，連本世子也扯了進去，那其實是有不軌之人利用民心，故意陷害葉大人夫婦的。」人群裡也有些小姑娘，哪裡見過這樣俊朗之人，一時被東王世子和上官明昊的俊朗所迷住，對他們說的話自然是深信不疑，大聲附和起來。「是啊是啊，這兩位世子爺品性極佳，就算不信葉夫人的人品，也要信他們啊！」

「我聽說，葉夫人原先其實是與上官公子議了親的，但是被藍家二姑娘死纏爛打給毀了啊，不是葉夫人的錯呢。」又有人在人群裡這樣說。

「是啊，聽說那二姑娘還離家出走過，就是想要去纏中山侯世子呢，後來被錢家人救了，才嫁入錢府的。」

「也是，葉夫人能做得出那樣的詞曲來，又怎麼可能是品行不端之人呢？」

「是啊，就這份氣魄，將來為一國之母也是當之有餘啊，我們為什麼要罵她？」

葉成紹站在馬車頂上，感激地看了上官明昊和冷傲晨一眼，對他們拱手致謝，朗聲對下面的群眾道：「散了吧、散了吧，堵了交通，一會子九門提督和順天府帶人來了，衝撞了大家可就不好了。」

兩淮過來的百姓卻仍不肯散，他們之中走出一個老者來，後面跟著手裡舉著萬民傘的兩個大漢子，老者當街向葉成紹拜了下去。「葉大人啊，老朽代表兩淮的百姓，給您送萬民傘來了。一路上，您一把傘也不肯受，匆匆就走，這些百姓自發要將此傘送進京城來，這才知道您受委屈了，天啊，這樣的好官，還要被人誣害，天理何在啊！」

「天理何在啊！」跟在老者後面的兩淮百姓也跟著齊聲大喊。

那些曾經罵過葉成紹的人，聽了這話，頓時感覺羞愧起來，有的人灰溜溜地走了，有的人跟著就說對不起，場面頓時轉變成了老百姓對葉成紹感恩戴德起來。

素顏在馬車前靜靜地看著上官明昊。他臉上有著淡淡的倦意，看得出來，他是長途奔波過來的，那些人是他找來的嗎？兩淮離此地何止百里啊……

上官明昊見她看過去，眼裡便是關切和擔憂地回望過來，素顏微微一笑，點了點頭，示意自己很好，無事。

轉眸間，她似乎看到有個熟悉的身影正往外走，雖然那人將圍帽戴得很低，但她還是認了出來——那是她的妹妹，藍素情。

素顏心中一陣冷笑。她果然是在人群裡啊……

——未完，待續，請看文創風088《望門閨秀》7

絕色煙柳

一半是天使 著

全套三冊

她要穿著美麗的外衣，
智慧機巧地為自己推轉命運之輪……

文創風 079 上

既然天可憐見，讓她重生一回……
她再不是那個任人欺凌的懦弱女子，
纖纖若柳、絕色之姿成了她的掩飾，
堅強的心志才是她扭轉命運的後盾……

文創風 080 中

姬無殤，這個天底下她最該防的男人，
時時刻刻放在心底怕著又躲著男人，
居然開口要跟她交易，
她竟傻得與虎謀皮……

文創風 081 下

願得一心人，白首不相離……
這是她唯一所願，
卻無法奢望她唯一所愛的男人能承諾實現……

宅門界新天后／不游泳的小魚 傳授宅門、宮門終極奧秘！

望門閨秀 全套七冊

嫡女出口氣　姊妹站起來——

百年大族、詩禮傳家，但宅門裡可不是風平浪靜；
她一個小小姑娘，上鬥祖母、姨娘，下鬥不長眼的僕人，
還要小心不懷好意、摸不清底細的姊妹，更要護住母親平安，
唉，大小姐真的好忙啊……

文創風 082 1

她這嫡長女怎能過得比庶女還不如？
該她的，自然要拿回來；
怎知人太聰明也不對，
竟然因此受人青睞，
兩位世子突然搶著求娶她？！

文創風 083 2

這紈袴公子非她心中良人，
況且她還沒過門，
他府裡小妾已經好幾房，
但她既然是他明媒正娶的妻，
就得聽她的，讓她好好整治侯府——

文創風 084 3

本以為嫁給葉大公子不是個好歸宿，
還沒培養感情，
就得先處理妾室、婆婆，
但他成了丈夫卻乖巧得很，
事事以她為重，簡直是以妻為天……

文創風 087 6

俗話說小別勝新婚，
葉成紹才離開多久，她便思念得緊，
可他在兩淮辛苦，
她也不能在京城窩著，
也是要為兩人將來盤算一下……

文創風 085 4

人說在家從父、出嫁從夫，
但她還沒確定丈夫的真心，
可是不從的；
不過只要他心中只有自己，
那什麼都好說了……

文創風 088 7 完

做個大周的皇太子是挺不錯，
但若這皇太子過得不如意，
也不必太眷戀；
此處不留人，自有留人處，
天下可不只大周才有皇太子可當啊……

文創風 086 5

相公的身分是說不得的秘密，
知情的和不知情的，都緊盯著他倆，
這要怎麼生活啊？
不如遁到別院去逍遙，
順便賺點錢……

春秋戰國第一大家／**玉贏**

無鹽妖嬈

青山相待，白雲相愛，夢不到紫羅袍共黃金帶。
一茅齋，野花開，管甚誰家興廢誰成敗？

文創風 059 **1**

孫樂想不通透，自己怎的一不留神就被雷劈了個正著？
且她一覺醒來成為一名身分低下的十八姬妾也就罷了，
偏偏她還換了個身體，變成長相醜陋兼瘦弱不堪的無鹽女！
教人汗顏的是，她名義上的夫婿姬涼卻是美貌傳天下的翩翩美公子，
唉唉，這兩相一比較，簡直都要叫她抬不起頭來了，
再者，來到這麼個朝代後，生存突然間變成一件無比艱難的事，
前面十七個姊姊，隨便一個站出來都比她美很多，
她既無法憑藉美貌得人寵愛，想當然耳只得靠腦袋掙口飯吃了，
幸好她極聰穎，臨機應變的能力絕佳，又能說善道，
想來要在這兒安身立命下來，應該也不是太難……吧？

《無鹽妖嬈》1封面書名特殊燙銅字處理，盡顯濃濃古意！

文創風 060 **2**

說到她夫婿姬五這人，家底是不差的，加之心善耳根又軟，
因此人家塞給他及他救回家的女人不少，這些全成了他的姬妾，
孫樂自己就是被他撿回家的，要不憑她人見驚、鬼見愁的容貌，誰肯娶？
甚至連她請求收留一個無依無靠的男孩跟她同住，他也答應了呢！
但說也奇怪，她就罷了，其他漂亮的姬妾不少，怎也不見他多瞧一眼？
別說看了，連到後院跟姊姊們說說話的場面她都很少看見過，
倒是她，醜歸醜，但因獻計解了他的煩憂，反得他的另眼相看，
結果可好，引得其他姬妾們眼紅，其中一個還對她栽贓嫁禍，
唉，使出如此拙劣的伎倆，三兩下就能解決掉，她都不知該說什麼好了，
果然男人長得太好看就是一切禍亂的起源，古今皆然啊～～

文創風 061 3

在展現聰明才智，成為姬五的士隨他出齊地後，孫樂發現了一個秘密——
他俊美無儔，氣質出眾，外人看來宛若一謫仙，卻原來極怕女人啊！
由於他生得一張好皮相，姑娘家見了他就像見到塊令人垂涎的肥肉似的，
不論美醜，一律對他熱情主動、趨之若鶩得很，令他招架不住，
基本上，他會先全身僵硬、正襟危坐，接著就滿頭大汗、困窘無措，
通常要不了多久，他就會明示暗示地要她速速出手相救，
即便是名揚天下、大出風頭後，他也一如既往的不喜歡與人交際，
而跟在他身邊的她，就算低調再低調，才智與醜顏仍是漸漸傳開來，
便連天下第一美人雉才女都當眾索要她，幸好他極看重她，嚴辭拒絕了，
她既心喜於他的相護，又不解雉才女的舉動，此事頗耐人尋味哪……

文創風 063 4

猶記當初秦王的十三子曾對孫樂說，她雖是姑娘，卻有丈夫之才、丈夫之志，
因看出她才智非凡，所以問她有無興趣追隨他，他必以國士之禮待她，
這番話著實說得情真意摯啊，偏偏她沒那麼輕易便以命相隨，
要知道，這是個人命如草芥的世道，她不過一名小女子，沒啥偉大志向，
倘若能得一處居所安然自在地過了餘生，她便也別無所求了，
然則那問鼎天下、惹得各侯王欲除之的楚弱王卻逼得她不得不大展長才，
原因無他，楚弱王便是當年與她同住姬府、感情極佳的男孩弱兒！
當時那個說要她變好看點才好娶她做正妻的男孩，如今已是一國之王，
不論多少年過去，他待她仍一如往年的好、不嫌她醜，欲娶她之心更堅定，
雖不確定自己的心意，但她卻為他扮起男子，當起周遊列國的縱橫客……

文創風 064 5 完

這回為了姬五想救齊國一事，她孫樂重操舊業出使各國當說客，
結果齊國是順利得救了，她卻徹徹底底得罪了趙國，
趙國上下認為她以女子之身玩弄天下之士，更兩番戲趙，罪無可逭，
那趙侯更是發話了，凡她所到之處，他必傾國攻之！
這不，她前腳才剛踏入越國城池，越人即刻便求她離開，想想她也真有本事，
然則此時出城便是個死，於是她率眾住下，沒幾日，趙果發兵十萬欲滅她，
正當兵臨城下、千鈞一髮之際，弱兒帶大軍前來相救，更令趙全軍覆沒！
驚險撿回一命後，她不得不正視一個困擾已久的問題——
一個是溫文如玉的第一美男姬五，一個是問鼎天下的楚國霸王弱兒，
兩位人中之龍都極喜愛她，她也該仔細想想，誰才是她心之所好了呀……

《無鹽妖嬈》5，首刷隨書附贈1~5集超美封面圖5合1書卡，
可珍藏，亦可自行裁切成5張獨立的書卡使用喔！

文創風
087

望門閨秀 6

國家圖書館出版品預行編目資料

望門閨秀 / 不游泳的小魚著. --
初版. -- 臺北市 : 狗屋, 民102.04-
冊 ; 公分. --(文創風)
ISBN 978-986-328-060-6(第6冊 : 平裝). --

857.7 102004461

著作者 不游泳的小魚
編輯 戴傳欣
校對 黃薇霓 林若馨
發行所 狗屋出版社有限公司
地址 台北市104中山區龍江路71巷15號1樓
電話 02-2776-5889～0
發行字號 局版台業字845號
法律顧問 蕭雄淋律師
總經銷 知遠文化事業有限公司
電話 02-2664-8800
初版 102年5月
國際書碼 ISBN-13 978-986-328-060-6
原著書名 《望门闺秀》，由瀟湘書院〈www.xxsy.net〉授權出版

定價230元
狗屋劃撥帳號：19001626
網址：love.doghouse.com.tw E-mail：love@doghouse.com.tw